名家经典

春桃

许地山◎著

三环出版社
SANHUAN PUBLISHING HOUSE

图书在版编目（CIP）数据

春桃 / 许地山著. -- 海口 : 三环出版社（海南）
有限公司，2024. 8. --（感悟名家经典）. -- ISBN 978-
7-80773-286-0

Ⅰ. I267

中国国家版本馆 CIP 数据核字第 2024XK1588 号

感悟名家经典 春桃
GANWU MINGJIA JINGDIAN CHUN TAO

著　　者	许地山
责任编辑	刘金玲
责任校对	朱静楠
装帧设计	立丰天
出版发行	三环出版社（海口市金盘开发区建设三横路 2 号）
	邮　编　570216　邮　箱　sanhuanbook@163.com
社　　长	王景霞　　总 编 辑　张秋林
印刷装订	三河市金兆印刷装订有限公司
书　　号	ISBN 978-7-80773-286-0
印　　张	13
字　　数	250 千字
版　　次	2024 年 8 月第 1 版
印　　次	2024 年 8 月第 1 次印刷
开　　本	787 mm × 960 mm　1/16
定　　价	68.00 元

关于作者

　　许地山（1893—1941）名赞堃，笔名落华生，原籍台湾台南，寄籍福建龙溪（今漳州）。文学研究会发起人之一。1922年毕业于燕京大学，获神学士学位。后曾留学美国、英国，并赴印度研究佛学。回国后先后任燕京大学、北京大学、清华大学等校教授。抗日战争全面爆发前后在香港大学任教，并从事进步文化活动。前期小说创作带有宗教意识和浪漫色彩；后期作品趋于写实。作品有《空山灵雨》《缀网劳蛛》《商人妇》《春桃》《危巢坠简》等。

目　录

商人妇

"先生，请用早茶。"这是二等舱的侍者催我起床的声音。我因为昨天上船的时候太过忙碌，身体和精神都十分疲倦，从九点一直睡到早晨七点还没有起床。我一听侍者的招呼，就立刻起来，把早晨应办的事情弄清楚，然后到餐厅去。

那时节餐厅里坐满了旅客。个个在那里喝茶，说闲话：有些预言欧战谁胜谁负的；有些议论袁世凯该不该做皇帝的；有些猜度新加坡印度兵变乱是不是受了印度革命党运动的。那种叽叽咕咕的声音，弄得一个餐厅几乎变成菜市。我不惯听这个，一喝完茶就回到自己的舱里，拿了一本《西青散记》跑到右舷找一个地方坐下，预备和书里的双卿谈心。

我把书打开，正要看时，一位印度妇人携着一个七八岁的孩子来到跟前，和我面对面地坐下。这妇人，我前天在极乐寺放生池边曾见过一次，我也瞧着她上船，在船上也是常常遇见她在左右舷乘凉。我一瞧见她，就动了我的好奇心，因为她的装束虽是印度的，然而行动却不像印度妇人。

我把书搁下，偷眼瞧她，等她回眼过来瞧我的时候，我又装作念书。我好几次是这样办，恐怕她疑我有别的意思，此后就低着头，再也不敢把眼光射在她身上。她在那里信口唱些印度歌给小孩听，那孩子也指东指西问她说话。我听她的回答，无意中又把眼睛射在她脸上。她见我抬起头来，就顾不得和孩子周旋，急急地向闽南土话问我说："这位老叔，你也是要到新加坡去吗？"她的口腔很像海澄的乡人，所问的也带着乡人的口气。在说话之间，一字一字慢慢地拼出来，好像初学说话的一样。我被她这一问，心里的疑团结得更大，就回答说："我要回厦门去。你曾到过我们那里吗？为什么能说我们的话？""呀！我想你瞧我的装束像印度妇女，所以猜疑我不是唐山（华侨叫祖国做唐山）人。我实在告诉你，我家就在鸿渐。"

那孩子瞧见我们用土话对谈，心里奇怪得很，他摇着妇人的膝头，用印度话问道："妈妈，你说的是什么话？他是谁？"也许那孩子从来不曾听过她说这样的话，所以觉得稀奇。我巴不得快点知道她的底蕴，就接着问她："这孩子是你养的吗？"她先回答了孩子，然后向我叹一口气说："为什么不是呢！这是我在麻德拉斯（马德拉斯）养的。"

我们越谈越熟，就把从前的畏缩都除掉。自从她知道我的里居、职业以后，她再也不称我做"老叔"，更转口称我做"先生"。她又把麻德拉斯大概的情形说给我听。我因为她的境遇很稀奇，就请她详详细细地告诉我。她谈得高兴，也就应许了。那时，我才把书收入口袋里，注神听她诉说自己的历史：

"我十六岁就嫁给青礁林荫乔为妻。我的丈夫在角尾开糖铺。他回家的时候虽然少，但我们的感情绝不因为这样就生疏。我和他过了三四年的日子，从不曾拌过嘴，或闹过什么意见。有一天，他从角尾回来，脸上现出忧闷的容貌。一进门就握着我的手说：'惜官（闽俗：长辈称下辈或同辈的男女彼此相称，常加"官"字在名字之后），我的生意已经倒闭，以后我就不到角尾去啦。'我听了这话，不由得问他：'为什么呢？是买卖不好吗？'他说：'不是，不是，是我自己弄坏的。这几天那里赌局，有些朋友招我同玩，我起先赢了许多，但是后来都输得精光，甚至连店里的生财家伙，也输给人了。……我实在后悔，实在对你不住。'我怔了一会，也想不出什么合适的话来安慰他，更不能想出什么话来责备他。

"他见我的泪流下来，忙替我擦掉，接着说：'哎！你从来不曾在我面前哭过，现在你向我掉泪，简直像熔融的铁珠一滴一滴地滴在我心坎儿上一样。我的难受，实在比你更大。你且不必担忧，我找些资本再做生意就是了。'

"当下我们二人面面相觑，在那里静静地坐着。我心里虽有些规劝的话要对他说，但我每将眼光射在他脸上的时候，就觉得他有一种妖魔的能力，不容我说，早就理会了我的意思。我只说：'以后可不要再耍钱，要知道赌钱……'

"他在家里闲着，差不多有三个月。我所积的钱财倒还够用，所以家计用不着他十分挂虑。我镇日出外借钱做资本，可惜没有人信得过他，以致一文也借不到。他急得无可奈何，就动了过番（闽人说到南洋为过番）的念头。

"他要到新加坡去的时候，我为他摒挡一切应用的东西，又拿了一对玉手镯教他到厦门兑来做盘费。他要趁早潮出厦门，所以我们别离的前一夕足足说了一夜的话。第二天早晨，我送他上小船，独自一人走回来，心里非常烦闷，就伏在案上，想着到南洋去的男子多半不想家，不知道他会这样不会。正这样想，蓦然一片急步声达到门前，我认得是他，忙起身开了门，问：'是漏了什么东西忘记带去吗？'他说：'不是，我有一句话忘记告诉你：我到那边的时候，无论做什么事，总得给你来信。若是五六年后我不能回来，你就到那边找我去。'我说：'好吧。这也值得你回来叮咛，到时候我必知道应当怎样办的。天不早了，你快上船去吧。'他紧握着我的手，长叹了一声，翻身就出去了。我注目直送到榕荫尽处，瞧他下了长堤，才把小门关上。

"我与林荫乔别离那一年，正是二十岁。自他离家以后，只来了两封信，一封说他在新加坡丹让巴葛开杂货店，生意很好。一封说他的事情忙，不能回来。我连年望他回来完聚，只是一年一年的盼望都成虚空了。

"邻舍的妇人常劝我到南洋找他去。我一想，我们夫妇离别已经十年，过番找他虽是不便，却强过独自一人在家里挨苦。我把所积的钱财检妥，把房子交给乡里的荣家长管理，就到厦门搭船。

"我第一次出洋，自然受不惯风浪的颠簸，好容易到了新加坡。那时节，我心里的喜欢，简直在这辈子里头不曾再遇见。我请人带我到丹让巴葛义和诚去。那时我心里的喜欢更不能用言语来形容。我瞧店里的买卖很热闹，我丈夫这十年间的发达，不用我估量，也就罗列在眼前了。

"但是店里的伙计都不认识我，故得对他们说明我是谁和来意。有一位年轻的伙计对我说：'头家（闽人称店主为头家）今天没有出来，我领你到住家去吧。'我才知道我丈夫不在店里住，同时我又猜他一定是再娶了，不然，断没有所谓住家的。我在路上就向伙计打听一下，果然不出所料！

"人力车转了几个弯，到一所半唐半洋的楼房停住。伙计说：'我先进去通知一声。'他撇我在外头，许久才出来对我说：'头家早晨出去，到现在还没有回来哪。头家娘请你进去里头等他一会儿，也许他快要回来。'他把我两个包袱——那就是我的行李——拿在手里，我随着他进去。

"我瞧见屋里的陈设十分华丽。那所谓头家娘的，是一个马来妇人，她出来，只向我略略点了一下头。她的模样，据我看来很不恭敬，但是南洋的规矩我不懂得，只得陪她一礼。她头上戴的金刚钻和珠子，身上缀的宝石、金、银，衬着那副黑脸孔，越显出丑陋不堪。

"她对我说了几句套话，又叫人递一杯咖啡给我，自己在一边吸烟、嚼槟榔，不大和我攀谈。我想是初会生疏的缘故，所以也不敢多问她的话。不一会，得得的马蹄声从大门直到廊前，我早猜着是我丈夫回来了。我瞧他比十年前胖了许多，肚子也大起来了。他口里含着一支雪茄，手里扶着一根象牙杖，下了车，踏进门来，把帽子挂在架上。见我坐在一边，正要发问，那马来妇人上前向他叽叽咕咕地说了几句。她的话我虽不懂得，但瞧她的神气像有点不对。

"我丈夫回头问我说：'惜官，你要来的时候，为什么不预先通知一声？是谁叫你来的？'我以为他见我以后，必定要对我说些温存的话，哪里想到反把我诘问起来！当时我把不平的情绪压下，赔笑回答他，说：'唉，荫哥，你岂不知道我不会写字吗？咱们乡下那位写信的旺师常常给人家写别字，甚至把意思弄错了，因为这样，所以不敢央求他替我写。我又是决意要来找你的，不论迟早总得动身，又何必多费这番工夫呢？你不曾说过五六年后若不回去，我就可以来吗？'我丈夫说：'吓！你自己倒会出主意。'他说完，就横横地走进屋里。

"我听他所说的话，简直和十年前是两个人。我也不明白其中的缘故：是嫌我年长色衰呢，我觉得比那马来妇人还俊得多；是嫌我德行不好呢，我嫁他那么多年，事事承顺他，从不曾做过越出范围的事。荫哥给我这个闷葫芦，到现在我还猜不透。

"他把我安顿在楼下，七八天的工夫不到我屋里，也不和我说话。那马来妇人倒是很殷勤，走来对我说：'荫哥这几天因为你的事情很不喜欢。你且宽怀，过几天他就不生气了。晚上有人请咱们去赴席，你且把衣服穿好，我和你一块儿去。'

"她这种甘美的语言，叫我把从前猜疑她的心思完全打消。我穿的是湖色布衣，和一条大红绉裙，她一见了，不由得笑起来。我觉得自己满身村气，心里也有一点惭愧。她说：'不要紧，请咱们的不是唐山人，定然不注意你穿的是不是时新的样式。咱们就出门吧。'

"马车走了许久，穿过一丛椰林，才到那主人的门口。进门是一个很大的花园，我一面张望，一面随着她到客厅去。那里果然有很奇怪的筵席摆设着。一班女客都是马来人和印度人。她们在那里叽里咕噜地说说笑笑，我丈夫的马来妇人也撇下我去和她们谈话。不一会，她和一位妇人出去，我以为她们逛花园去了，所以不大理会。但过了许久的工夫，她们只是不回来，我心急起来，就向在座的女人说：'和我来的那位妇人往哪里去？'她们虽能会意，然而所回答的话，我一句也懂不得。

"我坐在一个软垫上，心头跳动得很厉害。一个仆人拿了一壶水来，向我指着上面的筵席作势。我瞧见别人洗手，知道这是食前的规矩，也就把手洗了。她们让我入席，我也不知道哪里是我应当坐的地方，就顺着她们指定给我的坐位坐下。她们祷告以后，才用手向盘里取自己所要的食品。我头一次掬东西吃，一定是很不自然，她们又教我用指头的方法。我在那里，很怀疑我丈夫的马来妇人不在座，所以无心在筵席上张罗。

"筵席撤掉以后，一班客人都笑着向我亲了一下吻就散了。当时我也要跟她们出门，但那主妇叫我等一等。我和那主妇在屋里指手画脚做哑谈，正笑得不可开交，一位五十来岁的印度男子从外头进来。那主妇忙起身向他说了几句话，就和他一同坐下。我在一个生地方遇见生面的男子，自然羞缩到了不得。那男子走到我跟前说：'喂，你已是我的人啦。我用钱买你。你住这里好。'他说的虽是唐话，但语格和腔调全是不对的。我听他说把我买过来，不由得恸哭起来。那主妇倒是在身边殷勤地安慰我。那时已是入亥时分，他们教我进里边睡，我只是和衣在厅边坐了一宿，哪里肯依他们的命令！

"先生，你听到这里必定要疑我为什么不死。唉！我当时也有这样的思想，但是他们守着我好像囚犯一样，无论什么时候都有人在我身旁。久而久之，我的激烈的情绪过了，不但不愿死，而且要留着这条命往前瞧瞧我的命运到底是怎样的。

"买我的人是印度麻德拉斯的回教徒阿户耶。他是一个锱铢商，因为在新加坡发了财，要多娶一个姬妾回乡享福。偏是我的命运不好，趁着这机会就变成他的外国古董。我在新加坡住不上一个月，他就把我带到麻德拉斯去。

"阿户耶给我起名叫利亚。他叫我把脚放了，又在我鼻上穿了一个窟窿，带上一只钻石鼻环。他说照他们的风俗，凡是已嫁的女子都得带鼻环，因为那是妇人的记号。他又把很好的'克尔塔'（回妇上衣）、'马拉姆'（胸衣）和'埃撒'（裤）教我穿上。从此以后，我就变成一个回回婆子了。

"阿户耶有五个妻子，连我就是六个。那五人之中，我和第三妻的感情最好。其余的我很憎恶她们，因为她们欺负我不会说话，又常常戏弄我。我的小脚在她们当中自然是稀罕的，她们虽是不歇地摩挲，我也不怪。最可恨的是她们在阿户耶面前搬弄是非，教我受委屈。

"阿噶利马是阿户耶第三妻的名字，就是我被卖时张罗筵席的那个主妇。她很爱我，常劝我用'撒马'来涂眼眶，用指甲花来涂指甲和手心。回教的妇人每日用这两种东西和我们唐人用脂粉一样。她又教我念孟加里文（孟加拉文）和亚刺伯文（阿拉伯文）。我想起自己因为不能写信的缘故，致使荫哥有所借口，现在才到这样的地步，所以愿意在这举目无亲的时候用功学习些少文字。她虽然没有什么学问，但当我的教师是绰绰有余的。

"我从阿噶利马念了一年，居然会写字了！她告诉我他们教里有一本天书，本不轻易给女人看的，但她以后必要拿那本书来教我。她常对我说：'你的命运会那么塞涩，都是阿拉给你注定的。你不必想家太甚，日后或者有大快乐临到你身上，叫你享受不尽。'这种定命的安慰，在那时节很可以教我的精神活泼一点。

"我和阿户耶虽无夫妻的情，却免不了有夫妻的事。哎！我这孩子（她说时把手抚着那孩子的顶上）就是到麻德拉斯的第二年养的。我活了三十多岁才怀孕，那种痛苦为我一生所未经过。幸亏阿噶利马能够体贴我，她常用话安慰我，教我把目前的苦痛忘掉。有一次她瞧我过于难受，就对我说：'呀！利亚，你且忍耐着罢。咱们没有无花果树的福分（《可兰经》载阿丹浩挖被天魔阿扎贼来引诱，吃了阿拉所禁的果子，当时他们二人的天衣都化没了。他们觉得赤身的羞耻，就向乐园里的树借叶子围身。各种树木因为他们犯了阿拉的戒命，都不敢借，唯有无花果树瞧他们二人怪可怜的，就慷慨借些叶子给他们。阿拉嘉许无花果树的行为，就赐它不必经过开花和受蜂蝶搅扰的苦而能结果），所以不能免掉怀孕的苦。你若是感得痛苦的时候，可以默默向阿拉求恩，他可怜你，就赐给你平安。'我在临产的前后期，得着她许多的帮助，到现在还是忘不了她的情意。

"自我产后，不上四个月，就有一件失意的事教我心里不舒服：那就是和我的好朋友离别。她虽不是死掉，然而她所去的地方，我至终不能知道。阿噶利马为什么离开我呢？说来话长，多半是我害她的。

"我们隔壁有一位十八岁的小寡妇名叫哈那，她四岁就守寡了。她母亲苦待她倒罢了，还要说她前生的罪孽深重，非得叫她辛苦，来生就不能超脱。她所吃所穿的都跟不上别人，常常在后园里偷哭。她家的园子和我们的园子只隔一度竹篱，我一听见她哭，或是听见她在那里，就上前和她谈话，有时安慰她，有时给她东西吃，有时送她些少金钱。

"阿噶利马起先瞧见我周济那寡妇，很不以为然。我屡次对她说明，在唐山不论什么人都可以受人家的周济，从不分什么教门。她受我的感化，后来对于那寡妇也就发出哀怜的同情。

"有一天，阿噶利马拿些银子正从篱间递给哈那，可巧被阿户耶瞥见。他不声不张，蹑步到阿噶利马后头，给她一掌，顺口骂说：'小母畜，贱生的母猪，你在这里干什么？'他回到屋里，气得满身哆嗦，指着阿噶利马说：'谁教你把钱给那婆罗门妇人？岂不把你自己玷污了吗？你不但玷污了自己，更是玷污我和清真圣典。"马赛拉"（是阿拉禁止的意思）！快把你的"布卡"（面幕）放下来吧。'

"我在里头听得清楚，以为骂过就没事。谁知不一会的工夫，阿噶利马珠泪承睫地走进来，对我说：'利亚，我们要分离了！'我听这话吓了一跳，忙问道：'你说的是什么意思，我听不明白。'她说：'你不听见他叫我把"布卡"放下来罢？那就是休我的意思。此刻我就要回娘家去。你不必悲哀，过两天他气平了，总得叫我回来。'那时我一阵心酸，不晓得要用什么话来安慰她，我们抱头哭了一场就分散了。唉！'杀人放火金腰带，修桥整路长大癞'，这两句话实在是人间生活的常例呀！

"自从阿噶利马去后，我的凄凉的历书又从'贺春王正月'翻起。那四个女人是与我素无交情的。阿户耶呢，他那副黝黑的脸，猬毛似的胡子，我一见了就憎厌，巴不得他快离开我。我每天的生活就是乳育孩子，此外没有别的事情。我因为阿噶利马的事，吓得连花园也不敢去逛。

"过几个月，我的苦生涯快换尽了！因为阿户耶借着病回他的乐园去了。我从前听见阿噶利马说过：妇人于丈夫死后一百三十日后就得自由，可以随便改嫁。我本欲等到那规定的日子才出去，无奈她们四个人因为我有孩子，在财产上恐怕给我占便宜，所以多方窘迫我。她们的手段，我也不忍说了。

"哈那劝我先逃到她姊姊那里。她教我送一点钱财给她的姊夫，就可以得到他们的容留。她姊姊我曾见过，性情也很不错。我一想，逃走也是好的，她们四个人的心肠鬼蜮到极，若是中了她们的暗算，可就不好。哈那的姊夫在亚可特住。我和她约定了，教她找机会通知我。

"一星期后，哈那对我说她的母亲到别处去，要夜深才可以回来，教我由篱笆逾越过去。这事本不容易，因事后须得使哈那不至于吃亏。而且篱上界着一行乱线，实在教我难办。我抬头瞧见篱下那棵波罗蜜树有一桠横过她那边，那树又是斜着长上去的。我就告诉她，叫她等待人静的时候在树下接应。

"原来我的住房有一个小门通到园里。那一晚上，天际只有一点星光，我把自己细软的东西藏在一个口袋里，又多穿了两件衣裳，正要出门，瞧见我的孩子睡在那里。我本不愿意带他同行，只怕他醒时瞧不见我要哭起来，所以暂住一下，把他抱在怀里，让他吸乳。他吸的时节，才实在感得我是他的母亲，他父亲虽与我没有精神上的关系，他却是我养的。况且我去后，他不免要受别人的折磨。我想到这里，不由得双泪直流。因为多带一个孩子，会教我的事情越发难办。我想来想去，还是把他驮起来，低声对他说：'你是好孩子，就不要哭，还得乖乖地睡。'幸亏他那时好像理会我的意思，不大作声。我留一封信在床上，说明愿意抛弃我应得的产业和逃走的理由，然后从小门出去。

"我一手往后托住孩子，一手拿着口袋，蹑步到波罗蜜树下。我用一条绳子拴住口袋，慢慢地爬上树，到分桠的地方少停一会。那时孩子哼了一两声，我用手轻轻地拍着，又摇他几下，再把口袋扯上来，抛过去给哈那接住。我再爬过去，摸着哈那为我预备的绳子，我就紧握着，让身体慢慢坠下来。我的手耐不得摩擦，早已被绳子锉伤了。

"我下来之后，谢过哈那，忙忙出门，离哈那的门口不远就是爱德耶河，哈那和我出去雇船，她把话交代清楚就回去。那舵工是一个老头子，也许听不明白哈那所说的话。他划到塞德必特车站，又替我去买票。我初次搭车，所以不大明白行车的规矩，他叫我上车，我就上去。车开以后，查票人看我的票才知道我搭错了。

"车到一个小站，我赶紧下来，意思是要等别辆车搭回去。那时已经夜半，站里的人说上麻德拉斯的车要到早晨才开。不得已就在候车处坐下。我把'马支拉'（回妇外衣）披好，用手支住头假寐，约有三四点钟的工夫。偶一抬头，瞧见很远一点灯光由栅栏之间射来，我赶快到月台去，指着那灯问站里的人。他们当中有一个人笑说：'这妇人连方向也分不清楚了。她认启明星做车头的探灯哪。'我瞧真了，也不觉得笑起来，说：'可不是！我的眼真是花了。'

"我对着启明星，又想起阿噶利马的话。她曾告诉我那星是一个擅于迷惑男子的女人变的。我因此想起荫哥和我的感情本来很好，若不是受了番婆的迷惑，绝不忍把他最爱的结发妻卖掉。我又想着自己被卖的不是不能全然归在荫哥身上。若是我情愿在唐山过苦日子，无心到新加坡去依赖他，也不会发生这事。我想来想去，反笑自己逃得太过唐突。我自问既然逃得出来，又何必去依赖哈那的姊姊呢？想到这里，仍把孩子抱回候车处，定神解决这问题。我带出来的东西和现银共值三千多卢比，若是在村庄里住，很可以够一辈子的开销，所以我就把独立生活的主意拿定了。

"天上的诸星陆续收了它们的光，唯有启明仍在东方闪烁着。当我瞧着它的时候，好像有一种声音从它的光传出来，说：'惜官，此后你别再以我为迷惑男子的女人。要知道凡光明的事物都不能迷惑人。在诸星之中，我最先出来，告诉你们黑暗快到了；我最后回去，为的是领你们紧接受着太阳的光亮；我是夜界最光明的星。你可以当我做你心里的殷勤的警醒者。'我朝着它，心花怒开，也形容不出我心里的感谢。此后我一见着它，就有一番特别的感触。

"我向人打听客栈所在的地方，都说要到贞葛布德才有。于是我又搭车到那城去。我在客栈住不多的日子，就搬到自己的房子住去。

"那房子是我把钻石鼻环兑出去所得的金钱买来的。地方不大，只有二间房和一个小园，四面种些露兜树当作围墙。印度式的房子虽然不好，但我爱它靠近村庄，也就顾不得它的外观和内容了。我雇了一个老婆子帮助料理家务，除养育孩子以外，还可以念些印度书籍。我在寂寞中和这孩子玩弄，才觉得孩子的可爱，比一切的更甚。

"每到晚间，就有一种很庄重的歌声送到我耳里。我到园里一望，原来是从对门一个小家庭发出来的。起先我也不知道他们唱来干什么，后来我才晓得他们是基督徒。那女主人以利沙伯不久也和我认识，我也常去赴他们的晚祷会。我在贞葛布德最先认识的朋友就算他们那一家。

"以利沙伯是一个很可亲的女人，她劝我入学校念书，且应许给我照顾孩子。我想偷闲度日也是没有什么出息，所以在第二年她就介绍我到麻德拉斯一个妇女学校念书。每月回家一次瞧瞧我的孩子，她为我照顾得很好，不必我担忧。

"我在校里没有分心的事，所以成绩甚佳。这六七年的工夫，不但学问长进，连从前所有的见地都改变了。我毕业后直到如今就在贞葛布德附近一个村里当教习。这就是我一生经历的大概。若要详细说来，虽用一年的工夫也说不尽。

"现在我要到新加坡找我丈夫去，因为我要知道卖我的到底是谁。我很相信荫哥必不忍做这事，纵然是他出的主意，终有一天会悔悟过来。"

惜官和我谈了足有两点多钟，她说得很慢，加之孩子时时搅扰她，所以没有把她在学校的生活对我详细地说。我因为她说得工夫太长，恐怕精神过于受累，也就不往下再问，我只对她说："你在那漂流的时节，能够自己找出这条活路，实在可敬。明天到新加坡的时候，若是要我帮助你去找荫哥，我很乐意为你去干。"她说："我哪里有什么聪明，这条路不过是冥冥中指导者替我开的。我在学校里所念的书，最感动我的是《天路历程》和《鲁滨逊漂流记》，这两部书给我许多安慰和模范。我现时简直是一个女鲁滨逊哪。你要帮我去找荫哥，我实在感激。因为新加坡我不大熟悉，明天总得求你和我……"说到这里，那孩子催着她进舱里去拿玩具给他。她就起来，一面续下去说："明天总得求你帮忙。"我起立对她行了一个敬礼，就坐下把方才的会话录在怀中日记里头。

过了二十四点钟，东南方微微露出几个山峰。满船的人都十分忙碌，惜官也顾着检点她的东西，没有出来。船入港的时候，她才携着孩子出来与我坐在一条长凳上头。她对我说："先生，想不到我会再和这个地方相见。岸上的椰树还是舞着它们的叶子；海面的白鸥还是飞来飞去向客人表示欢迎；我的愉快也和九年前初会它们那时一样。如箭的时光，转眼就过了那么多年，但我至终瞧不出从前所见的和现在所见的当中有什么分别。……呀！'光阴如箭'的话，不是指着箭飞得快说，乃是指着箭的本体说。光阴无论飞得多么快，在里头的事物还是没有什么改变，好像附在箭上的东西，箭虽是飞行着，它们却是一点不更改。……我今天所见的和从前所见的虽是一样，但愿荫哥的心肠不要像自然界的现象变更得那么慢；但愿他回心转意地接纳我。"我说："我向你表同情。听说这船要泊在丹让巴葛的码头，我想到时你先在船上候着，我上去打听一下再回来和你同去，这办法好不好呢？"她说："那么，就教你多多受累了。"

我上岸问了好几家都说不认得林荫乔这个人，那义和诚的招牌更是找不着。我非常着急，走了大半天觉得有一点累，就上一家广东茶居歇足，可巧在那里给我查出一点端倪。我问那茶居的掌柜。据他说：林荫乔因为把妻子卖给一个印度人，惹起本埠多数唐人的反对。那时有人说是他出主意卖的，有人说是番婆卖的，究竟不知道是谁做的事。但他的生意因此受莫大的影响，他瞧着在新加坡站不住，就把店门关起来，全家搬到别处去了。

我回来将所查出的情形告诉惜官，且劝她回唐山去。她说："我是永远不能去的，因为我带着这个棕色孩子，一到家，人必要耻笑我，况且我对于唐文一点也不会，回去岂不要饿死吗？我想在新加坡住几天，细细地访查他的下落。若是访不着时，仍旧回印度去。……唉，现在我已成为印度人了！"

我瞧她的情形，实在想不出什么话可以劝她回乡，只叹一声说："呀！你的命运实在苦！"她听了反笑着对我说："先生啊，人间一切的事情本来没有什么苦乐的分别：你造作时是苦，希望时是乐；临事时是苦，回想时是乐。我换一句话说：眼前所遇的都是困苦；过去、未来的回想和希望都是快乐。昨天我对你诉说自己境遇的时候，你听了觉得很苦，因为我把从前的情形陈说出来，罗列在你眼前，教你感得那是现在的事；若是我自己想起来，久别、被卖、逃亡、等等事情都有快乐在内。所以你不必为我叹息，要把眼前的事情看开才好。……我只求你一样，你到唐山时，若是有便，就请到我村里通知我母亲一声。我母亲算来已有七十多岁，她住在鸿渐，我的唐山亲人只剩着她咧。她的门外有一棵很高的橄榄树。你打听良姆，人家就会告诉你。"

船离码头的时候，她还站在岸上挥着手送我。那种诚挚的表情，教我永远不能忘掉。我到家不上一月就上鸿渐去。那橄榄树下的破屋满被古藤封住，从门缝儿一望，隐约瞧见几座朽腐的木主搁在桌上，哪里还有一位良姆！

（原载 1921 年 4 月《小说月报》12 卷 4 号）

黄昏后

承欢、承懂两姊妹在山上采了一篓羊齿类的干草，是要用来编造果筐和花篮底。她们从那条崎岖的山径一步一步地走下来，刚到山腰，已是喘得很厉害，二人就把篓子放下，歇息一会。

承欢底年纪大一点，所以她底精神不如妹妹那么活泼，只坐在一根横露在地面底榕树根上头，一手拿着手巾不歇地望脸上和脖项上揩拭。她底妹妹坐不一会，已经跑入树林里低着头，慢慢找她心识中底宝贝去了。

喝醉了底太阳在临睡时，虽不能发出他固有的本领，然而还有余威把他底妙光长箭射到承欢这里。满山底岩石、树林、泉水，受着这妙光底赏赐，越觉得秋意阑珊了。汐涨底声音，一阵一阵地从海岸送来；远地的归鸟和落叶混着在树林里乱舞。承欢当着这个光景，她底眉、目、唇、舌也不觉跟着那些动的东西，在她那被日光熏黑了底面庞飞舞着。她高兴起来，心中底意思已经禁止不住，就顺口念着："……碧海无风涛自语；丹林映日叶思飞！……"还没有念完，她底妹妹就来到跟前，衣裙里兜着一堆底叶子，说："姊姊你自己坐在这里，和谁说话来？你也不去帮我捡捡叶子，那边还有许多好看的哪。"她说着，顺手把所得底枯叶一片一片地拿出来，说："这个是蚶壳……这是海星，……这是没脊鳍底翻车鱼……这卷得更好看，是爸爸吸底淡芭菇……这是……"她还要将那些受她想象变化过底叶子，一一给姊姊说明；可是这样的讲解，除她自己以外，是没人愿意用工夫去领教底。承欢不耐烦地说："你且把它们搁在篓里罢，到家才听你底，现在我不愿意听咧。"承懂斜着眼瞧了姊姊一下，一面把叶子装在篓里，说："姊姊不晓得又想什么了。在这里坐着，愿意自己喃喃地说话，就不愿意听我所说底！"承欢说："我何尝说什么，不过念着爸爸那首《秋山晚步》罢了。"她站起来，说："时候不早了，咱们走罢。你可以先下山去，让我自己提这篓子。"承懂说："我不，我要陪着你走。"

二人顺着山径下来。从秋的夕阳渲染出来等等的美丽已经布满前路：霞色、水光、潮音、谷响、草香等等，更不消说；即如承欢那副不白的脸庞也要因着这个就增了几分本来的姿色。承欢虽是走着，脚步却不肯放开，生怕把这样晚景错过了似的。她无意中说了一声："呀！妹妹，秋景虽然好，可惜太近残年咧。"承懂底年纪只十岁，自然不能懂得这位十五岁的姊姊所说底是什么意思。她就接着说："挨近残年，有什么可惜不可惜的？越近残年越好，因为残年一过，爸爸就要给我好些东西玩，我也要穿新做的衣服——我还盼望它快点过去哪。"

她们底家就在山下，门前朝着南海。从那里，有时可以望见远地里一两艘法国巡舰在广州湾驶来驶去。姊妹们也说不清她们所住的到底是中国地，或是法国领土；不过时常理会那些法国水兵爱来村里胡闹罢了。刚进门，承懽便叫一声："爸爸，我们回来了！"平常她们一回来，父亲必要出来接她们；这一次不见他出来，承欢以为她父亲底注意是贯注在书本或雕刻上头，所以教妹妹不要声张，只好静静地走进来。承欢把篓子放下，就和妹妹到父亲屋里。

她们底父亲关怀所住底是南边那间屋子，靠壁三五架书籍。又陈设了许多大理石造像——有些是买来底，有些是自己创作底。从这技术室进去就是卧房。二人进去，见父亲不在那里。承欢向壁上一望，就对妹妹说："爸爸又拿着'基达尔'出去了。你到妈妈坟上，瞧他在那里不在。我且到厨房弄饭，等着你们。"

她们母亲底坟墓就在屋后自己底荔枝园中。承懽穿过几棵荔枝树，就听见一阵基达尔底乐音，和着她父亲底歌喉。她知道父亲在那里，不敢惊动他底弹唱，就蹑着脚步上前。那里有一座大理石的坟头，形式虽和平常一样，然而西洋的风度却是很浓的。瞧那建造和雕刻底功夫，就知道平常的工匠决做不出来；一定是关怀亲手所造底。那墓碑上不记年月，只刻着"良人关山恒媚"，下面一行小字是"夫关怀手泐"。承懽到时，关怀只管弹唱着，像不理会他女儿站在身旁似的。直等到西方底回光消灭了，他才立起来，一手挟着乐器，一手牵着女儿，从园里慢慢地走出来。

一到门口，承懽就嚷着："爸爸回来了！"她姊姊走出来，把父亲手里底乐器接住，且说："饭快好啦，你们先到厅里等一会，我就端出来。"关怀牵着承懽到厅里，把头上底义髻脱下，挂在一个衣架上头，回头他就坐在一张睡椅上和承懽谈话。他底外貌像一位五十岁左右底日本人，因为他底头发很短，两撇胡子也是含着外洋的神气。停一会，承欢端饭出来，关怀说："今晚上咱们都回得晚。方才你妹妹说你在山上念什么诗；我也是在书架上偶然检出十几年前你妈妈写给我底《自君之出矣》，我曾把这十二首诗入了乐谱，你妈妈在世时很喜欢听这个；到现在已经十一二年不弹这调了。今天偶然被我翻出来，所以拿着乐器走到她坟上再唱给她听。唱得高兴，不觉反复了几遍，连时间也忘记了。"承欢说："往时爸爸到墓上奏乐，从没有今天这么久，这诗我也不曾听过，……"承懽插嘴说："我也不曾听过。"承欢接着说："也许我在当时年纪太小不懂得。今晚上底饭后谈话，爸爸就唱一唱这诗，且给我们说说其中底意思罢。"关怀说："自你四岁以后，我就不弹这调了，你自然是不曾听过底。"他抚着承懽底头，笑说："你方才不是听过了吗？"承懽摇头说："那不算，那不算。"他说："你妈妈这十二首诗没有什么可说底，不如给你们说咱们在这里住着底缘故罢。"

吃完饭，关怀仍然倚在睡椅上头，手里拿着一支雪茄，且吸且说。这老人家在灯光之下说得眉飞目舞，教姊妹们底眼光都贯注在他脸上，好像藏在叶下底猫儿凝神守着那翩飞的蝴蝶一般。

关怀说："我常愿意给你们说这事，恐怕你们不懂得，所以每要说时，便停止了。咱们住在这里，不但邻舍觉得奇怪，连阿欢，你底心里也是很诧异的。现在你底年纪大了，也懂得一点世故了，我就把一切的事告诉你们罢。

"我从法国回到香港，不久就和你妈妈结婚。那时刚要和东洋打仗，邓大人聘了两个法国人做顾问，请我到兵船里做通译。我想着，我到外洋是学雕刻底，通译，那里是我做得来底事，当时就推辞他。无奈邓大人一定要我去，我碍于情面也就允许了。你妈妈虽不愿意，因为我已应许人家，所以不加拦阻。她把脑后底头发截下来，为我做成那条假辫。"他说到这里，就用雪茄指着衣架，接着说："那辫子好像叫卖底幌子，要当差事非得带着它不可。那东西被我用了那么些年，已修理过好几次，也许现在所有的头发没有一根是你妈妈底哪。

"到上海底时候，那两个法国人见势不佳，没有就他底聘，他还劝我不用回家，日后要用我做别的事，所以我就暂住在上海。我在那里，时常听见不好的消息，直到邓大人在威海卫阵亡时，我才回来。那十二首诗就是我入门时，你妈妈送给我底。"

承欢说："诗里说底都是什么意思？"关怀说："互相赠与底诗，无论如何。第三个人是不能理会，连自己也不能解释给人听底。那诗还搁在书架上，你要看时，明天可以拿去念一念。我且给你说此后我和你妈妈底事。

"自那次打败仗，我自己觉得很羞耻，就立意要隔绝一切的亲友，跑到一个孤岛里居住，为底是要避掉等等不体面的消息，教我底耳朵少一点刺激。你妈妈只劝我回硇州去，但我很不愿意回那里去，以后我们就定意要搬到这里来。这里离硇州虽是不远，乡里底人却没有和我往来，我想他们必是不知道我住在这里。

"我们买了这所房子，连后边的荔枝园。二人就在这里过很欢乐的日子。在这里住不久，你就出世了。我们给你起个名字叫承欢。……"承懽紧接着问"我呢？"关怀说："还没有说到你咧。你且听着，待一会才给你说。"

他接着说："我很不愿意雇人在家里做工，或是请别人种地给我收利。但耨田插秧底事都不是我和你妈妈做得来底；所以我们只好买些果树园来做生产底源头；西边那丛椰子林也是在你一周岁时买来做纪念底。那时你妈妈每日的功课就是乳育你；我在技术室做些经常的生活以外，有工夫还出去巡视园里底果树。好几年的工夫，我们都是这样地过，实在快乐啊！

"唉，好事是无常的！我们在这里住不上五年，这一片地方又被法国占据了！当时我又想搬到别处去，为底是要回避这种羞耻，谁知这事不能由我做主，好像我底命运就是这样，要永远住在这蒙羞的土地似的。"关怀说到这里，声音渐渐低微，那忧愤的情绪直把眼睑垠下一半；同时他底视线从女儿底脸上移开，也被地心引力吸住了。

承懂不明白父亲底心思，尽说："这地方很好，为什么又要搬呢？"承欢说："啊，我记得爸爸给我说过，妈妈是在那一年去世底。"关怀说："可不是？从前搬来这里底时候，你妈妈正怀着你；因为风波底颠簸，所以临产时很不顺利。这次可巧又有了阿懂，我不愿意像从前那么唐突，要等她产后才搬。可是她自从得了租借条约签押底消息以后，已经病得支持不住了。"那声音底颤动，早已把承欢底眼泪震荡出来。然而这老人家却没有显出什么激烈的情绪，只皱一皱他底眉头而已。

他往下说："她产后不上十二个时辰就……"承懂急急地问："是养我不是？"他说："是。因为你出世不久，你妈妈便撒掉你，所以给你起个名字做阿懂，懂就是忧而无告底意思。"

这时，三个人缄默了一会，门前底海潮音，后园底蟋蟀声，都顺着微风从窗户间送进来，桌上那盏油灯本来被灯花堵得火焰如豆一般大，这次因着微风，更是闪烁不定，几乎要熄灭了。关怀说："阿欢，你去把窗户关上，再将油灯整理一下。……小妹妹也该睡了，回头就同她到卧房去罢。"

不论什么人都喜欢打听父母怎样生育他，好像念历史底人爱读开天辟地底神话一样，承懂听到这个去处，精神正在活泼，哪里肯去安息。她从小凳子站起来，顺势跑到父亲面前，且坐在他底膝上，尽力地摇头说："爸爸还没有说完哪。我不困，快往下说罢。"承欢一面关窗，一面说："我也愿意再听下去，爸爸就接着说罢。今晚上迟一点睡也无妨。"她把灯芯弄好，仍回原位坐下，注神瞧着她底父亲。

油灯经过一番收拾，越显得十分明亮，关怀底眼睛忽然移到屋角一座石像上头。他指着对女儿说："那就是你妈妈去世前两三点钟底样子。"承懂说："姊姊也曾给我说过那是妈妈，但我准知道爸爸屋里那个才是。我不信妈妈底脸难看到这个样子。"他抚着承懂底头顶说："那也是好看的。你不懂得，所以说她不好看。"他越说越远，几乎把方才所说底忘掉；幸亏承欢再用话语提醒他，那老人家才接续地说下去。

他说："我底搬家计划，被你妈妈这一死就打消了。她底身体已藏在这可羞的土地，而且你和阿懂年纪又小，服侍你们两个小姊妹还忙不过来，何况搬东挪西地往外去呢？因此，我就定意要终身住在这里，不想再搬了。

"我是不愿意雇人在家里为我工作底。就是乳母，我也不愿意雇一个来乳育阿懂。我不信男子就不会养育婴孩，所以每日要亲自尝试些乳育底功夫。"承懂问："爸爸当时你有奶子给我喝吗？"关怀说："我只用牛乳喂你。然而男子有时也可以生出乳汁底。……阿欢，我从前不曾对你说过孟景休底事么？"承欢说："是，他是一个孝子，因为母亲死掉，留下一个幼弟；他要自己做乳育底功夫，果然有乳浆从他底乳房溢出来。"关怀笑说："我当时若不是一个书呆子，就是这事一定要孝子才办得到，贞夫是不许做底。我每每抱着阿懂让她啜我底乳头，看看能够溢出乳浆不能；但试来试去，都不成功。养育底功夫虽然是苦，我却以为这是父母二人应当共同去做底事情，不该让为母底独自担任这番劳苦。"

承欢说："可是这事要女人去做才合宜。"

"是的。自从你妈妈没了以后，别样事体倒不甚棘手，对于你所穿底衣服总觉得肮脏和破裂得非常的快。我自己也不会做针黹，整天要为你求别人缝补，这几乎又要把我所不求人底理想推翻了！当时有些邻人劝我为你们续娶一个……"

承欢说："我们有一位后娘倒好。"

那老人家瞪着眼，口里尽力地吸着雪茄，少停，他底声音就和青烟一齐冒出来。他郑重地说："什么？一个人能像禽兽一样，只有生前的恩爱，没有死后的情愫吗？"

从他口里吐出来底青烟早已触得承懂康康地咳嗽起来。她断续地说："爸爸底口真像王家那个破灶，闷得人家底眼睛和喉咙都不爽快。"关怀拍着她底背说："你真会用比方！……这是从外洋带回来底习惯，不吸它也罢，你就拿去搁在烟盂里罢。"承懂拿着那支雪茄，忽像想起什么事似的，她走到屋里把所捡底树叶拿出来，对父亲说："爸爸吸这一支罢，这比方才那支好得多。"她父亲笑着把叶子接过去，仍教承懂坐在膝上，眼睛望着承欢说："阿欢，你以再婚为是么？"他底女儿自然不能回答，也不敢回答这重要的问题。她只嘿嘿地望着父亲两只灵活的眼睛，好像要听那两点微光底回答一样。那回答底声音果如从父亲底眼光中发出来——他凝神瞧着承欢说："我想你也不以为然。一个女人再醮，若是人家要轻看她；一个男子续娶，难道就不应当受轻视吗？所以当时凡有劝我续弦底，都被我拒绝了。我想你们没有母亲虽是可哀，然而有一个后娘更是不幸的。"

门前底海潮音，后园底蟋蟀声，加上檐牙底铁马和树上底夜啼鸟，这几种声音真像强盗一样，要从门缝窗隙间闯进来搅乱他们底夜谈。那两个女孩子虽不理会，关怀底心却被它们抢掠去了。他底眼睛注视着窗外那似树如山的黑影；耳中听着那种铮铮铛铛、嘶嘶喓喓、汩汩潋潋的杂响；口里说："我一听见铁马底音响，就回想到你妈妈做新娘时，在洞房里走着，那脚钏铃铛底声音。那声音虽有大小底分别，风味却差不多。"

他把射到窗外底目光移到承欢身上，说："你妈妈姓山，所以我在日间或夜间偶然瞧见尖锥形的东西就想着山，就想着她。在我心目中底感觉，她实在没死，不过是怕遇见更大的羞耻，所以躲藏着；但在人静底时候，她仍是和我在一处底。她来底时候，也去瞧你们，也和你们谈话，只是你们都像不大认识她一样，有时还不瞅睬她。"承懽说："妈妈一定是在我们睡熟时候来底，若是我醒时，断没有不瞅睬她底道理。"那老人家抚着这幼女底背说："是的，你妈妈常夸奖你，说你聪明，喜欢和她谈话，不像你姊姊越大就越发和她生疏起来。"承欢知道这话是父亲造出来教妹妹喜欢底，所以她笑着说："我心里何尝不时刻惦念着妈妈呢？但她一来到，我怎么就不知道，这真是怪事！"

关怀对着承欢说："你和你妈妈离别时年纪还小，也许记不清她底模样；可是你须知道不论要认识什么物体都不能以外貌为准的，何况人面是最容易变化的呢？你要认识一个人，就得在他底声音容貌之外找寻，这形体不过是生命中极短促的一段罢了。树木在春天发出花叶、夏天结了果子，一到秋冬，花叶、果子多半失掉了；但是你能说没有花、叶底就不是树木么？池中底蝌蚪，渐渐长大成为一只蛤蟆，你能说蝌蚪不是小蛤蟆么？无情的东西变得慢，有情的东西变得快。故此，我常以你妈妈底坟墓为她底变化身；我觉得她底身体已经比我长得大，比我长得坚强；她底声音，她底容貌，是遍一切处的。我到她底坟上，不是盼望她那卧在土中底肉身从墓碑上挺起来；我瞧她底身体就是那个坟墓，我对着那墓碑就和在这屋对你们说话一样。"

承懽："哦，原来妈妈不是死，是变化了。爸爸，你那么爱妈妈，但她在这变化底时节，也知道你是疼爱她底么？"

"她一定知道底。"

承懽说："我每到爸爸屋里，对着妈妈底造像叫唤、抚摩，有时还敲打她几下。爸爸，若是那像真是妈妈，她肯让我这样抚摩和敲打么？她也能疼爱我，像你疼我一样么？"

关怀回答说："一定很喜欢。你妈妈连我这么高大，她还十分疼爱，何况你是一个聪明伶俐的小孩子！妈妈底疼爱比爸爸大得多。你睡觉底时候，爸爸只能给你垫枕，盖被；若是妈妈，一定要将她那只滑腻而温暖的手臂给你枕着；还要搂着你，教你不惊不慌地安睡在她怀里。你吃饭底时候，爸爸只能给你预备小碗，小盘；若是妈妈，一定要把她那软和而常摇动的膝头给你做凳子，还要亲手递好吃的东西到你口里。你所穿底衣服，爸爸只能为你买些时式的和贵重的；若是妈妈，一定要常常给你换新样式，她要亲自剪裁，亲自刺绣，要用最好看的颜色，——就是你最喜欢底颜色——给你做上。妈妈底疼爱实在比爸爸底大得多！"

承懽坐在父亲膝上，一听完这段话，她底身体跳荡好像骑在马上一样。她一面摇着身子，一面拍着自己两只小腿，说："真的吗！她为何不对我这样做呢？爸爸，快叫妈妈从坟里出来罢。何必为着这蒙羞的土地就藏起来，不教她亲爱的女儿和她相会呢？从前我以为妈妈底脾气老是那个样子：两只眼睛瞧着人，许久也不转一下；和她说话也不答应；要送东西给她，她两只手又不知道往那里去，也不会伸出来接一接。所以我想她一定是不懂人情底。现在我就知道她不是无知的。爸爸，你为我到坟里把妈妈请出来罢；不然，你就把前头那扇石门挪开，让我进去找她。爸爸曾说她在晚间常来，待一会，她会来么？"

关怀把她亲了一下，说："好孩子，你方才不是说你曾叫过她、摩过她，有时还敲打她么？她现在已经变成那个样子了，纵使你到坟墓里去找她也是找不着底。她常在我屋里，常在那里（他指着屋角那石像），常在你心里，常在你姊姊心里，常在我心里。你和她说话或送东西给她时，她虽象不理你，其实她疼爱你，已经领受你底敬意。你若常常到她面前，用你底孝心，你底诚意供献给她，日子久了，她心里喜欢让你见着她底容貌。她要用妩媚的眼睛瞧着你，要开口对你发言，她那坚硬而白的皮肤要化为柔软娇嫩，好像你底身体一样。待一会，她一定来，可是不让你瞧见她，因为她先要瞧瞧你对于她底爱心怎样，然后教你瞧见她。"

承欢也随着对妹妹证明说："是，我象你那么大底时候，也很愿意见妈妈一面，后来我照着爸爸底话去做，果然妈妈从石像座儿走下来，搂着我和我谈话，好像现在爸爸搂着你和你谈话一样。"

承懂把右手底食指含在口里，一双伶俐的小眼射在地上，不歇地转动，好像了悟什么事体，还有所发明似的。她抬头对父亲说："哦，爸爸，我明白了。以后我一定要格外地尊敬妈妈那座造像，盼望她也能下来和我谈话。爸爸，比如我用尽我底孝敬心来服侍她，她准能知道么？"

"她一定知道底。"

"那么，方才所捡那些叶子，若是我好好地把它们藏起来，一心供养着，将来它们一定也会变成活的海星、瓦楞子或翻车鱼了。"关怀听了，莫名其妙。承欢就说："方才妹妹捡了一大堆的干叶子，内中有些像鱼底，有些像螺贝底，她问的是那些东西。"关怀说："哦，也许会，也许会。"承懂要立刻跳下来，把那些叶子搬来给父亲瞧，但她底父亲说："你先别拿出来，明天我才教给你保存它们底方法。"

关怀生怕他底爱女晚间说话过度，在睡眠时做梦，就劝承懂说："你该去睡觉啦。我和你到屋里去罢。明早起来，我再给你说些好听的故事。"承懂说："不，我不。爸爸还没有说完呢，我要听完了才睡。"关怀说："妈妈底事长着呢，若是要说，一年也说不完，明天晚上再接下去说罢。"那小女孩于是从父亲膝上跳下来，拉着父亲底手，说："我先要到爸爸屋里瞧瞧那个妈妈。"关怀就和她进去。

他把女儿安顿好，等她睡熟，才回到自己屋里。他把外衣脱下，手里拿着那个爰嫠囊，和腰间底玉佩，把玩得不忍撒手，料想那些东西一定和他底亡妻关山恒媚很有关系。他们底恩爱公案必定要在临睡前复讯一次。他走到石像前，不歇用手去摩弄那坚实而无知的物体，且说："多谢你为我留下这两个女孩，教我底晚景不至过于惨淡。不晓得我这残年要到什么时候才可以过去，速速地和你同住在一处。唉！你底女儿是不忍离开我底，要她们成人，总得在我们再会之后。我现在正浸在父亲的情爱中，实在难以解决要怎样经过这衰弱的残年，你能为我和从你身体分化出来底女儿们打算么？"

他静静地站在那里，好像很注意听着那石像底回答。可是那用手造底东西怎样发出她底意思，我们底耳根太钝，实在不能听出什么话来。

他站了许久，回头瞧见承欢还在北边的厅里编织花篮，两只手不停地动来动去，口里还低唱着她底功夫歌。他从窗门对女儿说："我儿，时候不早了，明天再编罢。今晚上妹妹话说得过多，恐怕不能好好地睡，你得留神一点。"承欢答应一声，就把那个未做成底篮子搁起来，把那盏小油灯拿着到自己屋里去了。

灯光被承欢带去以后。满屋都被黑暗充塞着。秋萤一只两只地飞入关怀底卧房，有时歇在石像上头。那光底闪烁，可使关山恒媚底脸对着她底爱者发出一度一度的流盼和微笑。但是从外边来底，还有汨稳的海潮音，嘶嗦的蟋蟀声，铮铛的铁马响，那可以说是关山恒媚为这位老鳏夫唱底催眠歌曲。

（原载 1927 年 7 月《小说月报》12 卷 7 号）

缀网劳蛛

"我像蜘蛛，
　　　命运就是我底网。"
我把网结好，
　　　还住在中央。

呀，我底网甚时节受了损伤！
　　　这一坏，教我怎地生长？
生的巨灵说："补缀补缀罢！"
　　　世间没有一个不破的网。

我再结网时，
　　　要结在玳瑁梁栋
　　　　　珠玑帘栊；
或结在断井颓垣
　　　荒烟蔓草中呢？
生的巨灵按手在我头上说：
　　　"自己选择去罢，
　　　你所在的地方无不兴隆、亨通。"

虽然，我再结的网还是像从前那么脆弱，
　　　敌不过外力冲撞；
我网底形式还要像从前那么整齐——
　　　平行的丝连成八角、十二角的形状吗？
他把"生的万花筒"交给我，说：
"望里看罢，
　　　你爱怎样，就结成怎样。"

呀，万花筒里等等的形状和颜色
　　　仍与从前没有什么差别！
求你再把第二个给我，

我好谨慎地选择。

　　"咄咄！贪得而无智的小虫！
　　　自而今回溯到濛鸿，
　　　从没有人说过里面有个形式与前相同。
　　去罢，生的结构都由这几十颗'彩琉璃屑'幻成种种，
　　　不必再看第二个生的万花筒。"

　　那晚上底月色格外明朗，只是不时来些微风把满园底花影移动得不歇地作响。素光从椰叶下来，正射在尚洁和她底客人史夫人身上。她们二人底容貌，在这时候自然不能认得十分清楚，但是二人对谈的声音却像幽谷底回响，没有一点模糊。

　　周围的东西都沉默着，像要让她们密谈一般：树上底鸟儿把喙插在翅膀底下；草里底虫儿也不敢作声；就是尚洁身边那只玉狸，也当主人所发的声音为催眠歌，只管蜷蜷地沉睡着。她用纤手抚着玉狸，目光注在她底客人上，懒懒地说："夺魁嫂子，外间的闲话是听不得的。这事我全不计较——我虽不信定命的说法，然而事情怎样来，我就怎样对付，毋庸在事前预先谋定什么方法。"

　　她底客人听了这场冷静的话，心里很是着急，说："你对于自己底前程太不注意了！若是一个人没有长久的顾虑，就免不了遇着危险，外人底话虽不足信，可是你得把你底态度显示得明了一点，教人不疑惑你才是。"

　　尚洁索性把玉狸抱在怀里，低着头，只管摩弄。一会儿，她才冷笑了一声，说："吓吓，夺魁嫂子，你底话差了，危险不是顾虑所能闪避的。后一小时的事情，我们也不敢说准知道，哪里能顾到三四个月、三两年那么长久呢？你能保我待一会不遇着危险，能保我今夜里睡得平安么？纵使我准知道今晚上会遇着危险，现在的谋虑也未必来得及。我们都在云雾里走，离身二三尺以外，谁还能知道前途的光景呢？经里说：'不要为明日自夸，因为一日要生何事，你尚且不能知道。'这句话，你忘了么？……唉，我们都是从渺茫中来，在渺茫中住，望渺茫中去。若是怕在这条云封雾锁的生命路程里走动，莫如止住你底脚步；若是你有漫游的兴趣，纵然前途和四围的光景暧昧，不能使你赏心快意，你也是要走的。横竖是往前走，顾虑什么？

　　"我们从前的事，也许你和一般侨寓此地的人都不十分知道。我不愿意破坏自己底名誉，也不忍教他出丑。你既是要我把态度显示出来，我就得略把前事说一点给你听，可是要求你暂时守这个秘密。

　　"论理，我也不是他底……"

　　史夫人没等她说完，早把身子挺起来，作很惊讶的样子，回头用焦急的声音说："什么？这又奇怪了！"

"这倒不是怪事，且听我说下去。你听这一点，就知道我底全意思了。我本是人家底童养媳，一向就不曾和人行过婚礼——那就是说，夫妇底名分，在我身上用不着。当时，我并不是爱他，不过要仗着他底帮助，救我脱出残暴的婆家。走到这个地方，依着时势的境遇，使我不能不认他为夫……"

"原来你们底家有这样特别的历史。……那么，你对于长孙先生可以说没有精神的关系，不过是不自然的结合罢了。"

尚洁庄重地回答说："你底意思是说我们没有爱情么？诚然，我从不曾在别人身上用过一点男女底爱情；别人给我的，我也不曾辨别过那是真的，这是假的。夫妇，不过是名义上的事；爱与不爱，只能稍微影响一点精神底生活，和家庭底组织是毫无关系的。

"他怎样想法子要奉承我，凡认识我的人都觉得出来。然而我却没有领他底情，因为他从没有把自己底行为检点一下。他底嗜好多，脾气坏，是你所知道的。我一到会堂去，每听到人家说我是长孙可望底妻子，就非常的惭愧。我常想着从不自爱的人所给的爱情都是假的。

"我虽然不爱他，然而家里的事，我认为应当替他做的，我也乐意去做。因为家庭是公的，爱情是私的。我们两人底关系，实在就是这样。外人说我和谭先生的事，全是不对的。我底家庭已经成为这样，我又怎能把它破坏呢？"

史夫人说："我现在才看出你们底真相，我也回去告诉史先生，教他不要多信闲话。我知道你是好人，是一个纯良的女子，神必保佑你。"说着，用手轻轻地拍一拍尚洁底肩膀，就站立起来告辞。

尚洁陪她在花阴底下走着，一面说："我很愿意你把这事底原委单说给史先生知道。至于外间传说我和谭先生有秘密的关系，说我是淫妇，我都不介意。连他也好几天不回来啦。我估量他是为这事生气，可是我并不辩白。世上没有一个人能够把真心拿出来给人家看；纵然能够拿出来，人家也看不明白，那么，我又何必多费唇舌呢？人对于一件事情一存了成见，就不容易把真相观察出来。凡是人都有成见，同一件事，必会生出歧异的评判，这也是难怪的。我不管人家怎样批评我，也不管他怎样疑惑我，我只求自己无愧，对得住天上底星辰和地下底蝼蚁便了。你放心罢，等到事情临到我身上，我自有方法对付。我底意思就是这样，若是有工夫，改天再谈罢。"

她送客人出门，就把玉狸抱到自己房里。那时已经不早，月光从窗户进来，歇在椅桌、枕席之上，把房里的东西染得和铅制的一般。她伸手向床边按了一按铃子，须臾，女佣妥娘就上来。她问："佩荷姑娘睡了么？"妥娘在门边回答说："早就睡了。消夜已预备好了，端上来不？"她说着，顺手把电灯拧着，一时满屋里都著上颜色了。

在灯光之下，才看见尚洁斜倚在床上。流动的眼睛，软润的额颊，玉葱似的鼻，柳叶似的眉，桃绽似的唇，衬着蓬乱的头发……凡形体上各样的美都凑合在她头上。她底身体，修短也很合度。从她口里发出来的声音，都合音节，就是不懂音乐的人，一听了她底话语，也能得着许多默感。她见妥娘把灯拧亮了，就说："把它拧灭了吧。光太强了，更不舒服。方才我也忘了留史夫人在这里消夜。我不觉得十分饥饿，不必端上来，你们可以自己方便去。把东西收拾清楚，随着给我点一支洋烛上来。"

妥娘遵从她底命令，立刻把灯灭了，接着说："相公今晚上也许又不回来，可以把大门扣上吗？"

"是，我想他永远不回来了。你们吃完，就把门关好，各自歇息去罢，夜很深了。"

尚洁独坐在那间充满月亮的房里，桌上一枚洋烛已燃过三分之二，轻风频拂火焰，眼看那支发光的小东西要泪尽了。她于是起来，把烛光移到屋角一个窗户前头的小几上。那里有一个软垫，几上搁几本经典和祈祷文。她每夜睡前的功课就是跪在那垫上默记三两节经句，或是诵几句祷词。别的事情，也许她会忘记，惟独这圣事是她所不敢忽略的。她跪在那里冥想了许久，睁眼一看，火光已不知道在什么时候从烛台上逃走了。

她立起来，把卧具整理妥当，就躺下睡觉。可是她怎能睡着呢？呀，月亮也循着宾客底礼，不敢相扰，慢慢地辞了她。走到园里和它底花草朋友、木石知交周旋去了！

月亮虽然辞去，她还不转眼地望着窗外的天空，像要诉她心中底秘密一般。她正在床上辗来转去，忽听园里"囔囔"一声，响得很厉害。她起来，走到窗边，往外一望，但见一重一重的树影和夜雾把园里盖得非常严密，教她看不见什么。于是她蹑步下楼，唤醒妥娘，命她到园里去察看那怪声底出处。妥娘自己一个人哪里敢出去；她走到门房把团哥叫醒，央他一同到围墙边察一察。团哥也就起来了。

妥娘去不多会，便进来回话。她笑着说："你猜是什么呢？原来是一个塞运的窃贼摔倒在我们底墙根。他底腿已摔坏了，脑袋也撞伤了，流得满地都是血，动也动不得了。团哥拿着一枝荆条正在抽他哪。"

尚洁听了，一霎时前所有的恐怖情绪一时尽变为慈祥的心意。她等不得回答妥娘，便跑到墙根。团哥还在那里："你这该死的东西……不知厉害的坏种！……"一句一鞭，打骂得很高兴。尚洁一到，就止住他，还命他和妥娘把受伤的贼扛到屋里来。她吩咐让他躺在贵妃榻上。仆人们都显出不愿意的样子，因为他们想着一个贼人不应该受这么好的待遇。

尚洁看出他们底意思，便说："一个人走到做贼的地步是最可怜悯的，若是你们不得着好机会，也许……"她说到这里，觉得有点失言，教她底用人听了不舒服，就改过一句说话："若是你们明白他底境遇，也许会体贴他。我见了一个受伤的人，无论如何，总得救护的。你们常常听见'救苦救难'

感悟名家经典

的话，遇着忧患的时候，有时也会脱口地说出来，为何不从'他是苦难人'那方面体贴他呢？你们不要怕他底血沾脏了那垫子，尽管扶他躺下罢。"团哥只得扶他躺下，口里沉吟地说："我们还得为他请医生去吗？"

"且慢，你把灯移近一点，待我来看一看。救伤的事，我还在行。妥娘，你上楼去把我们那个'常备药箱'捧下来。"又对团哥说，"你去倒一盆清水来罢。"

仆人都遵命各自干事去了。那贼虽闭着眼，方才尚洁所说的话，却能听得分明。他心里底感激可使他自忘是个罪人，反觉他是世界里一个最能得人爱惜的青年。这样的待遇，也许就是他生平第一次得着的。他呻吟了一下，用低沉的声音说："慈悲的太太，菩萨保佑慈悲的太太！"

那人底太阳边受了一伤很重，腿部倒不十分厉害。她用药棉蘸水轻轻地把伤处周围的血迹涤净，再用绷带裹好。等到事情做得清楚，天早已亮了。

她正转身要上楼去换衣服，蓦听得外面敲门的声很急，就止步问说："谁这么早就来敲门呢？"

"是警察罢。"

妥娘提起这四个字，教她很着急。她说："谁去告诉警察呢？"那贼躺在贵妃榻上，一听见警察要来，恨不能立刻起来跪在地上求恩。但这样的行动已从他那双劳倦的眼睛表白出来了。尚洁跑到他跟前，安慰他说："我没有叫人去报警察……"正说到这里，那从门外来的脚步已经踏进来。

来的并不是警察，却是这家底主人长孙可望。他见尚洁穿着一件睡衣站在那里和一个躺着的男子说话，心里底无明业火已从身上八万四千个毛孔里发射出来。他第一句就问："那人是谁？"

这个问实在教尚洁不容易回答，因为她从不曾问过那受伤者的名字，也不便说他是贼。

"他……他是受伤的人……"

可望不等说完，便拉住她底手，说："你办的事，我早已知道。我这几天不回来，正要侦察你底动静，今天可给我撞见了。我何尝辜负你呢？……一同上去罢，我们可以慢慢地谈。"不由分说，拉着她就往上跑。

妥娘在旁边，看得情急，就大声嚷着："他是贼！"

"我是贼，我是贼！"那可怜的人也嚷了两声。可望只对着他冷笑，说："我明知道你是贼。不必报名，你且歇一歇罢。"

一到卧房里，可望就说："我且问你，我有什么对你不起的地方？你要入学堂，我便立刻送你去；要到礼拜堂听道，我便特地为你预备车马。现在你有学问了，也入教了；我且问你，学堂教你这样做，教堂教你这样做么？"

他底话意是要诘问她为什么变心，因为他许久就听见人说尚洁嫌他鄙陋不文，要离弃他去嫁给一个姓谭的。夜间的事，他一概不知，他进门一看尚洁底神色，老以为她所做的是一段爱情把戏。在尚洁方面，以为他是不喜欢她这样待遇窃贼。她底慈悲性情是上天所赋的，她也觉得这样办，于自己底信仰和所受的教育没有冲突，就回答说："是的，学堂教我这样做，教会也教我这样做。你敢是……"

"是吗？"可望喝了一声，猛将怀中小刀取出来向尚洁底肩膀上一击。这不幸的妇人立时倒在地上，那玉白的面庞已像渍在胭脂膏里一样。

她不说什么，但用一种沉静的和无抵抗的态度，就足以感动那愚顽的凶手。可望当此情景，心中恐怖的情绪已把凶猛的怒气克服了。他不再有什么动作，只站在一边出神。他看尚洁动也不动一下，估量她是死了；那时，他觉得自己底罪恶压住他，不许再逗留在那里，便溜烟似的望外跑。

妥娘见他跑了，知道楼上必有事故，就赶紧上来。她看尚洁那样子，不由得"啊，天公！"喊了一声，一面上去，要把她搀扶起来。尚洁这时，眼睛略略睁开，像要对她说什么，只是说不出。她指着肩膀示意，妥娘才看见一把小刀插在她肩上。妥娘底手便即酥软，周身发抖，待要扶她，也没有气力了。她含泪对着主妇说："容我去请医生罢。"

"史……史……"妥娘知道她是要请史夫人来，便回答说："好，我也去请史夫人来。"她教团哥看门，自己雇一辆车找救星去了。

医生把尚洁扶到床上，慢慢施行手术；赶到史夫人来时，所有的事情都弄清楚啦。医生对史夫人说："长孙夫人底伤不甚要紧，保养一两个星期便可复元。幸而那刀从肩胛骨外面脱出来，没有伤到肺叶——那两个创口是不要紧的。"

医生辞去以后，史夫人便坐在床沿用法子安慰她。这时，尚洁底精神稍微恢复，就对她底知交说："我不能多说话，只求你把底下那个受伤的人先送到公医院去；其余的，待我好了再给你说。……唉，我底嫂子，我现在不能离开你，你这几天得和我同在一块儿住。"

史夫人一进门就不明白底下为什么躺着一个受伤的男子。妥娘去时，也没有对她详细地说。她看见尚洁这个样子，又不便往下问。但尚洁底颖悟性从不会被刀所伤，她早明白史夫人猜不透这个闷葫芦，就说："我现在没有气力给你细说，你可以向妥娘打听去。就要速速去办，若是他回来，便要害了他底性命。"

史夫人照她所吩咐的去做；回来，就陪着她在房里，没有回家。那四岁的女孩佩荷更不知道这是怎么一回事，还是啼啼笑笑，过她底平安日子。

一个星期，两个星期，在她病中嘿嘿地过去。她也渐次复元了。她想许久没有到园里去，就央求史夫人扶着她慢慢走出来。她们穿过那晚上谈话的柳荫，来到园边一个小亭下，就歇在那里。她们坐的地方满开了玫瑰，那清静温香的景色委实可以消灭一切忧闷和病害。

"我已忘了我们这里有这么些好花，待一会，可以摘几枝带回屋里。"

"你且歇歇，我为你选择几枝罢。"史夫人说时，便起来摘花。尚洁见她脚下有一朵很大的花，就指着说："你看，你脚下有一朵很大、很好看的，为什么不把它摘下？"

史夫人低头一看，用手把花提起来，便叹了一口气。

"怎么啦？"

史夫人说："这花不好。"因为那花只剩地上那一半，还有一边是被虫伤了。她怕说出伤字，要伤尚洁底心，所以这样回答。但尚洁看的明明是一朵好花，直教递过来给她看。

"夺魁嫂，你说它不好么？我在此中找出道理咧！这花虽然被虫伤了一半，还开得这么好看，可见人底命运也是如此——若不把他底生命完全夺去，虽然不完全，也可以得着生活上一部分的美满，你以为如何呢？"

史夫人知道她联想到自己底事情上头，只回答说："那是当然的，命运底偃蹇和亨通，于我们底生活没有多大关系。"

谈话之间，妥娘领着史夺魁先生进来。他向尚洁和他底妻子问过好，便坐在她们对面一张凳上。史夫人不管她丈夫要说什么，头一句就问："事情怎样解决呢？"

史先生说："我正是为这事情来给长孙夫人一个信。昨天在会堂里有一个很激烈的纷争，因为有些人说可望底举动是长孙夫人迫他做成的，应当剥夺她赴圣筵的权利。我和我奉真牧师在席间极力申辩，终归无效。"他望着尚洁说："圣筵赴与不赴也不要紧。因为我们底信仰决不能为仪式所束缚；我们底行为，只求对得起良心就算了。"

"因为我没有把那可怜的人交给警察，便责罚我么？"

史先生摇头说："不，不，现在的问题不在那事上头。前天可望寄一封长信到会里，说到你怎样对他不住，怎样想弃绝他去嫁给别人。他对于你和某人、某人往来的地点、时间都说出来。且说，他不愿意再见你底面；若不与你离婚，他永不回家。信他所说的人很多，我们怎样申辩也挽不过来。我们虽然知道事实不是如此，可是不能找出什么凭据来证明。我现在正要告诉你，若是要到法庭去的话，我可以帮你底忙。这里不像我们祖国，公庭上没有女人说话的地位。况且他底买卖起先都是你拿资本出来；要离异时，照法律，最少总得把财产分一半给你。……像这样的男子，不要他也罢了。"

尚洁说："那事实现在不必分辨，我早已对嫂子说明了。会里因为信条底缘故，说我底行为不合道理，便禁止我赴圣筵——这是他们所信的，我有什么可说的呢！"她说到末一句，声音便低下了。她底颜色很像为同会底人误解她和误解道理惋惜。

"唉，同一样道理，为何信仰的人会不一样？"

她听了史先生这话，便兴奋起来，说："这何必问？你不常听见人说：'水是一样，牛喝了便成乳汁，蛇喝了便成毒液'吗？我管保我所得能化为乳汁，哪能干涉人家所得的变成毒液呢？若是到法庭去的话，倒也不必。我本没有正式和他行过婚礼，自无须乎在法庭上公布离婚。若说他不愿意再见我底面，我尽可以搬出去。财产是生活的赘瘤，不要也罢，和他争什么？……他赐给我的恩惠已是不少，留着给他……"

"可是你一把财产全部让给他，你立刻就不能生活。还有佩荷呢？"

尚洁沉吟半晌便说："不妨，我私下也曾积聚些少，只不能支持到一年罢了。但不论如何，我总得自己挣扎。至于佩荷……"她又沉思了一会，才续下去说："好罢，看他底意思怎样，若是他愿意把那孩子留住，我也不和他争。我自己一个人离开这里就是。"

他们夫妇二人深知道尚洁底性情，知道她很有主意，用不着别人指导。并且她在无论什么事情上头都用一种宗教底精神去安排。她底态度常显出十分冷静和沉毅，做出来的事。有时超乎常人意料。

史先生深信她能够解决自己将来的生活，一听了她底话，便不再说什么，只略略把眉头皱了一下而已。史夫人在这两三个星期间，也很为她费了些筹划。他们有一所别业在土华地方，早就想教尚洁到那里去养病；到现在她才开口说："尚洁妹子，我知道你一定有更好的主意，不过你底身体还不甚复原，不能立刻出去做什么事情，何不到我们底别庄里静养一下，过几个月再行打算？"史先生接着对他妻子说："这也好。只怕路途远一点，由海船去，最快也得两天才可以到。但我们都是惯于出门的人，海涛底颠簸当然不能制服我们。若是要去的话，你可以陪着去，省得寂寞了长孙夫人。"

尚洁也想找一个静养的地方，不意他们夫妇那么仗义，所以不待踌躇便应许了。她不愿意为自己底缘故教别人麻烦，因此不让史夫人跟着前去。她说："寂寞的生活是我尝惯的。史嫂子在家里也有许多当办的事情，哪里能够和我同行？还是我自己去好一点。我很感谢你们二位底高谊，要怎样表示我底谢忱，我却不懂得；就是懂，也不能表示得万分之一。我只说一声'感激莫名'便了。史先生，烦你再去问他要怎样处置佩荷，等这事弄清楚，我便要动身。"她说着，就从方才摘下的玫瑰中间选出一朵好看的递给史先生，教他插在胸前底钮门上。不久，史先生也就起立告辞，替她办交涉去了。

土华在马来半岛底西岸，地方虽然不大，风景倒还幽致。那海里出的珠宝不少，所以住在那里的多半是搜宝之客。尚洁住的地方就在海边一丛棕林里。在她底门外，不时看见采珠底船往来于金的塔尖和银的浪头之间。这采珠底功夫赐给她许多教训。因为她这几个月来常想着人生就同入海采珠一样；整天冒险入海里去，要得着多少，得着什么，采珠者一点把握也没有。但是这个感想决不会妨害她底生命。她见那些人每天迷蒙蒙地搜求，不久就理会她在世间的历程也和采珠底工作一样。要得着多少，得着什么，虽然不在她底权能之下，可是她每天总得入海一遭，因为她底本分就是如此。

她对于前途不但没有一点灰心，且要更加奋勉。可望虽是剥夺她们母女的关系，不许佩荷跟着她，然而她仍不忍弃掉她底责任，每月要托人暗地里把吃的用的送到故家去给她女儿。

她现在已变主妇底地位为一个珠商底记室了。住在那里的人，都说她是人家底弃妇，就看轻她，所以她所交游的都是珠船里的工人。那班没有思想的男子在休息的时候，便因着她底姿色争来找她开心。但她底威仪常是调伏这班人的邪念，教他们转过心来承认她是他们底师保。

她一连三年，除干她底正事以外，就是教她那班朋友说几句英吉利语，念些少经文，知道些少常识。在她底团体里，使令、供养，无不如意。若说过快活日子，能像她这样，也就不劣了。

虽然如此，她还是有缺陷的。社会地位，没有她底份；家庭生活，也没有她底份；我们想想，她心里到底有什么感觉？前一项，于她是不甚重要的；后一项，可就缭乱她底衷肠了！史夫人虽常寄信给她，然而她不见信则已，一见了信，那种说不出来的伤感就加增千百倍。

她一想起她底家庭，每要在树林里徘徊，树上底蝲蝲常要幻成她女儿底声音对她说："母思儿耶？母思儿耶？"这本不是奇迹，因为发声者无情，听音者有意；她不但对于那些小虫底声音是这样，即如一切的声音和颜色，偶一触着她底感官，便幻成她底家庭了。

她坐在林下，遥望着无涯的波浪，一度一度地掀到岸边，常觉得她底女儿踏着浪花踊跃而来，这也不止一次了。那天，她又坐在那里，手拿着一张佩荷底小照，那是史夫人最近给她寄来的。她翻来翻去地看，看得眼昏了。她猛一抬头，又得着常时所现的异象。她看见一个人携着她底女儿从海边上来，穿过林樾，一直走到跟前。那人说："长孙夫人，许久不见，贵体康健啊！领你底女儿来找你哪。"

尚洁此时，展一展眼睛，才理会果然是史先生携着佩荷找她来。她不等回答史先生底话，便上前用力搂住佩荷；她底哭声从她爱心的深密处殷雷似的震发出来。佩荷因为不认得她，害怕起来，也放声哭了一场。史先生不知道感触了什么，也在旁边只尽管擦眼泪。

这三种不同情绪的哭泣止了以后，尚洁就呜咽地问史先生说："我实在喜欢。想不到你会来探望我，更想不到佩荷也能来！……"她要问的话很多，一时摸不着头绪。只搂定佩荷，眼看着史先生出神。

史先生很庄重地说："夫人，我给你报好消息来了。"

"好消息？"

"你且镇定一下，等我细细地告诉你。我们一得着这消息，我底妻子就叫我和佩荷一同来找你。这奇事，我们以前都不知道，到前十几天才听见我奉真牧师说的。我牧师自那年为你底事卸职后，他底生活，你已经知道了。"

"是，我知道。他不是白天做裁缝匠，晚间还做制饼师吗？我信得过，神必要帮助他，因为神底儿子说：'为义受逼迫的人是有福的。'他底事业还顺利吗？"

"倒没有什么过不去的地方。他不但日夜劳动，在合宜的时候，还到处去传福音哪。他现在不用这样地吃苦，因为他底老教会看他底行为，请他回国仍旧当牧师去，在前一个星期已经动身了。"

"是吗！谢谢神！他必不能长久地受苦。"

"就是因为我牧师回国的事，我才能到这里来。你知道长孙先生也受了他底感化么，这事详细地说起来，倒是一种神迹。我现在来，也是为告诉你这件事。

"前几天，长孙先生忽然到我家里找我。他一向就和我们很生疏，好几年也不过访一次，所以这次来，教我们很诧异。他第一句就问你底近况如何，且诉说他底懊悔。他说这反悔是忽然的，是我牧师警醒他的。现在我就将他底话，照样地说一遍给你听——

"'在这两三年间，我牧师常来找我谈话，有时也请我到他底面包房里去听他讲道。我和他来往那么些次，就觉得他是我底好师傅。我每有难决的事情或疑虑的问题，都去请教他。我自前年生事，二人分离以后，每疑惑尚洁底操守，又常听见家里用人思念她的话，心里就十分懊悔。但我总想着，男人说话将军箭，事已做出，哪里还有脸皮收回来？本是打算给它一个错到底的。然而日子越久，我就越觉得不对。到我牧师要走，最末次命我去领教训的时候，讲了一章经，教我很受感动。散会后，他对我说，他盼望我做的是请尚洁回来。他又念《马可福音》十章给我听，我自得着那教训以后，越觉得我很卑鄙、凶残、淫秽，很对不住她。现在要求你先把佩荷带去见她，盼望她为女儿的缘故赦免我。你们可以先走，我随后也要亲自前往。'

"他说懊悔的话很多，我也不能细说了。等他来时，容他自己对你细说罢。我很奇怪我牧师对于这事，以前一点也没有对我说过，到要走时，才略提一提；反教他来到我那里去，这不是神迹吗？"

尚洁听了这一席话，却没有显出特别愉悦的神色，只说："我底行为本不求人知道，也不是为要得人家的怜恤和赞美；人家怎样待我，我就怎样受，从来是不计较的。别人伤害我，我还饶恕，何况是他呢？他知道自己底卤莽，是一件极可喜的事。——你愿意到我屋里去看一看吗？我们一同走走罢。"

他们一面走，一面谈。史先生问起她在这里的事业如何，她不愿意把所经历的种种苦处尽说出来，只说："我来这里，几年的工夫也不算浪费，因为我已找着了许多失掉的珠子了！那些灵性的珠子，自然不如入海去探求那么容易，然而我竟能得着二三十颗。此外，没有什么可以告诉你。"

尚洁把她底事情结束停当，等可望不来，打算要和史先生一同回去。正要到珠船里和她底朋友们告辞，在路上就遇见可望跟着一个本地人从对面来。她认得是可望，就堆着笑容，抢前几步去迎他，说："可望君，平安哪！"可望一见她，也就深深地行了一个敬礼，说："可敬的妇人，我所做的一切事都是伤害我底身体，和你我二人底感情，此后我再不敢了。我知道我多多地得罪你，实在不配再见你底面，盼望你不要把我底过失记在心中。今天来到这里，为的是要表明我悔改底行为；还要请你回去管理一切所有的。你现在要到哪里去呢？我想你可以和史先生先行动身，我随后回来。"

尚洁见他那番诚恳的态度，比起从前，简直是两个人，心里自然满是愉快，且暗自谢她底神在他身上所显的奇迹。她说："呀！往事如梦中之烟，早已在虚幻里消散了，何必重行提起呢？凡人都不可积聚日间的怨恨、怒气和一切伤心的事到夜里，何况是隔了好几年的事？请你把那些事情搁在脑后罢。我本想到船里去，向我那班同工底人辞行。你怎样不和我们一起回去，还有别的事情要办么？史先生现时在他底别业——就是我住的地方——我们一同到那里去罢，待一会，再出来辞行。"

"不必，不必。你可以去你的，我自己去找他就可以。因为我还有些正当的事情要办。恐怕不能和我们一同回去；什么事，以后我才教你知道。"

"那么，你教这土人领你去罢，从这里走不远就是。我先到船里，回头再和你细谈。再见哪！"

她从土华回来，先住在史先生家里，意思是要等可望来到，一同搬回她底旧房子去。谁知等了好几天，也不见他底影。她才知道可望在土华所说的话意有所含蓄。可是他到哪里去呢？去干什么呢？她正想着，史先生拿了一封信进来对她说："夫人，你不必等可望了，明后天就搬回去罢。他寄给我这一封信说，他有许多对不起你的地方，都是激烈的爱情所致，因他爱你的缘故，所以伤了你。现在他要把从前邪恶的行为和暴躁的脾气改过来，且要偿还你这几年来所受的苦楚，故不得不暂时离开你。他已经到槟榔屿了。他不直接写信给你的缘故，是怕你伤心，故此写给我，教我好安慰你；他还说从前一切的产业都是你的，他不应独自霸占了许久，要求你尽量地享用，直等到他回来。

"这样看来，不如你先搬回去，我这里派人去找他回来如何？唉，想不到他一会儿就能悔改到这步田地！"

她遇事本来很沉静，史先生说时，她底颜色从不曾显出什么变态，只说："为爱情么？为爱而离开我么？这是当然的，爱情本如极利的斧子，用来剥削命运常比用来整理命运的时候多一些。他既然规定他自己底行程，又何必费工夫去寻找他呢？我是没有成见的，事情怎样来，我怎样对付就是。"

尚洁搬回来那天，可巧下了一点雨，好像上天使园里的花木特地沐浴得很妍净来迎接它们底旧主人一样。她进门时，妥娘正在整理厅堂，一见她来，便嚷着："奶奶，你回来了！我们很想念你哪！你底房间乱得很，等我把各样东西安排好再上去。先到花园去看看罢，你手植各样的花木都长大了。后面那棵释迦头长得像罗伞一样，结果也不少，去看看罢。史夫人早和佩荷姑娘来了，他们现时也在园里。"

她和妥娘说了几句话，便到园里。一拐弯，就看见史夫人和佩荷坐在树荫底下一张凳上——那就是几年前，她要被刺那夜，和史夫人坐着谈话的地方。她走来，又和史夫人并肩坐在那里。史夫人说来说去，无非是安慰她的话。她像不信自己这样的命运不甚好，也不信史夫人用定命论底解释来安慰她，就可以使她满足。然而她一时不能说出合宜的话，教史夫人明白她心中毫无忧郁在内。她无意中一抬头，看见佩荷拿着树枝把结在玫瑰花上一个蜘蛛网撩破了一大部分。她注神许久，就想出一个意思来。

她说："呀，我给这个比喻，你就明白我底意思。

"我像蜘蛛，命运就是我底网。蜘蛛把一切有毒无毒的昆虫吃入肚里，回头把网组织起来。它第一次放出来的游丝，不晓得要被风吹到多么远；可是等到粘着别的东西的时候，它底网便成了。

"它不晓得那网什么时候会破，和怎样破法。一旦破了，它还暂时安安然然地藏起来；等有机会再结一个好的。

"它底破网留在树梢上，还不失为一个网。太阳从上头照下来，把各条细丝映成七色；有时粘上些少水珠，更显得灿烂可爱。

"人和他底命运，又何尝不是这样？所有的网都是自己组织得来，或完或缺，只能听其自然罢了。"

史夫人还要说时，妥娘来说屋子已收拾好了，请她们进去看看。于是，她们一面谈，一面离开那里。

园里没人，寂静了许久。方才那只蜘蛛悄悄地从叶底出来，向着网底破裂处，一步一步，慢慢补缀。它补这个干什么？因为它是蜘蛛，不得不如此！

（原载 1922 年 2 月《小说月报》13 卷 2 号）

醍醐天女

　　相传乐斯迷是从醍醐海升起来底。她是爱神底母亲，是保护世间底大神卫世奴底妻子。印度人一谈到她，便发出非常的钦赞。她底化身依婆罗门人底想象，是不可用算数语言表出底。人想她底存在是遍一切处，遍一切时；然而我生在世间底年纪也不算少了，怎样老见不着她底影儿？我在印度洋上曾将这个疑问向一两个印度朋友说过。他们都笑我没有智慧，在这有情世间活着，还不能辨出人和神底性格来。准陀罗是和我同舟底人，当时他也没有对我说什么，只管凝神向着天际那现吉祥相底海云。

　　那晚上，他教我和他到舵上底轮机旁边。我们底眼睛都望下看着推进机激成底白浪。准陀罗说："那么大的洋海，只有这几尺地方，像醍醐海底颜色。"这话又触动我对于乐斯迷底疑问。他本是很喜欢讲故事底，所以我就央求他说一点乐斯迷底故事给我听。

　　他对着苍茫的洋海，很高兴地发言。"这是我自己底母亲！"在很庄严的言语中，又显出他有资格做个女神底儿子。我倒诧异起来了。他说："你很以为希奇么？我给你解释罢。"

　　我静坐着，听这位自以为乐斯迷儿子底朋友说他父母底故事。

　　我底家在旁遮普和迦湿弥罗交界地方。那里有很畅茂的森林。我母亲自十三岁就嫁了。那时我父亲不过是十四岁。她每天要同我父亲跑入森林里去，因为她喜欢那些参天的树木，和不羁的野鸟和昆虫底歌舞。他们实在是那森林底心。他们常进去玩，所以树林里底禽兽都和他们很熟悉。鹦鹉衔着果子要吃，一见他们来，立刻放下，发出和悦的声问他们好。孔雀也是如此，常在林中展开它们底尾扇，欢迎他们。小鹿和大象有时嚼着食品走近跟前让他们抚摩。

　　树林里底路，多半是我父母开底。他们喜欢做开辟道路底人。每逢一条旧路走熟了，他们就想把路边底藤萝荆棘扫除掉，另开一条新路进去。在没有路或不是路底树林里走着，本是非常危险的。他们冒得险多，危险真个教他们遇着了。

　　我父亲拿着木棍，一面拨，一面往前走；母亲也在后头跟着。他们从一颗满了气根底榕树底下穿过去。乱草中流出一条小溪，水浅而清，可是很急。父亲喊着"看看"！他扶着木棍对母亲说："真想不到这里头有那么清的流水。我们坐一会玩玩。"于是他们二人摘了两扇棕榈叶，铺在水边，坐下，四只脚插入水中，任那活流洗濯。

父亲是一时也静不得底。他在不言中，涉过小溪，试要探那边底新地。母亲是女人，比较起来，总软弱一点。有时父亲往前走了很远，她还在歇着，喘不过气来。所以父亲在前头走得多么远，她总不介意。她在叶上坐了许久，只等父亲回来叫她，但天色越来越晚，总不见他来。

催夕阳西下底鸟歌、兽吼，一阵阵地兴起了，母亲慌慌张张涉过水去找父亲。她从藤萝底断处，丛莽底倾倒处，或林樾底婆娑处找寻。在万绿底下，黑暗格外来得快。这时，只剩下几点萤火和叶外底霞光照顾着这位森林底女人。她底身体虽然弱，她底胆却是壮的。她一见父亲倒在地上，凝血聚在身边，立即走过去。她见父亲底脚还在流血，急解下自己底外衣在他腿上紧紧地绞。血果然止住，但父亲已在死底门外候着了。

母亲这时虽然无力也得橐着父亲走。她以为躺在这用虎豹做看护底森林病床上，倒不如早些离开为妙。在一所没有路底新地，想要安易地回到家里，虽不致如煮沙成饭那么难，可也不容易。母亲好容易把父亲橐过小溪，但找来找去总找不着原路。她知道在急忙中走错了道，就住步四围张望，在无意间把父亲撩在地上，自己来回地找路。她心越乱，路越迷，怎样也找不着。回到父亲身边，夜幕已渐次落下来了！她想无论如何，不能在林里过夜，总得把父亲橐出来。不幸这次她底力量完全丢了，怎么也举父亲不起，这教她进退两难了。守着呢？丈夫底伤势像很沉重，夜来若再遇见毒蛇猛兽，那就同归于尽了。走呢？自己一个又忍不得离开。绞尽脑髓，终不能想出何等妙计。最后她决定自己一个人找路出来。她摘了好些叶子，折了好些小树枝把父亲遮盖着。用了一刻功夫，居然堆成一丛小林。她手里另抱着许多合欢叶，走几步就放下一枝，有时插在别的树叶上，有时结在草上，有时塞在树皮里，为要做回来底路标。她走了约有五六百步，一弯新月正压眉梢，距离不远，已隐约可以看见些村屋。

她出了林，望有房屋底地方走。可惜这不是我们底村。也不是邻舍；是树林别一方面底村庄，我母亲不曾到过底。那时已经八九点了。村人怕野兽，早都关了门。她拍手求救，总不见有慷慨出来帮助底。她跑到村后，挨那篱笆向里瞻望。

那一家底篱笆里，在淡月中可以看见两三个男子坐在树下吸烟、闲谈。母亲合着掌从篱外伸进去，求他们说："诸位好邻人，赶快帮助我到树林里，扶我丈夫出来罢。"男子们听见篱外发出哀求的声，不由得走近看看。母亲接着央求他们说："我丈夫在树林里，负伤很重，你们能帮助我进去把他扶出来么？"内中有个多髭的人问母亲说："天色这么晚，你怎么知道你丈夫在树林里？"母亲回答说："我是从树林出来底。我和他一同进去，他在中途负伤。"

几个男子好像审案一般，这个一言，那个一语，只顾盘问。有一个说：

"既然你和他一同进去，为什么不会扶他出来？"有一个说："你看她连外衣也没穿，哪里像是出去玩的样子！想是在林中另有别的事罢。"又有一个说："女人底话信不得。她不晓得是个什么人。哪有一个女人，昏夜从树林跑出底道理？"

在昏夜中，女人底话有时很有力量，有时她底声音直像向没有空气底地方发出，人家总不理会。我母亲用尽一个善女人所能说底话对他们解释，争奈那班心硬的男子们都觉得她在那里饶舌。她最好的方法，只有离开那里。

她心中惦念林中底父亲，说话本有几分恍惚，再加上那几个男子底抢白，更是羞急万分。她实在不认得道回家，纵然认得，也未必敢走。左右思量，还是回到树林里去。

在向着树林底归途中，朝霞已从后面照着她了。她在一个道途不熟的黑夜里，移步固然很慢，而废路又走了不少，绕了几个弯，有时还回到原处。这一夜底步行，足够疲乏了。她踱到人家一所菜圃，那里有一张空凳子，她顾不得什么，只管坐下。

不一会，出来一个七八岁的孩子，定睛看着她，好像很诧异似的。母亲知道他是这里的小主人，就很恭敬地对他说明。孩子底心比那般男子好多了。他对母亲说："我背着我妈同你去罢。我们牢里有一匹白母牛，天天我们要从它榨些奶子，现在我正要牵它出来。你候一候罢，我教它让你骑着走，因为你乏了。"孩子牵牛出来，也不榨奶，只让母亲骑着，在朝阳下，随着路标走入林中。

母亲在牛背上，眼看快到父亲身边了。昨夜所堆底叶子，一叶也没剩下。精神慌张的人，连大象站在旁边也不理会，真奇怪呀！她起先很害怕，以为父亲底身体也同叶子一同消灭了。后来看见那只和他们很要好底象正在咀嚼夜间她所预备底叶子，心才安然一些。

下了牛背，孩子扶她到父亲安卧底地方，但是人已不在了。这一吓，非同小可，简直把她苦得欲死不得。孩子底眼快一点，心地又很安宁，父亲一下子就让他找到了。他指着那边树根上那人说："那个是不是？"母亲一看，速速地扶着他走过去。

母亲喜出望外，问说："你什么时候醒过来底？怎么看见我们来了，也不作一声？"

父亲没有回答她的话，只说："我渴得很。"

孩子抢着说："挤些奶子他喝。"他摘一片光面的叶子到母牛腹下挤了些来给父亲喝。

父亲底精神渐次回复了，对母亲说："我是被大象摇醒底。醒来不见你，只见它在旁边，吃叶子。为何这里有那么些叶子？是你预备底罢。……我记得昨天受伤底地方不是在这里。"

母亲把情形告诉他，又问他为何伤得那么厉害。他说是无意中触着毒刺，折入胫里，他一拔出来血就随着流，不忍教母亲知道，打算自己治好再出来。谁知越治血流得越多，至于晕过去，醒来才知道替他止血底还是母亲。

父亲知道白母牛是孩子底，就对他说了些感谢底话，也感激母亲说："若不是你去带这匹母牛来，恐怕今早我也起不来。"

母亲很诚恳地回答："溪水也可以喝底，早知道你要醒过来，我当然不忍离开你。真对不住你了。"

"谁是先知呢？刚才给我喝底奶子，实在胜过天上醍醐，多亏你替我找来！"父亲说时，挺着身子想要起来，可是他底气力很弱，动弹得不大灵敏。母亲向孩子借了母牛让父亲骑着。于是孩子先告辞回去了。

父亲赞美她底忠心，说她比醍醐海出来底乐斯迷更好，母亲那时也觉得昨晚上备受苦辱，该得父亲底赞美底。她也很得意地说："权当我为乐斯迷罢！"自那时以后，父亲常叫她做乐斯迷。

（原载 1923 年 11 月《小说月报》14 卷 11 号）

枯杨生花

秒，分，年月，
　　是用机械算底时间。
白头，皱皮，
　　是时间栽培底肉身。
谁曾见过心生白发？
　　起了皱纹？

心花无时不开放，
　　虽寄在愁病身、老死身中，
也不减他底辉光。
　　那么，谁说枯杨生花不久长？

"身不过是粪土"，
　　是栽培心花底粪土。
污秽的土能养美丽的花朵，
　　所以老死的身能结长寿的心果。

在这渔村里，人人都是惯于海上生活底。就是女人们有时也能和她们底男子出海打鱼，一同在那漂荡的浮屋过日子。但住在村里，还有许多愿意和她们底男子过这样危险生活也不能底女子们；因为她们底男子都是去国底旅客，许久许久才随着海燕一度归来，不到几个月又转回去了。可羡燕子底归来都是成双的；而背离乡井底旅人，除了他们底行李以外，往往还还，终是非常孤另。

小港里，榕荫深处，那家姓金底，住着一个老婆子云姑和她底媳妇。她底儿子是个远道的旅人，已经许久没有消息了。年月不歇地奔流，使云姑和她媳妇底身心满了烦闷、苦恼，好像溪边底岩石，一方面被这时间底水冲刷了她们外表的光辉，一方面又从上流带了许多垢秽来停滞在她们身边。这两位忧郁的女人，为她们底男子不晓得费了许多无用的希望和探求。

这村，人烟不甚稠密，生活也很相同，所以测验命运底瞎先生很不轻易来到。老婆子一听见"报君知"底声音，没一次不赶快出来候着，要问行人底气运。她心里底想念比媳妇还切。这缘故，除非自己说出来，外人是难以知道底。每次来，都是这位瞎先生。每回底卦，都是平安、吉利；所短底只是时运来到。

那天，瞎先生又敲着他底报君知来了。老婆子早在门前等候。瞎先生是惯在这家测算底，一到，便问："云姑，今天还问行人么？"

"他一天不回来，终是要烦你底。不过我很思疑你底占法有点不灵验。这么些年，你总是说我们能够会面，可是现在连书信底影儿也没有了。你最好就是把小钲给了我，去干别的营生罢。你这不灵验的先生！"

瞎先生赔笑说："哈哈，云姑又和我闹玩笑了。你儿子底时运就是这样，——好的要等着；坏的……"

"坏的怎样？"

"坏的立刻验。你底卦既是好的，就得等着。纵然把我底小钲摔破了也不能教他底好运早进一步底。我告诉你，若要相见，倒用不着什么时运，只要你肯去找他就可以，你不是去过好几次么。"

"若去找他，自然能够相见，何用你说？啐！"

"因为你心急，所以我又提醒你，我想你还是走一趟好。今天你也不要我算了。你到那里，若见不着他，回来再把我底小钲取去也不迟。那时我也要承认我底占法不灵，不配干这营生了。"

瞎先生这一番话虽然带着搭讪的意味，可把云姑远行寻子底念头提醒了。她说："好罢，过一两个月再没有消息，我一定要去走一遭。你且候着，若再找不着他，提防我摔碎你底小钲。"

瞎先生连声说："不至于，不至于。"扶起他底竹杖，顺着池边走。报君知底声音渐渐地响到榕荫不到底地方。

一个月，一个月，又很快地过去了。云姑见他老没消息，径同着媳妇从乡间来。路上底风波，不用说，是受够了。老婆子从前是来过三两次底，所以很明白往儿子家里要望那方前进。前度曾来底门墙依然映入云姑底瞳子，她觉得今番的颜色比前辉煌得多。眼中底瞳子好像对她说："你看儿子发财了！"

她早就疑心儿子发了财，不顾母亲，一触这鲜艳的光景，就带着呵责对媳妇说："你每用话替他粉饰，现在可给你亲眼看见了。"她见大门虚掩，顺手推开，也不打听，就望里迈步。

媳妇说："这怕是别人底住家；娘敢是走错了。"

她索性拉着媳妇底手，回答说："那会走错？我是来过好几次底。"媳妇才不作声，随着她走进去。

嫣媚的花草各立定在门内底小园，向着这两个村婆装腔作势。路边两行千心妓女从大门达到堂前，剪得齐齐地。媳妇从不曾见过这生命底扶槛，一面走着，一面用手在上头将来将去。云姑说："小奴才，很会享福呀！怎么从前一片瓦砾场，今儿能长出这般烂漫的花草？你看这奴才又为他自己花了多少钱。他总不想他娘底田产，都是为他念书用完底。念了十几二十年书，还不会剩钱；刚会剩钱，又想自己花了。哼！"

说话间，已到了堂前。正中那幅拟南田底花卉仍然挂在壁上。媳妇认得那是家里带来底，越发安心坐定。云姑只管望里面探望，望来望去，总不见儿子底影儿。她急得嚷道："谁在里头？我来了大半天，怎么没有半个人影儿出来接应？"这声浪拥出一个小厮来。

"你们要找谁？"

老妇人很气地说："我要找谁！难道我来了，你还装作不认识么？快请你主人出来。"

小厮看见老婆子生气，很不好惹，遂恭恭敬敬地说："老太太敢是大人底亲眷？"

"什么大人？在他娘面前也要排这样的臭架。"这小厮很诧异，因为他主人底母亲就住在楼上，哪里又来了这位母亲。他说："老太太莫不是我家萧大人底……"

"什么萧大人？我儿子是金大人。"

"也许是老太太走错门了。我家主人并不姓金。"

她和小厮一句来，一句去，说底怎么是，怎么不是——闹了一阵还分辨不清。闹得里面又跑出一个人来。这个人却认得她，一见便说："老太太好呀！"她见是儿子成仁底厨子，就对他说："老宋你还在这里。你听那可恶的小厮硬说他家主人不姓金，难道我底儿子改了姓不成？"

厨子说："老太太哪里知道？少爷自去年年头就不在这里住了。这里的东西都是他卖给人底。我也许久不吃他底饭了。现在这家是姓萧底。"

成仁在这里原有一条谋生底道路，不提防年来光景变迁，弄得他朝暖不保夕寒；有时两三天才见得一点炊烟从屋角冒上来。这样生活既然活不下去，又不好坦白地告诉家人。他只得把房子交回东主，一切家私能变卖底也都变卖了。云姑当时听见厨子所说，便问他现在的住址。厨子说："一年多没见金少爷了，我实在不知道他现在在哪里。我记得他对我说过要到别的地方去。"

厨子送了她们二人出来，还给她们指点道途。走不远，她们也就没有主意了。媳妇含泪低声地自问："我们现在要往哪里去？"但神经过敏的老婆子以为媳妇奚落她，便使气说："望去处去！"媳妇不敢再作声，只默默地扶着她走。

这两个村婆从这条街走到那条街，亲人既找不着，道途又不熟悉，各人提着一个小包袱，在街上只是来往地踱。老人家走到极疲乏的时候，才对媳妇说道："我们先找一家客店住下罢。"可是……店在那里，我也不熟悉。"

"那怎么办呢？"

她们俩站在街心商量，可巧一辆摩托车从前面慢慢地驶来。因着警号底声音，使她们靠里走，且注意那坐在车上底人物。云姑不看则已，一看便呆了大半天。媳妇也是如此，可惜那车不等她们嚷出来，已直驶过去了。

　　"方才在车上底，岂不是你底丈夫成仁？怎么你这样呆头呆脑，也不会叫他底车停一会？"

　　"呀，我实在看呆了！……但我怎好意思在街上随便叫人？"

　　"哼！你不叫，看你今晚上往那里住去。"

　　自从那摩托车过去以后，她们心里各自怀着一个意思。做母亲底想她底儿子在此地享福，不顾她，教人瞒着她说他穷。做媳妇底以为丈夫是另娶城市底美妇人，不要她那样的村婆了。所以她暗地也埋怨自己底命运。

　　前后无尽的道路，真不是容人想念或埋怨底地方呀。她们俩，无论如何，总得找个住宿所在；眼看太阳快要平西，若还犹豫，便要露宿了。在她们心绪紊乱中，一个巡捕弄着手里底大黑棍子，撮起嘴唇，悠悠地吹着些很鄙俗的歌调走过来。他看见这两个妇人，形迹异常，就向前盘问。巡捕知道她们是要找客店底旅人，就遥指着远处一所栈房说："那间就是客店。"她们也不能再走，只得听人指点。

　　她们以为大城里底道路也和村庄一样简单，人人每天都是走着一样的路程。所以第二天早晨，老婆子顾不得梳洗，便跑到昨天她们与摩托车相遇底街上。她又不大认得道，好容易才给她找着了。站了大半天，虽有许多摩托车从她面前经过，然而她心意中底儿子老不在各辆车上坐着。她站了一会，再等一会，巡捕当然又要上来盘问。她指手画脚，尽力形容，大半天巡捕还不明白她说底是什么意思。巡捕只好教她走；劝她不要在人马扰攘底街心站着。她沉吟了半晌，才一步一步地蹀回店里。

　　媳妇挨在门框旁边也盼望许久了。她热望着婆婆给她好消息来，故也不歇地望着街心。从早晨到晌午，总没离开大门，等她看见云姑还是独自回来，她底双眼早就嵌上一层玻璃罩子。这样的失望并不稀奇，我们在每日生活中有时也是如此。

　　云姑进门，坐下，喘了几分钟，也不说话，只是摇头。许久才说："无论如何，我总得把他找着。可恨底是人一发达就把家忘了，我非得把他找来清算不可。"媳妇虽是伤心，还得挣扎着安慰别人。她说："我们至终要找着他。但每日在街上候着，也不是个办法，不如雇人到处打听去更妥当。"婆婆动怒了，说："你有钱，你雇人打听去。"静了一会，婆婆又说："反正那条路我是认得底，明天我还得到那里候着。前天我们是黄昏时节遇着他底，若是晚半天去，就能遇得着。"媳妇说："不如我去。我健壮一点，可以多站一会。"婆婆摇头回答："不成，不成。这里人心极坏，年青的妇女少出去一些为是。"媳妇很失望，低声自说："那天呵责我不拦车叫人，现在又不许人去。"云姑翻起脸来说："又和你娘拌嘴了。这是什么时候？"

媳妇不敢再作声了。

当下她们说了些找寻底方法。但云姑是非常固执的，她非得自己每天站在路旁等候不可。

老妇人天天在路边候着，总不见从前那辆摩托车经过。倏忽的光阴已过了一个月有余，看来在店里住着是支持不住。她想先回到村里，往后再作计较。媳妇又不大愿意快走，争奈婆婆底性子，做什么事都如箭在弦上，发出底多，挽回底少，她底话虽在喉头，也得从容地再吞下去。

她们下船了。舷边一间小舱就是她们底住处。船开不久，浪花已顺着风势频频地打击圆窗。船身又来回簸荡，把她们都荡晕了。第二晚，在眠梦中，忽然"哗啦"一声，船面随着起一阵恐怖的呼号。媳妇忙挣扎起来，开门一看，已见客人拥挤着，窜来窜去，好像老鼠入了吊笼一样。媳妇忙退回舱里，摇醒婆婆说："阿娘，快出去罢！"老婆子忙爬起来，紧拉着媳妇望外就跑。但船上底人你挤我，我挤你；船板又湿又滑；恶风怒涛又不稍减；所以搭客因摔倒而滚入海底很多。她们二人出来时，也摔了一跤；婆婆一撒手，媳妇不晓得又被人挤到什么地方去了。云姑被一个青年人扶起来，就紧揪住一条桅索，再也不敢动一动。她在那里只高声呼唤媳妇，但在那时，不要说千呼万唤，就是雷音狮吼也不中用。

天明了，可幸船还没沉，只搁在一块大礁石上，后半截完全泡在水里。在船上一部分人因为慌张拥挤底缘故，反比船身沉没得快。云姑走来走去，怎也找不着她媳妇。其实夜间不晓得丢了多少人，正不止她媳妇一个。她哭得死去活来，也没人来劝慰。那时节谁也有悲伤，哀哭并非稀奇难遇的事。

船搁在礁石上好几天，风浪也渐渐平复了。船上死剩底人都引领盼顾，希望有船只经过，好救度他们。希望有时也可以实现底，看天涯一缕黑烟越来越近，云姑也忘了她底悲哀，随着众人呐喊起来。

云姑随众人上了那只船以后，她又想念起媳妇来了。无知的人在平安时底回忆总是这样。她知道这船是向着来处走，并不是望去处去底，于是她底心绪更乱。前几天因为到无可奈何的时候才离开那城，现在又要折回去，她一想起来，更不能制止泪珠底乱坠。

现在船中只有她是悲哀的。客人中，很有几个走来安慰她，其中一位朱老先生更是殷勤。他问了云姑一席话，很怜悯她，教她上岸后就在自己家里歇息，慢慢地寻找她底儿子。

慈善事业只合淡泊的老人家来办底；年少的人办这事，多是为自己的愉快，或是为人间的名誉恭敬。朱老先生很诚恳地带着老婆子回到家中，见了妻子，把情由说了一番。妻子也仁惠，忙给她安排屋子，凡生活上一切的供养都为她预备了。

朱老先生用尽方法替她找儿子，总是没有消息。云姑觉得住在别人家里有点不好意思。但现在她又回去不成了。一个老妇人，怎样营独立的生活！

从前还有一个媳妇将养她，现在媳妇也没有了。晚景朦胧，的确可怕、可伤。她青年时又很要强、很独断，不肯依赖人，可是现在老了。两位老主人也乐得她住在家里，故多用方法使她不想。

人生总有多少难言之隐，而老年的人更甚。她虽不惯居住城市，而心常在城市。她想到城市来见见她儿子底面是她生活中最要紧的事体。这缘故，不说她媳妇不知道，连她儿子也不知道。她隐秘这事，似乎比什么事都严密。流离的人既不能满足外面的生活，而内心的隐情又时时如毒蛇围绕着她。老人底心还和青年人一样，不是离死境不远底。她被思维底毒蛇咬伤了。

朱老先生对于道旁人都是一样爱惜，自然给她张罗医药，但世间还没有药能够医治想病。他没有法子，只求云姑把心事说出，或者能得一点医治底把握。女人有话总不轻易说出来底。她知道说出来未必有益，至终不肯吐露丝毫。

一天，一天，很容易过，急他人之急底朱老先生也急得一天厉害过一天。还是朱老太太聪明，把老先生提醒了说："你不是说她从沧海来底呢？四妹夫也是沧海姓金底，也许他们是同族，怎不向他打听一下？"

老先生说："据你四妹夫说沧海全村都是姓金底，而且出门底很多，未必他们就是近亲；若是远族，那又有什么用处？我也曾问过她认识思敬不认识，她说村里并没有这个人。思敬在此地四十多年，总没回去过；在理，他也未必认识她。"

老太太说："女人要记男子底名字是很难的。在村里叫底都是什么'牛哥、猪郎'，一出来，把名字改了，叫人怎能认得？女人底名字在男子心中总好记一点，若是沧海不大，四妹夫不能不认识她。看她现在也六十多岁了；在四妹夫来时，她至少也在二十五六岁左右。你说是不是？不如你试到他那里打听一下。"

他们商量妥当，要到思敬那里去打听这老妇人底来历。思敬与朱老先生虽是连襟，却很少往来。因为朱老太太底四妹很早死，只留下一个儿子砺生。亲戚家中既没有女人，除年节底遗赠以外，是不常往来底。思敬底心情很坦荡，有时也很诙谐，自妻死后，便将事业交给那年青的儿子，自己在市外盖了一所别庄，名做沧海小浪仙馆；在那里已经住过十四五年了。白手起家底人，像他这样知足，会享清福底很少。

小浪仙馆是藏在万竹参差里。一湾流水围绕林外，俨然是个小洲，需过小桥方能达到馆里。朱老先生顺着小桥过去。小林中养着三四只鹿，看见人在道上走，都抢着跑来。深秋的昆虫，在竹林里也不少，所以这小浪仙馆都满了虫声、鹿迹。朱老先生不常来，一见这所好园林，就和拜见了主人一样，在那里盘桓了多时。

思敬底别庄并非金碧辉煌底高楼大厦，只是几间覆茅底小屋。屋里也没有什么稀世的珍宝，只是几架破书，几卷残画。老先生进来时，精神怡悦底思敬已笑着出来迎接。

"襟兄少会呀！你在城市总不轻易到来，今日是什么兴头使你老人家光临？"

朱老先生说："自然，'没事就不登三宝殿'，我来特要向你打听一件事。但是你在这里很久没回去，不一定就能知道。"

思敬问："是我家乡底事么？"

"是，我总没告诉你我这夏天从香港回来，我们底船在水程上救济了几十个人。"

"我已知道了，因为砺生告诉我。我还教他到府上请安去。"

老先生诧异说："但是砺生不曾到我那里。"

"他一向就没去请安么？这孩子越学越不懂事了！"

"不，他是很忙的，不要怪他。我要给你说一件事：我在船上带了一个老婆子。……"

诙谐的思敬狂笑，拦着说："想不到你老人家底心总不会老！"

老先生也笑了说："你还没听我说完哪。这老婆子已六十多岁了，她是为找儿子来底；不幸找不着，带着媳妇要回去。风浪把船打破，连她底媳妇也打丢了。我见她很伶仃，就带她回家里暂住。她自己说是从沧海来底。这几个月中，我们夫妇为她很担心，想她自己一个人再去又没依靠底人；在这里，又找不着儿子；自己也急出病来了。问她底家世，她总说得含含糊糊，所以特地来请教。"

"我又不是沧海底乡正，不一定就能认识她。但六十左右底人，多少我还认识几个。她叫什么名字？"

"她叫作云姑。"

思敬注意起来了。他问："是嫁给日腾底云姑么？我认得一位日腾嫂小名叫云姑。但她不致有个儿子到这里来，使我不知道。"

"她一向就没说起她是日腾嫂，但她儿子名叫成仁，是她亲自对我说底。"

"是呀，日腾嫂底儿子叫阿仁是不错的。这，我得去见见她才能知道。"

这回思敬倒比朱老先生忙起来了。谈不到十分钟，他便催着老先生一同进城去。

一到门，朱老先生对他说："你且在书房候着，待我先进去告诉她。"他跑进去，老太太正陪着云姑在床沿坐着。老先生对她说："你底妹夫来了。这是很凑巧的，他说认识她。"他又向云姑说："你说不认得思敬，思敬倒认得你呢。他已经来了，待一会，就要进来看你。"

老婆子始终还是说不认识思敬。等他进来，问她："你可是日腾嫂？"她才惊讶起来，怔怔地望着这位灰白眉发底老人，半晌才问："你是不是日辉叔？"

"可不是！"老人家底白眉望上动了几下。

云姑底精神这回好像比没病时还健壮。她坐起来，两只眼睛凝望着老人，摇摇头叹说："呀，老了！"

思敬笑说："老么？我还想活三十年哪。没想到此生还能在这里见你！"

云姑底老泪流下来，说："谁想得到？你出门后总没有信。若是我知道你在这里，仁儿就不至于丢了。"

朱老先生夫妇们眼对眼在那里猜哑谜，正不晓得他们是怎么一回事。思敬坐下，对他们说："想你们二位要很诧异我们底事。我们都是亲戚，年纪都不小了，少年时事，说说也无妨。云姑是我一生最喜欢、最敬重的。她底丈夫是我同族的哥哥，可是她比我少五岁。她嫁后不过一年，就守了寡——守着一个遗腹子。我于她未嫁时就认得她底，我们常在一处。自她嫁后，我也常到她家里。"

"我们住底地方只隔一条小巷，我出入总要由她门口经过。自她寡后，心性变得很浮躁，喜怒又无常，我就不常去了。"

"世间凑巧的事很多！阿仁长了五六岁，偏是很像我。"

朱老先生截住说："那么，她说在此地见过成仁，在摩托车上底定是砺生了。"

"你见过砺生么？砺生不认识你，见着也未必理会。"他向着云姑说了这话，又转过来对着老先生，"我且说村里底人很没知识，又很爱说人闲话；我又是弱房底孤儿，族中人总想找机会来欺负我。因为阿仁，几个坏子弟常来勒索我，一不依，就要我见官去，说我'盗嫂'，破寡妇底贞节。我为两方的安全，带了些少金钱，就跑到这里来。其实我并不是个商人，赶巧又能在这里成家立业。但我终不敢回去，恐怕人家又来欺负我。"

"好了，你既然来到，也可以不用回去。我先给你预备住处，再想法子找成仁。"

思敬并不多谈什么话，只让云姑歇下，同着朱老先生出外厅去了。

当下思敬要把云姑接到别庄里，朱老先生因为他们是同族的嫂叔，当然不敢强留。云姑虽很喜欢，可躺病在床，一时不能移动，只得暂时留在朱家。

在床上底老病人，忽然给她见着少年时所恋、心中常想而不能说底爱人，已是无上的药饵足能治好她。此刻她底眉也不皱了。旁边人总不知她心里有多少愉快，只能从她面部底变动测验一点。

她躺着翻开她心史最有趣的一页。

记得她丈夫死时，她不过二十岁；虽有了孩子，也是难以守得住；何况她心里又另有所恋。日日和所恋底人相见，实在教她忍不得去过那孤寡的生活。

邻村底天后宫，每年都要演酬神戏。村人借着这机会可以消消闲，所以一演剧时，全村和附近的男女都来聚在台下，从日中看到第二天早晨。那夜底戏目是《杀子报》，云姑也在台下坐着看。不到夜半，她已看不入眼，至终给心中底烦闷催她回去。

回到家里，小婴儿还是静静地睡着；屋里很热，她就依习惯端一张小凳子到偏门外去乘凉。这时巷中一个人也没有。近处只有印在小池中底月影伴着她。远地底锣鼓声、人声，又时时送来搅扰她底心怀。她在那里，对着小池暗哭。

巷口，脚步底回声令她转过头来视望。一个人吸着旱烟筒从那边走来。她认得是日辉，心里顿然安慰。日辉那时是个斯文的学生，所住底是在村尾，这巷是他往来必经之路。他走近前，看见云姑独自一人在那里，从月下映出她双颊上几行泪光。寡妇底哭本来就很难劝。他把旱烟吸得嗅嗅有声，站住说："还不睡去，又伤心什么？"

她也不回答，一手就把日辉底手揸住。没经验的日辉这时手忙脚乱，不晓得要怎样才好。许久，他才说："你把我揸住，就能使你不哭么？"

"今晚上，我可不让你回去了。"

日辉心里非常害怕，血脉动得比常时快，烟筒也揸得不牢，落在地上。他很郑重地对云姑说："谅是今晚上底戏使你苦恼起来。我不是不依你，不过这村里只有我一个是'读书人'，若有三分不是，人家总要加上七分谴谪。你我底名分已是被定到这步田地，族人对你又怀着很大的希望，我心里即如火焚烧着，也不能用你这点清凉水来解救。你知道若是有父母替我做主，你早是我底人，我们就不用各受各的苦了。不用心急，我总得想方法安慰你。我不是怕破坏你底贞节，也不怕人家骂我乱伦，因为我们从少时就在一处长大底，我们底心肠比那些还要紧。我怕底是你那儿子还小，若是什么风波，岂不白害了他？不如再等几年，我有多少长进底时候？再……"

屋里底小孩子醒了，云姑不得不松了手，跑进去招呼他。日辉乘隙走了。妇人出来，看不见日辉，正在怅望，忽然有人拦腰抱住她。她一看，却是本村底坏子弟臭狗。

"臭狗，为什么把人抱住？"

"你们底话，我都听见了。你已经留了他，何妨再留我？"

妇人急起来，要嚷。臭狗说："你一嚷，我就去把日辉揪来对质，一同上祠堂去，又告诉禀保，不保他赴府考，叫他秀才也做不成。"他嘴里说，一只手在女人头面身上自由摩挲，好像乩在沙盘上乱动一般。

妇人嚷不得，只能用最后的手段，用极甜软的话向着他："你要，总得人家愿意；人家若不愿意，就许你抱到明天，那有什么用处？你放我下来，等我进去把孩子挪过一边……"

性急的臭狗还不等她说完，就把她放下来。一副谄媚如小鬼底脸向着妇人说："这回可愿意了。"妇人送他一次媚视，转身把门急掩起来。臭狗见她要逃脱，赶紧插一只脚进门限里。这偏门是独扇的，妇人手快，已把他底脚夹住，又用全身底力量顶着。外头，臭狗求饶底声，叫不绝口。

"臭狗，臭狗，谁是你占便宜底，臭蛤蟆。臭蛤蟆要吃肉也得想想自己没翅膀！何况你这臭狗，还要跟着凤凰飞，有本领，你就进来罢。不要脸！你这臭鬼，真臭得比死狗还臭。"

外头直告饶，里边直詈骂，直堵。妇人力尽底时候才把他放了。那夜底好教训是她应受底。此后她总不敢于夜中在门外乘凉了。臭狗吃不着"天鹅"，只是要找机会复仇。

过几年，成仁已四五岁了。他长得实在像日辉，村中多事的人——无疑臭狗也在内——硬说他底来历不明。日辉本是很顾体面底；他禁不起千口同声硬把事情搁在他身，使他清白的名字被涂得漆黑。

那晚上，雷雨交集。妇人怕雷，早把窗门关得很严，同那孩子伏在床上。子刻已过，当巷底小方窗忽然霍覆地响。妇人害怕不敢问。后来外头叫了一声"腾嫂"，她认得这又斯文又惊惶的声音，才把窗门开了。

"原来是你呀！我以为是谁。且等一会，我把灯点好，给你开门。"

"不，夜深了，我不进去，你也不要点灯了，我就站在这里给你说几句话罢。我明天一早就要走了。"这时电光一闪，妇人看见日辉脸上、身上满都湿了。她还没工夫辨别那是雨、是泪，日辉又接着往下说："因为你，我不能再在这村里住，反正我底前程是无望的了。"

妇人默默地望着他，他从袖里掏出一卷地契出来，由小窗送进去。说："嫂子，这是我现在所能给你底。我将契写成卖给成仁底字样，也给县里底房吏说好了。你可以收下，将来给成仁做书金。"

他将契交给妇人，便要把手缩回。妇人不顾接契，忙把他底手揸住。契落在地上，妇人好像不理会，双手捧着日辉底手往复地摩挲，也不言语。

"你忘了我站在深夜底雨中么？该放我回去啦，待一会有人来，又不好了。"

妇人仍是不放，停了许久，才说："方才我想问你什么来，可又忘了。……不错，你还没告诉我你要到哪里去咧。"

"我实在不能告诉你，因为我要先到厦门去打听一下再定规。我从前想去底是长崎，或是上海，现在我又想向南洋去，所以去处还没一定。"

妇人很伤悲地说："我现在把你底手一撒，就像把风筝底线放了一般，不知此后要到什么地方找你去。"

她把手撒了，男子仍是呆呆地站着。他又像要说话底样子，妇人也默默地望着。雨水欺负着外头的行人，闪电专要吓里头的寡妇，可是他们都不介意。在黑暗里，妇人只听得一声："成仁大了，务必叫他到书房去。好好地栽培他，将来给你道封诰。"

44

他没容妇人回答什么，担着破伞走了。

这一别四十多年，一点音信也没有。女人底心现在如失宝重还，什么音信、消息、儿子、媳妇，都不能动她底心了。她底愉快足能使她不病。

思敬于云姑能起床时，就为她预备车辆，接她到别庄去。在那虫声高低、鹿迹零乱底竹林里，这对老人起首过他们曾希望过底生活。云姑呵责思敬说他总没音信。思敬说：“我并非不愿给你知道我离乡后底光景；不过那时，纵然给你知道了，也未必是你我两人底利益。我想你有成仁，别后已是闲话满嘴了；若是我回去，料想你必不轻易放我再出来。那时，若要进前，便得吃官司；要退后，那就不可设想了。

“自娶妻后，就把你忘了，我并不是真忘了你，为常记念你只能增我底忧闷，不如权当你不在了。又因我已娶妻。所以越不敢回去见你。”

说话时，遥见他儿子砺生底摩托车停在林外。他说：“你从前遇见底‘成仁’来了。”

砺生进来，思敬命他叫云姑为母亲。又对云姑说：“他不像你底成仁么？”

“是呀，像得很！怪不得我看错了。不过细看起来，成仁比他老得多。”

“那是自然的，成仁长他十岁有余咧。他现在不过三十四岁。”

现在一提起成仁，她底心又不安了。她两只眼睛望空不歇地转。思敬劝说：“反正我底儿子就是你底。成仁终归是要找着底，这事交给砺生办去，我们且宽怀过我们底老日子罢。”

和他们同在底朱老先生听了这话，在一边狂笑，说：“‘想不到你老人家底心还不会老！’现在是谁老了！”

思敬也笑说：“我还是小叔呀。小叔和寡嫂同过日子也是应该的。难道还送她到老人院去不成了？”

三个老人在那里卖老，砺生不好意思，借故说要给他们办筵席，乘着车进城去了。

壁上自鸣钟叮当响了几下，云姑像感得是沧海瞎先生敲着报君知来告诉她说：“现在你可什么都找着了！这行人卦得赏双倍，我底小钲还可以保全哪。”

那晚上底筵席，当然不是平常的筵席。

（原载 1924 年 3 月《小说月报》15 卷 3 号）

枯杨生花

许地山

45

读《芝兰与茉莉》因而想及我底祖母

正要到哥仑比亚底检讨室里校阅梵籍，和死和尚争虚实，经过我底邮筒，明知每次都是空开底，还要带着希望姑且开来看看。这次可得着一卷东西，知道不是一分钟可以念完底，遂插在口袋里，带到检讨室去。

我正研究唐代佛教在西域衰灭底原因，翻起史太因在和阗所得底唐代文契，一读马令痣同母党二娘向护国寺僧虎英借钱底私契，妇人许十四典首饰契，失名人底典婢契等等，虽很有趣，但掩卷一想，恨当时的和尚只会营利，不顾转法轮，无怪回纥一入，便尔扫灭无余。

为释迦文担忧，本是大愚：会不知成、住、坏、空，是一切法性？不看了，掏出口袋里底邮件，看看是什么罢。

　　《芝兰与茉莉》

这名字很香呀！我把纸笔都放在一边，一气地读了半天工夫——从头至尾，一句一字细细地读。这自然比看唐代死和尚底文契有趣。读后底余韵，常绕缭于我心中；像这样的文艺很合我情绪底胃口似地。

读中国底文艺和读中国底绘画一样。试拿山水——西洋画家叫做"风景画"——来做个例：我们打稿（Composition）是鸟瞰的、纵的，所以从近处底溪桥，而山前底村落，而山后底帆影，而远地底云山；西洋风景画是水平的、横的，除水平线上下左右之外，理会不出幽深的、绵远的兴致。所以中国画宜于纵的长方，西洋画宜于横的长方。文艺也是如此：西洋人底取材多以"我"和"我底女人或男子"为主，故属于横的、夫妇的；中华人底取材多以"我"和"我底父母或子女"为主，故属于纵的、亲子的。描写亲子之爱应当是中华人底特长；看近来底作品，究其文心，都函这惟一义谛。

爱亲底特性是中国文化底细胞核，除了它，我们早就要断发短服了！我们将这种特性来和西洋的对比起来，可以说中华民族是爱父母的民族；那边欧西是爱夫妇的民族。因为是"爱父母的"，故叙事直贯，有始有终，源源本本，自自然然地说下来。这"说来话长"底特性——很和拔丝山药一样地甜热而粘——可以在一切作品里找出来。无论写什么，总有从盘古以来说到而今底倾向。写孙悟空总得从猴子成精说起；写贾宝玉总得从顽石变灵说起；这写生生因果底好尚是中华文学底文心，是纵的，是亲子的，所以最易抽出我们底情绪。

八岁时，读《诗经·凯风》和《陟岵》，不晓得怎样，眼泪没得我底同意就流下来？九岁读《檀弓》到"今丘也，东西南北之人也"一段，伏案大哭。先生问我："今天底书并没给你多上，也没生字，为何委曲？"我说："我并不是委曲，我只伤心这'东西南北'四字。"第二天，接着念"晋献公将杀其世子申生"一段，到"天下岂有无父之国哉？"又哭。直到于今，这"东西南北"四个字还能使我一念便伤怀。我尝反省这事，要求其使我哭泣底缘故。不错，爱父母的民族底理想生活便是在这里生、在这里长、在这里聚族、在这里埋葬，东西南北地跑当然是一种可悲的事了。因为离家、离父亲、离国是可悲的，所以能和父母、乡党过活底人是可羡的。无论什么也都以这事为准绳：做文章为这一件大事做，讲爱情为这一件大事讲，我才理会我底"上坟瘾"不是我自己所特有，是我所属底民族自盘古以来遗传给我底。你如自己念一念"可爱的家乡啊！我睡眼朦胧里，不由得不乐意接受你欢迎的诚意。"和"明儿……你真要离开我了么？"应作如何感想？

爱夫妇的民族正和我们相反。夫妇本是人为，不是一生下来就铸定了彼此的关系。相逢尽可以不相识，只要各人带着，或有了各人底男女欲，就可以。你到什么地方，这欲跟到什么地方；他可以在一切空间显其功用，所以在文心上无需溯其本源，究其终局，干干脆脆，Just a word，也可以自成段落。爱夫妇的心境本含有一种舒展性和侵略性，所以乐得东西南北，到处地跑。夫妇关系可以随地随时发生，又可以强侵软夺，在文心上当有一种"霸道"、"喜新"、"乐得"、"为我自己享受"底倾向。

总而言之，爱父母的民族底心地是"生"；爱夫妇的民族底心地是"取"。生是相续的；取是广延的。我们不是爱夫妇的民族，故描写夫妇，并不为夫妇而描写夫妇，是为父母而描写夫妇。我很少见——当然是我少见——中国文人描写夫妇时不带着"父母的"底色彩；很少见单独描写夫妇而描写得很自然的。这并不是我们不愿描写，是我们不惯描写广延性的文字底缘故。从对面看，纵然我们描写了，人也理会不出来。

《芝兰与茉莉》开宗第一句便是"祖母真爱我！"这已把我底心牵引住了。"祖母爱我"，当然不是爱夫妇的民族所能深味，但它能感我和《檀弓》差不了多少。"垂老的祖母，等得小孩子奉甘旨么？"子女生活是为父母底将来，父母底生活也是为着子女，这永远解不开底结，结在我们各人心中。触机便发表于文字上。谁没有祖父母、父母呢？他们底折磨、担心，都是像夫妇一样有个我性底么？丈夫可以对妻子说："我爱你，故我要和你同住"；或"我不爱你，你离开我罢。"妻子也可以说："人尽可夫，何必你？"但子女对于父母总不能有这样的天性。所以做父母底自自然然要为子女担忧受苦，做子女底也为父母之所爱而爱，为父母而爱为第一件事。爱既不为我专有，"事之不能尽如人意"便为此说出来了。从爱父母的民族眼中看夫妇底爱是为三件事而起，一是继续这生生底线，二是往溯先人底旧典，三是承纳长幼底情谊。

说起书中人底祖母，又想起我底祖母来了。"事之不能尽如人意者，夫复何言！"我底祖母也有这相同的境遇呀！我底祖母，不说我没见过，连我父亲也不曾见过，因为她在我父亲未生以前就去世了。这岂不是很奇怪的么？不如意的事多着呢！爱祖母底明官，你也愿意听听我说我祖母底失意事么？

八十年前，台湾府——现在的台南——城里武馆街有一家，八个兄弟同一个老父亲同住着，除了第六、七、八底弟弟还没娶以外，前头五个都成家了。兄弟们有做武官底，有做小乡绅底，有做买卖底。那位老四，又不做武官又不做绅士，更不会做买卖；他只喜欢念书，自己在城南立了一所小书塾名叫窥园，在那里一面读，一面教几个小学生。他底清闲，是他兄弟们所羡慕，所嫉妒底。

这八兄弟早就没有母亲了。老父亲很老，管家底女人虽然是妯娌们轮流着当，可是实在的权柄是在一位大姑手里。这位大姑早年守寡，家里没有什么人，所以常住在外家。因为许多弟弟是她帮忙抱大底，所以她对于弟弟们很具足母亲底威仪。

那年夏天，老父亲去世了。大姑当然是"阃内之长"，要督责一切应办事宜底。早晚供灵底事体，照规矩是媳妇们轮着办底。那天早晨该轮到四弟妇上供了。四弟妇和四弟是不上三年底夫妇，同是二十多岁，情爱之浓是不消说底。

大姑在厅上嚷："素官，今早该你上供了。怎么这时候还不出来？"

居丧不用粉饰面，把头发理好，也毋需盘得整齐，所以晨妆很省事。她坐在妆台前，嚼槟榔，还吸一管旱烟。这是台湾女人们最普遍的嗜好。有些女人喜欢学土人把牙齿染黑了，她们以为牙齿白得像狗底一样不好看，将槟榔和着荖叶、熟灰嚼，日子一久，就可以使很白的牙齿变为漆黑。但有些女人是喜欢白牙底，她们也嚼槟榔，不过把灰减去就可以。她起床，嗽口后第一件事是嚼槟榔，为底是使牙齿白而坚固。外面大姑底叫唤，她都听不见，只是嚼着；还吸着烟在那里出神。

四弟也在房里，听见姊姊叫着妻子，便对她说："快出去罢。姊姊要生气了。"

"等我嚼完这口槟榔，吸完这口烟才出去。时候还早咧。"

"怎么你不听姊姊底话？"

"为什么要听你姊姊底话？你为什么不听我底话？"

"姊姊就像母亲一样。丈夫为什么要听妻子底话？"

"'人未娶妻是母亲养底，娶了妻就是妻子养底。'你不听妻子底话，妻子可要打你，好像打小孩子一样。"

"不要脸，哪里来得这么大的孩子，我试先打你一下，看你打得过我不。"老四带着嬉笑的样子，拿着拓扇向妻子底头上要打下去。妻子放下烟管，一手抢了扇子，向着丈夫底额头轻打了一下，"这是谁打谁了！"

夫妇们在殡前是要在孝堂前后底地上睡底，好容易到早晨同进屋里略略梳洗一下，借这时间谈谈。他对于享尽天年底老父亲底悲哀，自然盖不过对于婚媾不久的夫妇底欢愉。所以，外头虽然尽其孝思；里面底"琴瑟"还是一样地和鸣。中国底天地好像不许夫妇们在丧期里有谈笑底权利似地。他们在闹玩时，门帘被风一吹，可巧被姊姊看见了。姊姊见她还没出来，正要来叫她，从布帘飞处看见四弟妇拿着拓扇打四弟，那无明火早就高起了一万八千丈。

"哪里来底泼妇，敢打她底丈夫！"姊姊生气嚷着。

老四慌起来了。他挨着门框向姊姊说："我们闹玩，没有什么事。"

"这是闹玩底时候么？怎么这样懦弱，教女人打了你，还替她说话？我非问她外家，看看这是什么家教不可。"

他退回屋里，向妻子伸伸舌头，妻子也伸着舌头回答他。但外面越呵责越厉害了。越呵责，四弟妇越不好意思出去上供；越不敢出去越要挨骂，妻子哭了。他在旁边站着，劝也不是，慰也不是。

她有一个随嫁底丫头，听得姑太越骂越有劲，心里非常害怕。十三四岁底女孩，哪里会想事情底关系如何？她私自开了后门，一直跑回外家，气喘喘地说："不好了！我们姑娘被他家姑太骂得很厉害，说要赶她回来咧！"

亲家爷是个商人，头脑也很率直，一听就有了气，说："怎样说得这样容易——要就取去，不要就扛回来？谁家养女儿是要受别人底女儿欺负底？"他是个杂货行主，手下有许多工人，一号召，都来聚在他面前。他又不打听到底是怎么一回事，对着工人们一气地说："我家姑娘受人欺负了。你们替我到许家去出出气。"工人一轰，就到了那有丧事底亲家门前，大兴问罪之师。

里面底人个个面对面呈出惊惶的状态。老四和妻子也相对无言，不晓得要怎办才好。外面底人们来得非常横逆，经兄弟们许多解释然后回去。姊姊更气得凶，跑到屋里，指着四弟妇大骂特骂起来。

"你这泼妇，怎么这一点点事情，也值得教外家底人来干涉？你敢是依仗你家里多养了几个粗人，就来欺负我们不成？难道你不晓得我们诗礼之家在丧期里要守制底么？你不孝的贱人，难道丈夫叫你出来上供是不对的，你就敢用扇头打他？你已犯七出之条了，还敢起外家来闹？好，要吃官司，你们可以一同上堂去，请官评评。弟弟是我抱大底，我总可以做报告。"

妻子才理会丫头不在身边。但事情已是闹大了，自己不好再辩，因为她知道大姑底脾气，越辩越惹气。

第二天早晨，姊姊召集弟弟们在灵前，对他们说："像这样的媳妇还要得么？我想待一会，就扛她回去。"这大题目一出来，几个弟弟都没有话说；

最苦的就是四弟了。他知道"扛回去"就是犯"七出之条"时"先斩后奏"底办法，就颤声地向姊姊求情。姊姊鄙夷他说："没志气的懦夫，还敢要这样的妇人么？她昨日所说底话我都听见了。女子多着呢，日后我再给你挑个好的。我们已预备和她家打官司，看看是礼教有势，还是她家工人底力量大。"

当事的四弟那时实在是成了懦夫了！他一点勇气也没有，因为这"不守制"、"不敬夫"底罪名太大了，他自己一时也找不出什么话来证明妻子底无罪，有赦免底余地。他跑进房里，妻子哭得眼都肿了。他也哭着向妻子说："都是你不好！"

"是，……是……我我……我不好，我对对……不起你！"妻子抽噎着说。丈夫也没有什么话可安慰她，只挨着她坐下，用手抚着她底脖项。

果然姊姊命人雇了一顶轿子，跑进房里，硬把她扶出来，把她头上底白麻硬换上一缕红丝，送她上轿去了。这意思就是说她此后就不是许家底人，可以不必穿孝。

"我有什么感想呢？我该有怎样的感想呢？懦夫呵！你不配靦颜在人世，就这样算了么？自私的我，却因为不贯彻无勇气而陷到这种地步，夫复何言！"当时他心里也未必没有这样的语言。他为什么懦弱到这步田地？要知道他原不是生在为夫妇的爱而生活底地方呀！

王亲家看见平地里把女儿扛回来，气得在堂上发抖。女儿也不能说什么，只跪在父亲面前大哭。老亲家口口声声说要打官司，女儿直劝无需如此，是她底命该受这样折磨底，若动官司只能使她和丈夫吃亏，而且把两家底仇恨结得越深。

老四在守制期内是不能出来底。他整天守着灵想妻子。姊姊知道他底心事，多方地劝慰他。姊姊并不是深恨四弟妇，不过她很固执，以为一事不对就事事不对，一时不对就永远不对。她看"礼"比夫妇底爱要紧。礼是古圣人定下来，历代的圣贤亲自奉行底。妇人呢？这个不好，可以挑那个。所以夫妇底配合只要有德有貌，像那不德、无礼的妇人，尽可以不要。

出殡后，四弟仍到他底书塾去。从前，他每夜都要回武馆街去底，自妻去后，就常住在窥园。他觉得一到妻子房里冷清清地，一点意思也没有，不如在书房伴着书眠还可以忘其愁苦。唉，情爱被压底人都是要伴书眠底呀！

天色晚，学也散了。他独在园里一棵芒果树下坐着发闷。妻子底随嫁丫头蓝从园门直走进来，他虽熟视着，可像不理会一样。等到丫头叫了他一声："姑爷"，他才把着她底手臂，如见了妻子一般。他说："你怎么敢来？……姑娘好么？"

"姑娘命我来请你去一趟。她这两天不舒服，躺在床上哪，她吩咐掌灯后才去，恐怕人家看见你，要笑话你。"

她说完，东张西望，也像怕人看见她来，不一会就走了。那几点钟底黄昏偏又延长了，他好容易等到掌灯时分！他到妻子家里，丫头一直就把他带到楼上，也不敢教老亲家知道。妻子底面比前几个月消疲了，他说："我底……"，他说不下去了，只改过来说："你怎么瘦得这个样子！"

妻子躺在床上也没起来，看见他还站着出神，就说："为什么不坐，难道你立刻要走么？"她把丈夫揪近床沿坐下，眼对眼地看着。丈夫也想不出什么话来说，想分离后第一次相见底话是很难起首底。

"你是什么病？"

"前两天小产了一个男孩子！"

丈夫听这话，直像喝了麻醉药一般。

"反正是我底罪过大，不配有福分，连从你得来底孩子也不许我有了。"

"不要紧的，日后我们还可以有五六个。你要保养保养才是。"

妻子笑中带着很悲哀的神采说："痴男子，既休的妻还能有生子女底荣耀么？"说时，丫头递了一盏龙眼干甜茶来。这是台湾人待生客和新年用底礼茶。

"怎么给我这茶喝，我们还讲礼么？"

"你以后再娶，总要和我生疏底。"

"我并没休你。我们底婚书，我还留着呢。我，无论如何，总要想法子请你回去底；除了你，我还有谁？"

丫头在旁边插嘴说："等姑娘好了，立刻就请她回去罢。"

他对着丫头说："说得很快，你总不晓得姑太和你家主人都是非常固执，非常喜欢赌气，很难使人进退底。这都是你弄出来底。事已如此，夫复何言！"

小丫头原是不懂事，事后才理会她跑回来报信底关系重大。她一听"这都是你弄出来底"，不由得站在一边哭起来。妻子哭，丈夫也哭。

一个男子底心志必得听那寡后回家当姑太底姊姊使令么？当时他若硬把妻子留住，姊姊也没奈他何，最多不过用"礼教底棒"来打他而已。但"礼教之棒"又真可以打破人底命运么？那时候，他并不是没有反抗礼教底勇气，是他还没得着反抗礼教底启示。他心底深密处也会像吴明远那样说："该死该死！我既爱妹妹，而不知护妹妹；我既爱我自己，而不知为我自己着想；我负了妹妹，我误了自己！事原来可以如人意，而我使之不能；我之罪恶岂能磨灭于万一，然而赴汤蹈火，又何足偿过失于万一呢？你还敢说：'事已如此，夫复何言'么？"

四弟私会出妻底事，教姊姊知道，大加申斥，说他没志气。不过这样的言语和爱情没有关系。男女相待遇本如大人和小孩一样。若是男子爱他底女人，他对于她底态度、语言、动作，都有父亲对女儿底倾向；反过来说，女人对于她所爱底男子也具足母亲对儿子底倾向。若两方都是爱者，他们同时就是被爱者，那是说他们都自视为小孩子，故彼此间能吐露出真性情来。小孩们很愿替他们底好朋友担忧、受苦、用力；有情的男女也是如此。所以姊姊底申斥不能隔断他们底私会。

妻子自回外家后，很悔她不该贪嚼一口槟榔，贪吸一管旱烟，致误了灵前底大事。此后，槟榔不再入她底口，烟也不吸了。她要为自己底罪过忏悔，就吃起长斋来。就是她亲爱底丈夫有时来到，很难得的相见时，也不使他挨近一步，恐怕玷了她底清心。她只以念经绣佛为她此生惟一的本份，夫妇的爱不由得不压在心底底崖石底下。

十几年中，他只是希望他岳丈和他姊姊底意思可以挽回于万一。自己底事要仰望人家，本是很可怜的。亲家们一个是执拗，一个是赌气，因之光天化日底时候难以再得。

那晚上，他正陪姊姊在厅上坐着，王家底人来叫他。姊姊不许，说："四弟，不许你去。"

"姊姊，容我去看她一下罢。听说她这两天病得很厉害，人来叫我，当然是很要紧的，我得去看看。"

"反正你一天不另娶，是一天忘不了那泼妇底。城外那门亲给你讲了好几年，你总是不介意。她比那不知礼的妇人好得多——又美、又有德。"

这一次，他觉得姊姊底命令也可以反抗了。他不听这一套，迳自跑进屋里，把长褂子一披，匆匆地出门。姊姊虽然不高兴，也没法揪他回来。

到妻子家，上楼去。她躺在床上，眼睛半闭着，病状已很凶恶。他哭不出来，走近前，摇了她一下。

"我底夫婿，你来了！好容易盼得你来！我是不久的人了，你总要为你自己的事情打算；不要像这十几年，空守着我，于你也没有益处。我不孝已够了，还能使你再犯不孝之条么？——'不孝有三，无后为大。'"

"孝不孝是我底事；娶不娶也是我底事。除了你，我还有谁？"

这时丫头也站在床沿。她已二十多岁，长得越妩媚、越懂事了。她底反省，常使她起一种不可言喻的伤心，使她觉得她永远对不起面前这位垂死的姑娘和旁边那位姑爷。

垂死的妻子说："好罢，我们底恩义是生生世世的。你看她，"她撮嘴指着丫头，用力往下说："她长大了。事情既是她弄出来底，她得替我偿还。"她对着丫头说："你愿意么？"丫头红了脸，不晓得要怎样回答。她又对丈夫说："我死后，她就是我了。你如记念我们旧时的恩义，就请带她回去，将来好替我……"

她把丈夫底手拉去，使他搦住丫头底手，随说："唉，子女是要紧的，她将来若能替我为你养几个子女，我就把她从前的过失都宽恕了。"

妻子死后好几个月，他总不敢向姊姊提起要那丫头回来。他实在是很懦弱的，不晓怎样怕姊姊会怕到这地步！

离王亲家不远住着一位老妗婆。她虽没为这事担心，但她对于事情底原委是很明瞭底。正要出门，在路上遇见丫头，穿起一身素服，手挽着一竹篮东西，她问："蓝，你要到哪里去？"

"我正要上我们姑娘底坟去。今天是她底百日。"

老妗婆一手扶着杖，一手捏着丫头底嘴巴，说："你长得这么大了，还不回武馆街去么？"丫头低下头，没回答她。她又问："许家没意思要你回去么？"

从前的风俗对于随嫁底丫头多是预备给姑爷收起来做二房底，所以妗婆问得很自然。丫头听见"回去"两字，本就不好意思，她双眼望着地上，摇摇头，静嘿地走了。

妗婆本不是要到武馆街去底，自遇见丫头以后，就想她是个长辈之一，总得赞成这事。她一直来投她底甥女，也叫四外甥来告诉他应当办底事体。姊姊被妗母一说，觉得再没有可固执底了，说："好罢，明后天预备一顶轿子去扛她回来就是。"

四弟说："说得那么容易？要总得照着婆继室底礼节办；她底神主还得请回来。"

姊姊说："笑话，她已经和她底姑娘一同行过礼了，还行什么礼？神主也不能同日请回来底。"

老妗母说："扛回来时，请请客，当做一桩正事办也是应该底。"

他们商量好了，兄弟也都赞成这样办。"这种事情，老人家最喜欢不过"，老妗母在办事底时候当然是一早就过来了。

这位再回来底丫头就是我底祖母了。所以我有两个祖母，一个是生身祖母，一个是常住在外家底"吃斋祖母"——这名字是母亲给我们讲祖母底故事时所用底题目。又"丫头"这两个字是我家底"圣讳"，平常是不许说底。

我又讲回来了。这种父母的爱底经验，是我们最能理会底。人人经验中都有多少"祖母的心"、"母亲"、"祖父"、"爱儿"等等事迹，偶一感触便如悬崖泻水，从盘古以来直说到于今。我们底头脑是历史的，所以善用这种才能来描写一切的事故。又因这爱父母底特性，故在作品中，任你说到什么程度，这一点总抹杀不掉。我爱读《芝兰与茉莉》，因为它是源源本本地说，用我们经验中极普遍的事实触动我。我想凡是有祖母底人，一读这书，至少也会起一种回想底。

书看完了，回想也写完了，上课底钟直催着。现在的事好像比往事要紧，故要用工夫来想一想祖母底经历也不能了！大概她以后底境遇也和书里底祖母有一两点相同罢。

写于哥仑比亚图书馆四一三号，检讨室，十三年，二月，十日。

（原载 1924 年 5 月《小说月报》15 卷 5 期）

在费总理底客厅里

费总理底会客厅里面底陈设都能表示他是一个办慈善事业具有热心和经验底人。梁上悬着两块"急公好义"和"善与人同"底匾额,自然是第一和第二任大总统颁赐底,我们看当中盖着一方"荣典之玺"底印文便可以知道。在两块匾当中悬着一块"敦诗说礼之堂"底题额,听说是花了几百元底润笔费请求康老先生写底,因为总理要康老先生多写几个字,所以他底堂名会那么长。四围墙上底装饰品无非是褒奖状,格言联对,天官赐福图,大镜之类。厅里底镜框很多,最大的是对着当街底窗户那面西洋大镜。厅里底家私都是用上等楠木制成。几桌之上杂陈些新旧真假的古董和东西洋大小自鸣钟。厅角底书架上除了几本《孝经》、《治家格言注》、《理学大全》和些日报以外,其余的都是募捐册和几册名人底介绍字迹。

当差底引了一位穿洋服留小胡子底客人进来,说:"请坐一会儿,总理就出来。"客人坐下了。当差底进里面去,好像对着一个丫头说:"去请大爷,外头有一位黄先生要见他。"里面隐约听见一个女人底声音说:"翠花,爷在五太房间哪。"我们从这句话可以断定费总理底家庭是公鸡式的,他至少有五位太太,丫头还不算在内。其实这也算不了怎么一回事,在这个礼教之邦,又值一般大人物及当代政府提倡"旧道德"底时候,多纳几位"小星",既足以增门第底光荣,又可以为敦伦之一助,有些少身家底人不娶姨太都要被人笑话,何况时时垫款出来办慈善事业底费总理呢?

已经过一刻钟了,客人正在左观右望底时候,主人费总理一面整理他底长褂,一面踏进客厅,连连作揖,说:"失迎了,对不住,对不住!"黄先生自然要赶快答礼说:"岂敢,岂敢。"宾主叙过寒暄,客人便言归正传,向总理说:"鄙人在本乡也办了一个妇女慈善工厂,每听见人家称赞您老先生所办底民主妇女慈善习艺工厂成绩很好,所以今早特意来到,请老先生给介绍到贵工厂参观参观,其中一定有许多可以为敝厂模范底地方。"

总理底身材长短正合乎"读书人"底度数,体质底柔弱也很相称。他那副玄黄相杂底牙齿,很能表显他是个阔人。若不是一天抽了不少的鸦片,决不能使他底牙齿染出天地底正色来!他现出很谦虚的态度,对客人详述他创办民生女工厂底宗旨和最近发展底情形。从他底话里我们知道工厂底经费是向各地捐来底。女工们尽是乡间妇女。她们学底手艺都很平常,多半是织袜,花边,裁缝,那等轻可的工艺。工厂底出品虽然很多,销路也很好,依理说应当赚钱，可是从总理底叙述上，他每年总要赔垫一万几千块钱！

总理命人打电话到工厂去通知说黄先生要去参观，又亲自写了几个字在他自己底名片上作为介绍他底证据。黄先生现出感谢底神气，站起来向主人鞠躬告辞，主人约他晚间回来吃便饭。

主人送客出门时，顺手把电扇底制纽转了，微细的风还可以使书架上那几本《孝经》之类一页一页地被吹起来，还落下去。主人大概又回到第几姨太房里抽鸦片去，客厅里顿然寂静了。不过上房里好像有女人哭骂底声音，隐约听见"我是有夫之妇……你有钱也不成……"其余的就听不清了。午饭刚完，当差底又引导了一位客人进来，递过茶，又到上房去回报说："二爷来了。"

二爷是与费总理交换兰谱底兄弟。实际上他比总理大三四岁，可是他自己一定要说少三两岁，情愿列在老弟底地位。这也许是因为他本来排行第二底原故。他底脸上现出很焦急的样子，恨不能立时就见着总理。

这次总理却不教客人等那么久。他也没穿长裤，手捧着水烟筒，一面吹着纸捻，进到客厅里来。他说："二弟吃过饭没有？怎么这样着急？"

"大哥，咱们底工厂这一次恐怕免不了又有麻烦。不晓得谁到南方去报告说咱们都是土豪劣绅，听说他们来到就要查办咧。我早晨为这事奔走了大半天，到现在还没吃中饭哪。假使他们发现了咱们用民生工厂底捐款去办兴华公司，大哥，你有什么方法对付？若是教他们查出来，咱们不挨枪毙也得担个无期徒刑。"

总理像很有把握的神气，从容地说："二弟，别着急，先叫人开饭给你吃，咱们再商量。"他按电铃，叫人预备饭菜，接着对二爷说："你到底是胆量不大，些小事情还值得这么惊惶！'土豪劣绅'底名词难道还会加在慈善家底头上不成？假使人来查办，一领他们到这敦诗说礼之堂来看看，捐册、账本、褒奖状，件件都是来路分明，去路清楚，他们还能指摘什么？咱们当然不要承认兴华公司底资本就是民生工厂底捐款。世间没有不许办慈善事业底人兼办公司底道理，法律上也没有讲不过去底地方。"

"怕底是人家一查，查出咱们底款项来路分明，去路不清。我跟着大哥你办慈善事业，倒办出一身罪过来了，怎办怎办？"二爷说得非常焦急。

"你别慌张，我对于这事早已有了对付底方法。咱们并没有直接地提民生工厂底款项到兴华公司去用。民生底款项本来是慈善性质，消耗了当然的事体，只要咱们多画几笔账便可以敷衍过去。其实捐钱底人，谁来考查咱们底账目？捐一千几百块底，本来就冲着咱们底面子，不好意思不捐，实在他们也不是为要办慈善事业而捐钱，他们底钱一拿出来，早就存着输了几台麻雀底心思，捐出去就算了。只要他们来到厂里看见他们底名牌高高地悬挂在会堂上头，他们就心满意足了。还有捐一百几十底'无名氏'，我们也可以从中想法子。在四五十个捐一百元底'无名氏'当中，我们可以只报出三四个，那捐款底人个个便会想着报告书上所记底便是他。这里岂不又可以挖出好些钱来？至于那班捐一块几毛钱底，他们要查账，咱们也得问问他们配不配。"

"然则工厂基金捐款底问题呢？"二爷又问。

"工厂底基金捐款也可以归在去年证券交易失败底账里。若是查到那一笔，至多是派咱们付托失当，经营不善这几个字，也担不上什么处分，更挂不上何等罪名。再进一步说，咱们底兴华公司，表面上岂不能说是为工厂销货和其他利益而设底？又公司底股东，自来就没有咱姓费底名字，也没你二爷底名字，咱底姨太开公司难道是犯罪行为？总而言之，咱们是名正言顺，请你不要慌张害怕。"他一面说，一面把水烟筒吸得哔罗哔罗地响。

二爷听他所说，也连连点头说："有理有理！工厂底事，咱们可以说对得起人家，就是查办，也管教他查出功劳来。……然而，大哥，咱们还有一桩案未了。你记得去年学生们到咱们公司去检货，被咱们底伙计打死了他们两个人。这桩案件，他们来到，一定要办底。昨天我就听见人家说学生会已宣布了你我底罪状，又要把什么'标语'、'口号'贴在街上。不但如此，他们又要把咱们伙计冒充日籍底事实揭露出来。我想这事比工厂底问题还要重大。这真是要咱们底身家，性命，道德，名誉咧。"

总理虽然心里不安，但仍镇静地说："那件事情，我已经拜托国仁向那边接洽去了，结果如何，虽不敢说定，但据我看来，也不致于有什么危险。国仁在南方很有点势力，只要他向那边底当局为咱们说一句好话，咱们再用些钱，那就没有事了。"

"这一次恐怕钱有点使不上罢？他们以廉洁相号召，难道还能受贿赂？"

"咳！二弟你真是个老实人！世间事都是说底容易做底难。何况他们只是提倡廉洁政府，并没明说廉洁个人。政府当然是不会受贿赂底，历来的政府哪一个受过贿呢？反正都是和咱们一类的人，谁不爱钱？只要咱们送得有名目，人家就可以要。你如心里不安，就可以立刻到国仁那里去打听一下，看看事情进行到什么程度。"

"那么，我就去罢。我想这一次用钱有点靠不住。"

总理自然愿意他立刻到国仁那里去打听。他不但可以省一顿客饭，并且可以得着那桩案件底最近消息。他说："要去还得快些去，饭后他是常出门底。你就在外头随便吃些东西罢，可恶的厨子，教他做一顿饭到大半天还没做出来！"他故意叫人来骂了几句，又吩咐给二爷雇车。不一会，车雇得了，二爷站起来顺便问总理说："芙蓉底事情和谐罢？恭喜你又添了一位小星。"总理听见他这话，脸上便现出不安的状态。他回答说："现在没有工夫和你细谈那事，回头再给你说罢。"他又对二爷说："你快去快回来，今晚上在我这里吃晚饭罢。我请了一位黄先生，正要你来陪。国仁有工夫，也请他来。"

二爷坐上车，匆匆地到国仁那里去了。总理没有送客出门，自己吸着水烟，回到上房。当差底进客厅里来，把桌上茶杯里底剩茶倒了，然后把它们搁在架上。客厅里现在又寂静了。我们只能从壁上底镜子里看见街上行人底反影；其中看见时髦的女人开着汽车从窗外经过，车上只坐着她底爱犬。很可怪的就是坐在汽车上那只畜生不时伸出头来向路人狂吠，表示它是阔人底狗！它底吠声在费总理底客厅里也可以听见。

时辰钟刚敲过三下，客厅里又热闹起来了。民生工厂底庶务长魏先生领着一对乡下夫妇进来，指示他们总理客厅里底陈设。乡下人看见当中两块匾就联想到他们底大宗祠里也悬着像旁边两块一样底东西，听说是皇帝赐给他们第几代底祖先底。总理客厅里底大小自鸣钟，新旧古董，和一切的陈设，教他们心里想着就是皇帝底金銮殿也不过是这般布置而已。

他们都坐下，老婆子不歇地摩挲放在她身边底东西，心里有底是赞羡。

魏先生对他们说："我对你们说，你们不信，现在理会了。我们底总理是个有身家有名誉底财主，他看中了芙蓉，就算你们两人底造化。她若嫁给总理做姨太，你们不但不愁没得吃底，穿底，住底，就是将来你们那个小狗儿也要做一任县知事也不难。"

老头子说："好倒很好，不过芙蓉是从小养来给小狗儿做媳妇，若是把她嫁了，我们不免要和她外家吃官司。"

老婆子说："我们送她到工厂去也是为要使她学些手艺，好教我们多收些钱财，现在既然是总理财主要她，我们只得怨小狗儿没福气。总理财主如能吃得起官司，又保得我们底小狗儿做个营长、旅长，那我们就可以要一点财礼为他另娶一个回来。我说魏老爷呀，营长是不是管得着县知事？您方才说总理财主可以给小狗儿一个县知事做！我想还不如做个营长、旅长更好。现在做县知事底都要受气，听说营长还可以升到督办哪。"

魏先生说："只要你们答应，天大的官司，咱们总理都吃得起。你看咱们总理几位姨太底亲戚没有一个不是当阔差事底。小狗儿如肯把芙蓉让给总理，哪愁他不得着好差事，不说是营长旅长，他要什么就得什么。"

老头子是个明理知礼底人，他虽然不大愿意，却也不敢违忤魏先生底意思。

他说："无论如何，咱们两个老伙计是不能完全做主底，这个还得问问芙蓉看她自己愿意不愿意。"

魏先生立时回答他说："芙蓉一定愿意，只要你们两个人答应，一切的都好办了。她昨晚已在这里上房住一宿，若不愿意，她肯么？"

老头子听见芙蓉在上房住一宿就很不高兴。魏先生知道他底神气不对，赶快对他说明工厂里底习惯，女工可以被雇到厂外做活去。总理也有权柄调女工到家里当差，譬如翠花、菱花们，都是常在家里做工底。昨晚上刚巧总理太太有点活要芙蓉来做，所以住了一宿，并没有别底缘故。

芙蓉底公姑请求叫她出来把事由说个明白，问她到底愿意不愿意。不一会，翠花领着芙蓉进到客厅里。她一见着两位老人家便长跪在地上哭个不休。她嚷着说："我底爹妈，快带我回家去吧，我不能在这里受人家欺侮。……我是有夫之妇。我决不能依从他。他有钱也不能买我底志向。……"

她底声音可以从窗户传达到街上，所以魏先生一直劝她不要放声哭，有话好好地说，老婆子把她扶起来。她咒骂了一场，气泄过了，声音也渐渐低下去。

老婆子到底是个贪求富贵底人，她把芙蓉拉到身边，细声对她劝说，说她若是嫁给总理财主，家里就有这样好处，那样好处。但她至终抱定不肯改嫁，更不肯嫁给人做姨太底主意。她宁愿回家跟着小狗儿过日子。

魏先生虽然把她劝不过来，心里却很佩服她。老少喧嚷过一会，芙蓉便随着她底公姑回到乡间去。魏先生把总理请出来，对他说那孩子很刁，不要也罢，反正厂里短不了比她好看底女人。总理也骂她是个不识抬举底贱人，说她昨夜和早晨怎样在上房吵闹。早晨他送完客，回到上房底时候，从她面前经过，又被她侮辱了一顿。若不是他一意要她做姨太，早就把她一脚踢死。他教魏先生回到工厂去，把芙蓉底名字开除，还教他从工厂底临时费支出几十块钱送给她家人，教他们不要播扬这事。

五点钟过了。几个警察来到费总理家底门房，费家底人个个都捏着一把汗，心里以为是芙蓉同着她底公姑到警察厅去上诉，现在来传人了。警察们倒不像来传人底样子。他们只报告说："上头有话，明天欢迎总司令、总指挥，各家各户都得挂旗。"费家底大小这才放了心。

当差底说："前几天欢送大帅，你们要人挂旗；明天欢迎总司令，又要挂旗，整天挂旗，有什么意思？"

"这是上头底命令，我们只得照传。不过明天千万别挂五色国旗，现在改用海军旗做国旗。"

"哪里找海军旗去？这都是你们警厅底主意，一会要人挂这样的旗，一会又要人挂那样的旗。"

"我们也管不了。上头说挂龙旗，我们便教挂龙旗；上头说挂红旗，我们也得照传，教挂红旗。"

警察叮咛了一会，又往别家通告去了。客厅底大镜里已经映着街上一家新开张底男女理发所，门口挂着两面二丈四长，垂到地上底党国大旗。那旗比新华门平时所用底还要大，从远地看来，几乎令人以为是一所很重要的行政机关。

掌灯底时候到了。费总理底客厅里安排着一席酒，是为日间参观工厂的黄先生预备底。还是庶务长魏先生先到。他把方才总理吩咐他去办底事情都办妥了。他又对总理说他已买了两面新的国旗。总理说他不该买新的，费那么些钱，他说应当到估衣铺去搜罗。原来总理以为新的国旗可以到估衣铺去买！

二爷也到了。从他眉目的舒展可以知道他所得底消息是不坏的。他从袖里掏出几本书来，对费总理说："国仁今晚要搭专车到保定去接司令，不能来了。他教我把这几本书带来给你看。他说此后要在社会上做事，非能背诵这里头底字句不成。这是新颁的《圣经》，一点一画也不许人改易底。"

他虽然说得如此郑重，总理却慢慢地取过来翻了几遍。他在无意中翻出"民生主义"几个字，不觉狂喜起来，对二爷说："咱们底民生工厂不就是民生主义么？"

"有理有理。咱们底见解原先就和中山先生一致呵！"二爷又对总理说国仁已把事情办妥，前途大概没有什么危险。

总理把几本书也放在《孝经》、《治家格言》等书上头。也许客厅底那一个犄角就是他底图书馆！他没有别的地方藏书。

黄先生也到了，他对于总理所办底工厂十分赞美，总理也谦让了几句，还对他说他底工厂与民生主义底关系。黄先生越发佩服他是个当代的社会改良家兼大慈善家，更是总理底同志。他想他能与总理同席，是一桩非常荣幸可以记在参观日记上头、将来出版公布底事体。他自然也很羡慕总理底阔绰。心里想着，若不是财主，也做不了像他那样底慈善家。他心中最后的结论以为若不是财主，就没有做慈善家底资格。可不是！

宾主入席，畅快地吃喝了一顿，到十点左右，各自散去。客厅里现在只剩下几个当差底在那里收拾杯盘。器具摩荡底声音与从窗外送来那家新开张底男女理发所底留声机唱片底声音混在一起。

（原载 1928 年 11 月《小说月报》19 卷 11 号）

街头巷尾之伦理

在这城市里，鸡声早已断绝，破晓的声音，有时是骆驼底铃铛，有时是大车底轮子。那一早晨，胡同里还没有多少行人，道上底灰土蒙着一层青霜，骡车过处，便印上蹄痕和轮迹。那车上满载着块煤，若不是加上车夫底鞭子，合着小驴和大骡底力量，也不容易拉得动。有人说，做牲口也别做北方底牲口，一年有大半年吃的是干草，没有歇的时候，有一千斤的力量，主人最少总要它拉够一千五百斤，稍一停顿，便连鞭带骂。这城底人对于牲口好像还没有想到有什么道德的关系，没有待遇牲口的法律，也没有保护牲口的会社。骡子正在一步一步使劲拉那重载的煤车，不提防踩了一蹄柿子皮，把它滑倒，车夫不问情由挥起长鞭，没头没脸地乱鞭，嘴里不断地骂它底娘，它底姊妹。在这一点上，车夫和他底牲口好像又有了人伦的关系，骡子喘了一会气，也没告饶，挣扎起来，前头那匹小驴帮着它，把那车慢慢地拉出胡同口去。

在南口那边站着一个巡警。他看是个"街知事"，然而除掉捐项，指挥汽车，和跟洋车夫捣麻烦以外，一概的事情都不知。市政府办了乞丐收容所，可是那位巡警看见叫花子也没请他到所里去住。那一头来了一个瞎子，一手扶着小木杆，一手提着破柳罐。他一步一步踱到巡警跟前，后面一辆汽车远远地响着喇叭，吓得他急要躲避，不凑巧撞在巡警身上。

巡警骂他说："你这东西又脏又瞎，汽车快来了，还不快往胡同里躲！"幸而他没把手里那根"尚方警棍"加在瞎子头上，只挥着棍子叫汽车开过去。

瞎子进了胡同口，沿着墙边慢慢地走。那边来了一群狗，大概是追母狗的。它们一面吠，一面咬，冲到瞎子这边来。他底拐棍在无意中碰着一只张牙咧嘴的公狗，被它在腿上咬了一口。他摩摩大腿，低声骂了一句，又往前走。

"你这小子，可教我找着了。"从胡同底那边迎面来了一个人，远远地向着瞎子这样说。

那人底身材虽不很魁梧，可也比得胡同口"街知事"。据说他也是个老太爷身份，在家里刨掉灶王爷，就数他大，因为他有很多下辈供养他。他住在鬼门关附近，有几个子侄，还有儿媳妇和孙子。有一个儿子专在人马杂沓的地方做扒手。有一个儿子专在娱乐场或戏院外头假装寻亲不遇，求帮于人。一个儿媳妇带着孙子在街上捡煤渣，有时也会利用孩子偷街上小摊底东西。这瞎子，他底侄儿，却用"可怜我瞎子……"这套话来生利。他们照例都得把所得的财物奉给这位家长受用；若有怠慢，他便要和别人一样，拿出一条伦常底大道理来谴责他们。

瞎子已经两天没回家了。他蓦然听见叔叔骂他的声音，早已吓得魂不附体。叔叔走过来，拉着他底胳臂，说："你这小子，往哪里跑？"瞎子还没回答，他顺手便给他一拳。

瞎子"哟"了一声，哀求他叔叔说："叔叔别打，我昨天一天还没吃的，要不着，不敢回家。"

叔叔也用了骂别人底妈妈和姊妹的话来骂他底侄子。他一面骂，一面打，把瞎子推倒，拳脚交加。瞎子正坐在方才教骡子滑倒的那几个烂柿子皮的地方。破柳罐也摔了，掉出几个铜元，和一块干面包头。

叔叔说："你还撒谎？这不是铜子？这不是馒头？你有剩下的，还说昨天一天没吃，真是该揍的东西。"他骂着，又连踢带打了一会。

瞎子想是个忠厚人，也不会抵抗，只会求饶。

路东五号底门开了。一个中年的女人拿着药罐子到街心，把药渣子倒了。她想着叫往来的人把吃那药的人底病带走，好像只要她底病人好了，叫别人病了千万个也不要紧。她提着药罐，站在街门口看那人打他底瞎眼侄儿。

路西八号底门也开了。一个十三四岁的黄脸丫头，提着脏水桶，望街上便泼。她泼完，也站在大门口瞧热闹。

路东九号出来几个人，路西七号也出来几个人，不一会，满胡同两边都站着瞧热闹的人们。大概同情心不是先天的本能，若不然，他们当中怎么没有一个人走来把那人劝开？难道看那瞎子在地上呻吟，无力抵抗，和那叔叔凶神恶煞的样子，够不上动他们底恻隐之心么？

瞎子嚷着救命，至终没人上前去救他。叔叔见有许多人在两旁看他教训着坏子弟，便乘机演说几句。这是一个演说时代，所以"诸色人等"都能演说。叔叔把他底侄儿怎样不孝顺，得到钱自己花，有好东西自己吃的罪状都布露出来。他好像理会众人以他所做的为合理，便又将侄儿恶打一顿。

瞎子底枯眼是没有泪流出来的，只能从他底号声理会他底痛楚。他一面告饶，一面伸手去摸他底拐棍。叔叔快把拐棍从地上捡起来，就用来打他。棍落在地底背上发出一种霍霍的声音，显得他全身都是骨头。叔叔说："好，你想逃？你逃到哪里去？"说完，又使劲地打。

街坊也发议论了。有些说该打，有些说该死，有些说可怜，有些说可恶。可是谁也不愿意管闲事，更不愿意管别人底家事，所以只静静地站在一边，像"观礼"一样。

叔叔打够了，把地下两个大铜子捡起来，问他："你这些子儿都是从哪里来的？还不说！"

瞎子那些铜子是刚在大街上要来的，但也不敢申辩，由着他叔叔拿走。

胡同口底大街上，忽然过了一大队军警。听说早晨司令部要枪毙匪犯。胡同里方才站着瞧热闹的人们，因此也冲到热闹的胡同去。他们看见大车上绑着的人。那人高声演说，说他是真好汉，不怕打，不怕杀，更不怕那班临阵扔枪的丘八。围观的人，也像开国民大会一样，有喝彩的，也有拍手的。那人越发高兴，唱几句《失街亭》，说东道西，一任骡子慢慢地拉着他走。车过去了，还有很多人跟着，为的是要听些新鲜的事情。文明程度越低的社会，对于游街示众、法场处死、家小拌嘴、怨敌打架等事情，都很感得兴趣，总要在旁助威，像文明程度高的人们在戏院、讲堂、体育场里助威和喝彩一样。说"文明程度低"一定有人反对，不如说"古风淳厚"较为堂皇些。

胡同里底人，都到大街上看热闹去了。这里，瞎子从地下爬起来，全身都是伤痕。巡警走来说他一声"活该"！

他没说什么。

那边来了一个女人，戴着深蓝眼镜，穿着淡红旗袍，头发烫得像石狮子一样。从跟随在她后面那位抱着孩子的灰色衣帽人看来，知道她是个军人底眷属。抱小孩的大兵，在地下捡了一个大子。那原是方才从破柳罐里摔出来的。他看见瞎子坐在道边呻吟，就把捡得的铜子扔给他。

"您积德修好哟！我给您磕头啦！"是瞎子谢他的话。

他在这一个大子的恩惠以外，还把道上底一大块面包头踢到瞎子跟前，说："这地上有你吃的东西。"他头也不回，洋洋地随着他底女司令走了。

瞎子在那里摩着块干面包，正拿在手里，方才咬他的那只饿狗来到，又把它抢走了。

"街知事"站在他底岗位，望着他说："瞧，活该！"

归　途

　　她坐在厅上一条板凳上头，一手支颐，在那里纳闷。这是一家佣工介绍所。已经过了糖瓜祭灶的日子，所有候工底女人们都已回家了，惟独她在介绍所里借住了二十几天，没有人雇她，反欠下媒婆王姥姥十几吊钱。姥姥从街上回来，她还坐在那里，动也不动一下，好像不理会底样子。

　　王姥姥走到厅上，把买来底年货放在桌上，一面把她底围脖取下来，然后坐下，喘几口气。她对那女人说："我说，大嫂，后天就是年初一，个人得打个人底主意了。你打算怎办呢？你可不能在我这儿过年，我想你还是先回老家，等过了元宵再来罢。"

　　她蓦然听见王姥姥这些话，全身直像被冷水浇过一样，话也说不出来。停了半晌，眼眶一红，才说："我还该你的钱哪。我身边一个子也没有，怎能回家呢？若不然，谁不想回家？我已经十一二年没回家了。我出门的时候，我底大妞儿才五岁，这么些年没见面，她爹死，她也不知道，论理我早就该回家看看。无奈……"她底喉咙受不了伤心底冲激，至终不能把她底话说完，只把泪和涕来补足她所要表示的意思。

　　王姥姥虽想撺她，只为十几吊钱底债权关系，怕她一去不回头，所以也不十分压迫她。她到里间，把身子倒在冷炕上头，继续地流她底苦泪。净哭是不成底，她总得想法子。她爬起来，在炕边拿过小包袱来，打开，翻翻那几件破衣服。在前几年，当她随着丈夫在河南一个地方底营盘当差底时候，也曾有过好几件皮袄。自从编遣底命令一下，凡是受编遣底就得为他底职业拼命。她底丈夫在郑州那一仗，也随着那位总指挥亡于阵上。败军底眷属在逃亡底时候自然不能多带行李。她好容易把些少细软带在身边，日子就靠着零当整卖这样过去。现在她什么都没有了，只剩下当日丈夫所用底一把小手枪和两颗枪子。许久她就想着把它卖出去，只是得不到相当的人来买。此外还有丈夫剩下底一件军装大氅和一顶三块瓦式底破皮帽。那大氅也就是她底被窝，在严寒时节，一刻也离不了它。她自然不敢教人看见她有一把小手枪，拿出来看一会，赶快地又藏在那件破大氅底口袋里头。小包袱里只剩下几件破衣服，卖也卖不得，吃也吃不得。她叹了一声，把它们包好，仍旧支着下巴颏纳闷。

　　黄昏到了，她还坐在那冷屋里头。王姥姥正在明间做晚饭，忽然门外来了一个男人。看他穿底那件镶红边底蓝大褂，可以知道他是附近一所公寓底听差。那人进了屋里，对王姥姥说，"今晚九点左右去一个。"

"谁要呀？"王姥姥问。

"陈科长。"那人回答。

"那么，还是找鸾喜去罢。"

"谁都成，可别误了。"他说着，就出门去了。

她在屋里听见外边要一个人，心里暗喜说，天爷到底不绝人底生路，在这时期还留给她一个吃饭底机会。她走出来，对王姥姥说："姥姥，让我去罢。"

"你哪儿成呀？"王姥姥冷笑着回答她。

"为什么不成呀？"

"你还不明白吗？人家要上炕底。"

"怎么上炕呢？"

"说是呢！你一点也不明白！"王姥姥笑着在她底耳边如此如彼解释了些话语，然后说："你就要，也没有好衣服穿呀。就是有好衣服穿，你也得想想你底年纪。"

她很失望地走回屋里。拿起她那缺角底镜子到窗边自己照着。可不是！她底两鬓已显出很多白发，不用说额上底皱纹，就是颧骨也突出来像悬崖一样了。她不过是四十二三岁人，在外面随军，被风霜磨尽她底容光；黑滑的鬖髻早已剪掉，剩下底只有满头短乱的头发。剪发在这地方只是太太、少奶、小姐们底时装，她虽然也当过使唤人底太太，可是要给人佣工，这样的装扮就很不合适。这也许是她找不着主底缘故罢。

王姥姥吃完晚饭就出门找人去了。姥姥那套咬耳朵底话倒启示了她一个新意见。她拿着那条冻成一片薄板样底布，到明间白炉子上坐着的那盆热水烫了一下。她回到屋里，把自己底脸匀匀地擦了一回，瘦脸果然白净了许多。她打开炕边一个小木匣，拿起一把缺齿底木梳，拢拢头发。粉也没了，只剩下些少填满了匣子底四个犄角。她拿出匣子里底东西，用一棍簪子把那些不很白的剩粉剔下来，倒在手上，然后往脸上抹。果然还有三分姿色，她底心略为开了。她出门口去偷偷地把人家刚贴上底春联撕了一块，又到明间把灯罩积着底煤烟刮下来。她醮湿了红纸来涂两腮和嘴唇，用煤烟和着一些头油把两鬓和眼眉都涂黑了。这一来，已有了六七分姿色。心里想着她满可以做"上炕"底活。

王姥姥回来了。她赶紧迎出来，问她，她好看不好看。王姥姥大笑说："这不是老妖精出现么！"

"难看么？"

"难看倒不难看，可是我得找一个五六十岁底人来配你。哪儿找去？就使有老头儿，多半也是要大姑娘底。我劝你死心罢，你就是到下处去，也没人要。"

她很失望地又回到屋里来，两行热泪直滚出来，滴在炕席上不久就凝结了。没廉耻底事情，若不是为饥寒所迫，谁愿意干呢？若不是年纪大一点，她自然也会做那生殖机能底买卖。

她披着那件破大氅，躺在炕上，左思右想，总得不着一个解决底方法。夜长梦短，她只睁着眼睛等天亮。

二十九那天早晨，她也没吃什么，把她丈夫留下底那顶破皮帽戴上，又穿上那件大氅，乍一看来，可像一个中年男子。她对王姥姥说："无论如何，我今天总得想个法子得一点钱来还你。我还有一两件东西可以当当，出去一下就回来。"王姥姥也没盘问她要当底是什么东西，就满口答应了她。

她到大街上一间当铺去，问伙计说："我有一件军装，您柜上当不当呀？"

"什么军装？"

"新式的小手枪。"她说时从口袋里掏出那把手枪来。掌柜底看见她掏枪，吓得赶紧望柜下躲。她说："别怕，我是一个女人，这是我丈夫留下底，明天是年初一，我又等钱使，您就当周全我，当几块钱使使罢。"

伙计和掌柜底看她并不像强盗，接过手枪来看看。他们在铁槛里唧唧咕咕地商议了一会。最后由掌柜底把枪交回她，说："这东西柜上可不敢当。现在四城底军警查得严，万一教他们知道了，我们还要担干系。你拿回去罢。你拿着这个，可得小心。"掌柜底是个好人，才肯这样地告诉她，不然他早已按警铃叫巡警了。无论她怎么求，这买卖柜上总不敢做。她没奈何只得垂着头出来。幸而她旁边没有暗探和别人，所以没有人注意。

她从一条街走过一条街，进过好几家当铺也没有当成。她也有一点害怕了。一件危险的军器藏在口袋里，当又当不出去，万一给人知道，可了不得。但是没钱，怎好意思回到介绍所去见王姥姥呢？她一面走一面想，最后决心地说，不如先回家再说罢。她底村庄只离西直门四十里地，走路半天就可以到。她到西四牌楼，还进过一家当铺，还是当不出去，不由得带着失望出了西直门。

她走到高亮桥上，站了一会。在北京，人都知道有两道桥是穷人底去路，犯法底到天桥去，活腻了底到高亮桥来。那时正午刚过，天本来就阴暗，间中又飘了些雪花。桥底水都冻了。在河当中，流水隐约地在薄冰底下流着。她想着，不站了罢，还是望前走好些。她有了主意，因为她想起那十二年未见面底大妞儿现在已到出门底时候了，不如回家替她找个主儿，一来得些财礼，二来也省得累赘。一身无挂碍，要往前走也方便些。自她丈夫被调到郑州以后，两年来就没有信寄回乡下。家里底光景如何？女儿底前程怎样？她自都不晓得。可是她自打定了回家嫁女儿底主意以后，好像前途上又为她露出一点光明，她于是带着希望在向着家乡底一条小路走着。

雪下大了。荒凉的小道上，只有她低着头慢慢地走，心里想着她底计划。迎面来了一个青年妇人，好像是赶进城买年货底。她戴着一顶宝蓝色底帽子，帽子还安上一片孔雀翎；穿上一件桃色底长棉袍；脚底下穿着时式的红绣鞋。这青年妇女从她身边闪过去，招得她回头直望着她。她心里想，多么漂亮的衣服呢，若是她底大妞儿有这样一套衣服，那就是她底嫁妆了。然而她哪里有钱去买这样时样的衣服呢？她心里自己问着，眼睛直盯在那女人底身上。那女人已经离开她四五十步远近，再拐一个弯就要看不见了。她看四周一个人也没有，想着不如抢了她底，带回家给大妞儿做头面。这个念头一起来，使她不由回头追上前去，用粗厉的声音喝着："大姑娘，站住，你那件衣服借我使使罢。"那女人回头看见她手里拿着枪，恍惚是个军人，早已害怕得话都说不出来；想要跑，腿又不听使，她只得站住，问："你要什么？"

"我什么都不要。快把衣服，帽子，鞋，都脱下来。身上有钱都得交出来；手镯，戒指，耳环，都得交我。不然，我就打死你。快快，你若是嚷出来，我可不饶你。"

那女人看见四围一个人也没有，嚷出来又怕那强盗真个把她打死，不得已便照她所要求底一样一样交出来。她把衣服和财物一起卷起来，取下大氅底腰带束上，往北飞跑。

那女人所有底一切东西都给剥光了，身上只剩下一套单衣裤。她坐在树根上直打抖擞，差不多过了二十分钟才有一个骑驴底人从那道上经过。女人见有人来，这才嚷救命。驴儿停止了。那人下驴，看见她穿着一身单衣裤。问明因由，便仗着义气说："大嫂，你别伤心，我替你去把东西追回来。"他把自己披着底老羊皮筒脱下来扔给她，"你先披着这个罢，我骑着驴去追她，一会儿就回来。那兔强盗一定走得不很远，我一会就回来，你放心吧。"他说着，鞭着小驴便望前跑。

她已经过了大钟寺，气喘喘地冒着雪在小道上蹿。后面有人追来，直嚷："站住，站住。"她回头看看，理会是来追她底人，心里想着不得了，非与他拼命不可。她于是拿出小手枪来，指着他说："别来，看我打死你。"她实在也不晓得要怎办，姑且把枪比仿着。驴上底人本来是赶脚底，他底年纪才二十一二岁，血气正强，看见她拿出枪来，一点也不害怕，反说："瞧你，我没见过这么小的枪。你是从市场里底玩意铺买来瞎蒙人，我才不怕哪。你快把人家底东西交给我罢；不然，我就把你捆上，送司令部，枪毙你。"

她听着一面望后退，但驴上底人节节迫近前，她正在急底时候，手指一攀，无情的枪子正穿过那人底左胸，那人从驴背掉下来，一声不响，软软地摊在地上。这是她第一次开枪，也没瞄准，怎么就打中了！她几乎不信那驴夫是死了，她觉得那枪底响声并不大，真像孩子们所玩底一样，她慌得把枪扔在地上，急急地走近前，摩那驴夫胸口，"呀，了不得！"她惊慌地嚷出来，看着她底手满都是血。

她用那驴夫衣角擦净她底手，赶紧把驴拉过来，把刚才抢得底东西夹上驴背，使劲一鞭，又望北飞跑。

一刻钟又过去了。这里坐在树底下披着老羊皮底少妇直等着那驴夫回来。一个剃头匠挑着担子来到跟前。他也是从城里来，要回家过年去。一看见路边坐着底那个女人，便问："你不是刘家底新娘子么！怎么大雪天坐在这里？"女人对他说刚才在这里遇着强盗，把那强盗穿的什么衣服，什么样子，一一地告诉了他。她又告诉他本是要到新街口去买些年货，身边有五块现洋，都给抢走了。

这剃头匠本是她邻村底人，知道她新近才做新娘子。她底婆婆欺负她外家没人，过门不久便虐待她到不堪的地步。因为要过新年，才许她穿戴上那套做新娘时底衣帽；交给她五块钱，教她进城买东西。她把钱丢了，自然交不了差，所以剃头匠便也仗着义气，允许上前追盗去。他说："你别着急，我去看看到底是怎么一回事。"他说着，把担放在女人身边，飞跑着望北去了。

剃头匠走到刚才驴夫丧命底地方，看见地下躺着一个人。他俯着身子，摇一摇那尸体，惊惶地嚷道："打死人了！闹人命了！"他还是望前追，从田间底便道上赶上来一个巡警。郊外底巡警本来就很少见，这一次可碰巧了。巡警下了斜坡，看见地下死一个人，心里断定是前头跑着底那人干底事。他于是大声喝着："站住，往哪里跑呢，你？"

他蓦然听见有人在后面叫，回头看是个巡警，就住了脚。巡警说："你打死人，还望哪里跑？"

"不是我打死底。我是追强盗底。"

"你就是强盗，还追谁呀？得，跟我到派出所回话去。"巡警要把他带走。他多方地分辩也不能教巡警相信他。

他说："南边还有一个大嫂在树底下等着呢，我是剃头匠，我底担子还撂在那里呢，你不信，跟我去看看。"

巡警不同他去追贼，反把他挌住，说："你别废话啦，你就是现行犯，我亲眼看着，你还赖什么？跟我走吧。"他一定要把剃头底带走。剃头匠便求他说，"难道我空手就能打死人吗？您当官明理，也可以知道我不是凶手。我又不抢他的东西，我为什么打死他呀？"

"哼，你空手？你不会把枪扔掉底？我知道你们有什么冤仇呢？反正你得到所里分会去。"巡警忽然看见离尸体不远处有一把浮现在雪上底小手枪，于是进前去，用法绳把它拴起来，回头向那人说："这不就是你底枪吗？还有什么可说么？"他不容分诉，便把剃头匠带往西去。

这抢东西底女人，骑在驴上飞跑着，不觉过了清华园三四里地。她想着后面一定会有人来追，于是下了驴，使劲给它一鞭。空驴望北一直地跑，不一会就不见了。她抱着那卷赃物，上了斜坡，穿入那四围满是稠密的杉松底墓田里。在坟堆后面歇着，她慢慢地打开那件桃色底长袍，看看那宝蓝色孔雀翎帽，心里想着若是给大妞儿穿上，必定是很时样。她又拿起手镯和戒指等物来看，虽是银的，可是手工很好，决不是新打底。正在翻弄，忽然像感触到什么一样，她盯着那银镯子，像是前见过底花样。那不是她底嫁妆吗？她越看越真，果然是她二十多年前出嫁时陪嫁底东西，因为那镯上有一个记号是她从前做下底。但是怎么流落在那女人手上呢？这个疑问很容易使她想那女人莫不就是她底女儿。那东西自来就放在家里，当时随丈夫出门底时候，婆婆不让多带东西，公公喜欢热闹，把大妞儿留在身边。不到几年两位老亲相继去世。大妞儿由她底婶婶抚养着，总有五六年底光景。

她越回想越着急。莫不是就抢了自己底大妞儿？这事她必要根究到底。她想着若带回家去，万一就是她女儿底东西，那又多么难为情。她本是为女儿才做这事来，自不能教女儿知道这段事情。想来想去，不如送回原来抢她底地方。

她又望南，紧紧地走。路上还是行人稀少，走到方才打死底驴夫那里，她底心惊跳得很厉害，那时雪下得很大，几乎把尸首掩没了一半。她想万一有人来，认得她，又怎办呢？想到这里，又要回头望北走。踌躇了许久，至终把她那件男装大氅和皮帽子脱下来一起扔掉，回复她本来的面目，带着那些东西望南迈步。

她原是要把东西放在树下过一夜，希望等到明天，能够遇见原主回来，再假说是从地下捡起来底。不料她刚到树下，就见那青年的妇人还躺在那里，身边放着一件老羊皮，和一挑剃头担子，她不明白是什么意思。只想着这个可给她一个机会去认认那女人是不是她底大妞儿。她不顾一切把东西放在一边，进前几步，去摇那女人。那时天已经黑了，幸而雪光映着，还可以辨别远近。她怎么也不能把那女人摇醒，想着莫不是冻僵了？她捡起羊皮给她盖上。当她底手摩到那女人底脖子底时候，触着一样东西，拿起来看，原来是一把剃刀。这可了不得，怎么就抹了脖子啦！她抱着她底脖子也不顾得害怕，从雪光中看见那副清秀的脸庞，虽然认不得，可有七八分像她初嫁时底模样。她想起大妞儿底左脚有个骈趾，于是把那尸体底袜子除掉，试摩着看。可不是！她放声哭起来，"儿呀"，"命呀"，杂乱地喊着。人已死了，虽然夜里没有行人，也怕人听见她哭，不由得把声音止住。

东村稀落底爆竹断续地响，把这除夕在凄凉的情境中送掉。无声的银雪还是飞满天地，老不停止。

第二天就是元旦，巡警领着检察官从北来。他们验过驴夫底尸，带着那剃头底来到树下。巡警在昨晚上就没把剃头匠放出来，也没来过这里，所以那女人用剃刀抹脖子底事情，他们都不知道。

他们到树底下，看见剃头担子还放在那里，已被雪埋了一二寸。那边一个四十多岁底女人搂着那剃头匠所说被劫底新娘子。雪几乎把她们埋没了。巡警进前摇她们，发见两个底脖子上都有刀痕。在积雪底下搜出一把剃刀。新娘子底桃色长袍仍旧穿得好好地；宝蓝色孔雀翎帽仍旧戴着；红绣鞋仍旧穿着。在不远地方底雪堆里，捡出一顶破皮帽，一件灰色底破大氅。一班在场底人们都莫明其妙，面面看相，静默了许久。

（原载 1931 年《小说月报》22 卷 6 号）

归途

许地山

无忧花

加多怜新近从南方回来，因为她父亲刚去世，遗下很多财产给她几位兄妹。她分得几万元现款和一所房子。那房子很宽，是她小时跟着父亲居住过底。很多可记念的交际会，都在那里举行过，所以她宁愿少得五万元，也要向她哥哥换那房子。她底丈夫朴君，在南方一个县里底教育机关当一份小差事，所得薪俸虽不很够用，幸赖祖宗给他留下一点产业，还可以勉强度过日子。

自从加多怜沾着新法律底利益，得了父亲这笔遗产，她便嫌朴君所住底地方闭塞简陋，没有公园、戏院，没有舞场，也没有够得上与她交游底人物。在穷乡僻壤里，她在外洋十年间所学底种种自然没有施展底地方。她所受底教育使她要求都市底物质生活，喜欢外国器用，羡慕西洋人底性情。她底名字原来叫作黄家兰，但是偏要译成英国音义，叫加多怜伊罗。由此可知她底崇拜西方底程度。这次决心离开她丈夫，为底要恢复她底都市生活。她把那旧房子修改成中西混合的形式，想等到布置停当才为朴君在本城运动一官半职，希望能够在这里长住下去。

她住底正房已经布置好了。现在正计划着一个游泳池，要将西花园那五间祖祠来改造。两间暗间改作更衣室，把神龛挪进来，改作放首饰、衣服和其他细软底柜子。三间明间改作池子。瓦匠已经把所有的神主都取出来放在一边。还有许多人在那里，搬神龛底搬神龛，起砖底起砖，掘土底掘土，已经工作了好些时，她才来看看。她走到房门口，便大声嚷："李妈，来把这些神主拿走。"

李妈是个三十岁左右底少妇，长得还不丑，是她父亲用过底人。她问加多怜要把那些神主搬到哪里去。加多怜说："爱搬哪儿搬哪儿。现在不兴拜祖先了，那是迷信。你拿到厨房当劈柴烧了罢。"她说："这可造孽，从来就没有人烧过神主，您还是挑一间空屋子把它们搁起来罢。或者送到大少爷那里也比烧了强。"加多怜说："大爷也不一定要它们。他若是要，早就该搬走。反正我是不要它们了，你要送到大少爷那里就送去。若是他也不要，就随你怎样处置，烧了也成，埋了也成，卖了也成。那上头底金，还可以值几十块，你要是把它们卖了，换几件好衣服穿穿，不更好吗？"她答应着，便把十几座神主放在篮里端出去了。

加多怜把话吩咐明白，随即回到自己底正房。房间也是中西混合型。正中一间陈设底东西更是复杂，简直和博物院一样。在这边安排着几件魏、齐造像，那边又是意、法底裸体雕刻。壁上挂底，一方面是香光、石庵底字画，一方面又是什么表现派后期印象派底油彩。一边挂着先人留下来底铁笛玉笙，一边却放着皮安奥与梵欧林。这就是她底客厅。客厅底东西厢房，一边是她底卧房和装饰室，一边是客房，所有的设备都是现代化的。她从客厅到装饰室，便躺在一张软床上，看看手表已过五点，就按按电铃，顺手点着一支纸烟。一会，陈妈进来。她说："今晚有舞局，你把我那新做的舞衣拿出来，再打电话叫裁缝立刻把那套蝉纱衣服给送来。回头来伺候洗澡。"陈妈一一答应着，便即出去。

她洗完澡出来，坐在装台前，涂脂抹粉，足够半点钟工夫。陈妈等她装饰好了，便把衣服披在她身上。她问："我这套衣服漂亮不漂亮？"陈妈说："这花了多少钱做的？"她说："这双鞋合中国钱六百块，这套衣服是一千。"陈妈才显出很赞羡的样子说："那么贵，敢情漂亮啦！"加多怜笑她不会鉴赏，对她解释那双鞋和那套衣服会这么贵和怎样好看底原故，但她都不懂得。她反而说："这件衣服就够我们穷人置一两顷地。"加多怜说："地有什么用呢？反正有人管你吃底穿底用底就得啦。"陈妈说："这两三年来，太太小姐们穿得越发讲究了，连那位黄老太太也穿得花花绿绿地。"加多怜说："你们看得不顺眼吗？这也不稀奇。你晓得现在娘们都可以跟爷们一样，在外头做买卖、做事和做官，如果打扮得不好，人家一看就讨嫌，什么事都做不成了。"她又笑着说："从前底女人，未嫁以前是一朵花，做了妈妈就成了一个大倭瓜。现在可不然，就是八十岁的老太太，也得打扮得像小姑娘一样才好。"陈妈知道她心里很高兴，不再说什么，给她披上一件外衣，便出去叫车夫伺候着。

加多怜在软床上坐着等候陈妈底回报，一面从小桌上取了一本洋文底美容杂志，有意无意地翻着。一会儿李妈进来说："真不凑巧，您刚要出门，邱先生又来了。他现时在门口等着，请进来不请呢？"加多怜说："请他这儿来罢。"李妈答应了一声，随即领着邱力里亚进来。邱力里亚是加多怜在纽约留学时所认识的西班牙朋友，现时在领事馆当差。自从加多怜回到这城以来，他几乎每个星期都要来好几次。他是一个很美丽底少年，两撇小胡映着那对像电光闪烁的眼睛。说话时那种浓烈的表情，乍一看见，几乎令人想着他是印度欲天或希拉伊罗斯底化身。他一进门，便直趋到加多怜面前，抚着她底肩膀说："达灵，你正要出门吗？我要同你出去吃晚饭，成不成？"加多怜说："对不住，今晚我得去赴林市长底宴舞会，谢谢你底好意。"她拉着邱先生底手，教他也在软椅上坐。又说："无论如何，你既然来了，谈一会再走罢。"他坐下，看见加多怜身边那本美容杂志，便说："你喜欢美国装还是法国装呢？看你底身材，若扮起西班牙装，一定很好看。不信，明天我带些我们国里底装饰月刊来给你看。"加多怜说："好极了。我知道我一定会很喜欢西班牙底装束。"

两个人坐在一起，谈了许久。陈妈推门进来，正要告诉林宅已经催请过，蓦然看见他们在椅子上搂着亲嘴。在半惊半诧异的意识中，她退出门外。加多怜把邸力里亚推开，叫："陈妈进来。有什么事？是不是林宅来催请呢？"陈妈说："催请过两次了。"那邸先生随即站起来，拉着她底手说："明天再见吧。不再耽误你底美好的时间了。"她叫陈妈领他出门，自己到装台前再匀匀粉，整理整理头面。一会陈妈进来说车已预备好，衣箱也放在车里了。加多怜对她说："你们以后该学学洋规矩才成，无论到哪个房间，在开门以前，必得敲敲门，教进来才进来。方才邸先生正和我行着洋礼，你闯进来，本来没多大关系，为什么又要缩回去？好在邸先生知道中国风俗，不见怪，不然，可就得罪客人了。"陈妈心里才明白外国风俗，亲嘴是一种礼节，她一连回答了几声"唔，唔"，随即到下房去。

加多怜来到林宅，五六十位客人已经到齐了。市长和他底夫人走到跟前同她握手。她说："对不住，来迟了。"市长连说："不迟不迟，来得正是时候。"他们与她应酬几句，又去同别的客人周旋。席间也有很多她所认识底朋友，所以和她谈笑自如，很不寂寞。席散后，麻雀党员，扑克党员，白面党员等等，各从其类，各自消遣。但大部分的男女宾都到舞厅去。她底舞艺本是冠绝一城的，所以在场上底独舞与合舞，都博得宾众底赞赏。

已经舞过很多次了。这回是市长和加多怜配舞。在进行时，市长极力赞美她身材底苗条和技术底纯熟。她越发播弄种种妩媚的姿态，把那市长底心绪搅得纷乱。这次完毕，接着又是她底独舞。市长目送着她进更衣室，静悄悄地等着她出来。众宾又舞过一回，不一会，灯光全都熄了，她底步伐随着乐音慢慢地踏出场中。她头上底纱巾和身上底纱衣，满都是萤火所发底光，身体底全部在磷光闪烁中断续地透露出来。头面四周更是明亮，直如圆光一样。这动物质底衣裳比起其余的舞衣，直像寒冰狱里底鬼皮与天宫底霓裳底相差。舞罢，市长问她这件舞衣底做法。她说用萤火缝在薄纱里，在黑暗中不用反射灯能够自己放出光来。市长赞她聪明，说会场中一定有许多人不知道，也许有人会想着天衣也不过如此。

她更衣以后，同市长到小客厅去休息。在谈话间，市长便问她说："听说您不想回南了，是不是？"她回答说："不错，我有这样打算，不过我得替外子在这里找一点事做才成。不然，他必不让我一个人在这里住着。如果他不能找着事情，我就想自己去考考文官，希望能考取了，派到这里来。"市长笑着说："像您这样漂亮，还用考什么文官武官呢！您只告诉我您愿意做什么官，我明儿就下委札。"她说："不好吧，我不知道我能做什么官。您若肯提拔，就请派外子一点小差事，那就感激不尽了。"市长说："您底先生我没见过，不便造次。依我看来，您自己做做官，岂不更抖吗？官有什么叫作会做不会做？您若肯做就能做。回头我到公事房看看有什么缺，马上就把您补上好啦。若是目前没有缺，我就给您一个秘书底名义。"她摇头，笑着说："当秘书，可不敢奉命。女底当人家底秘书，都要给人说闲话底。"市长说："那倒没有关系，不过有点屈才而已。当然我得把比较重要的事情来叨劳。"

舞会到夜阑才散。加多怜得着市长应许给官做，回家以后，还在卧房里独自跳跃着。

从前老辈们每笑后生小子所学非所用，到近年来，学也可以不必，简直就是不学有所用。市长在舞会所许加多怜底事已经实现了。她已做了好几个月底特税局帮办，每月除到局支几百元薪水以外，其余的时间都是她自己的。督办是市长自己兼。实际办事底是局里底主任先生们。她也安置了李妈底丈夫李富在局里，为底是有事可以关照一下。每日里她只往来于饭店舞场和显官豪绅底家庭间，无忧无虑地过着太平日子。平常她起床底时间总在中午左右，午饭总要到下午三四点，饭后便出门应酬，到上午三四点才回家。若是与邸力里亚有约会或朋友们来家里玩，她就不出门，起得也早一点。

在东北事件发生后一个月底一天早晨，李妈在厨房为她底主人预备床头点心。陈妈把客厅归着好，也到厨房来找东西吃。她见李妈在那里忙着，便问："现在才七点多，太太就醒啦？"李妈说："快了罢，今天中午有饭局，十二点得出门。不是不许叫'太太'吗？你真没记性！"陈妈说："是呀，太太做了官，当然不能再叫'太太'了。可是叫她'老爷'，也不合适，回头老爷来到，又该怎样呢？一定得叫'内老爷'、'外老爷'才能够分别出来。"李妈说："那也不对，她不是说管她叫'先生'或是帮办么？"陈妈在灶头拿起一块烤面包抹抹果酱就坐在一边吃。她接着说："不错，可是昨天你们李富从局里来，问'先生在家不在'，我一时也拐不过弯来，后来他说太太，我才想起来。你说现在的新鲜事可乐不可乐？"李妈说："这不算什么，还有更可乐的啦。"陈妈说："可不是！那'行洋礼'底事。他们一天到晚就行着这洋礼。"她嘻笑了一阵，又说："昨晚那邸先生闹到三点才走。送出院子，又是一回洋礼，还接着'达灵''达灵'叫了一阵。我说李姐，你想他们是怎么一回事？"李妈说："谁知道？听说外国就是这样乱，不是两口子底男女搂在一起也没有关系。昨儿她还同邸先生一起在池子里洗澡咧。"陈妈说："提起那池子来了。三天换一次水，水钱就是二百块，你说是不是，洗底是银子不是水？"李妈说："反正有钱底人看钱就不当钱，又不用自己卖力气，衙门和银行里每月把钱交到手，爱怎花就怎花。象前几个月那套纱衣裳，在四郊收买了一千多只火虫，花了一百多。听说那套料子就是六百，工钱又是二百。第二天要我把那些火虫一只一只从小口袋里摘出来。光那条头纱就有五百多只，摘了一天还没摘完，真把我底胳臂累坏了。三天花二百块底水，也好过花八九百块做一件衣服穿一晚上就拆。这不但糟蹋钱并且造孽。你想，那一千多只火虫底命不是命吗？"陈妈说："不用提那个啦。今天过午，等她出门，咱们也下池子去试一试，好不好？"李妈说："你又来了，上次你偷穿她底衣服，险些闯出事来。现在你又忘了！我可不敢。那个神堂，不晓得还有没有神，若是有咱们光着身子下去，怕亵渎了受责罚。"陈妈说："人家都不会出毛病，咱们还怕什么？"她站起来，顺手带了些吃底到自己屋里去了。

李妈把早点端到卧房，加多怜已经靠着床背，手拿一本杂志在那里翻着。她问李妈："有信没信？"李妈答应了一声："有。"随把盘子放在床上，问过要穿什么衣服以后便出去了。她从盘子里拿起信来，一封一封看过。其中有一封是朴君底，说他在年底要来。她看过以后，把信放下，并没显出喜悦的神气，皱着眉头，拿起面包来吃。

中午是市长请吃饭，座中只有宾主二人。饭后，市长领她到一间密室去。坐定后，市长便笑着说："今天请您来，是为商量一件事情。您如同意，我便往下说。"加多怜说："只要我底能力办得到，岂敢不与督办同意？"

市长说："我知道只要您愿意，就没有办不到底事。我给您说，现在局里存着一大宗缉获底私货和违禁品，价值在一百万以上。我觉得把它们都归了公，怪可惜的，不如想一个化公为私底方法，把它们弄一部分出来。若能到手，我留三十万，您留二十五万，局里底人员分二万，再提一万出来做参与这事底人们底应酬费。如果要这事办得没有痕迹，最好找一个外国人来认领。您不是认识一位领事馆底朋友吗？若是他肯帮忙，我们就在应酬费里提出四五千送他。您想这事可以办吗？"加多怜很踌躇，摇着头说："这宗款太大了，恐怕办得不妥，风声泄漏出去，您我都要担干系。"市长大笑说："您到底是个新官僚！赚几十万算什么？别人从飞机、军舰、军用汽车装运烟土白面，几千万、几百万就那么容易到手，从来也没曾听见有人质问过。我们赚一百几十万，岂不是小事吗？您请放心，有福大家享，有罪鄙人当。您待一会去找那位邸先生商量一下得啦。"她也没主意了，听市长所说，世间简直好像是没有不可做底事情。她站起来，笑着说："好吧，去试试看。"

加多怜来到邸力里亚这里，如此如彼地说了一遍。这邸先生对于她底要求从没拒绝过，但这次他要同她交换条件才肯办。他要求加多怜同他结婚，因为她在热爱底时候曾对他说过她与朴君离异了。加多怜说："时候还没到，我与他底关系还未完全脱离。此外，我还怕社会底批评。"他说："时候没到，时候没到，到什么时候才算呢？至于社会那有什么可怕底？社会很有力量，像一个勇士一样。可是这勇士是瞎的，只要你不走到他跟前，使他摩着你，他不看见你，也不会伤害你。我们离开中国就是了。我们有了这么些钱，随便到阿根廷住也好，到意大利住也好，就是到我底故乡巴悉罗那住也无不可。我们就这样办吧。我知道你一定要喜欢巴悉罗那底蔚蓝天空，那是没有一个地方能够比得上底。我们可以买一只游艇，天天在地中海遨游，再没有比这事快乐了。"

邸力里亚底话把加多怜说得心动了。她想着和朴君离婚倒是不难，不过这几个月底官做得实在有瘾，若是嫁给外国人，国籍便发生问题，以后能不能回来，更是一个疑问。她说："何必做夫妇呢？我们这样天天在一块玩，不比夫妇更强吗？一做了你底妻子，许多困难底问题都要发生出来。若是要到巴悉罗那去，等事情弄好了，就拿那笔款去花一两年也无妨。我也想到欧洲去玩玩。……"她正说着，小使进来说帮办宅里来电话，请帮办就回去，说老妈子洗澡，给水淹坏了。加多怜立刻起身告辞。邸先生说："我跟你去罢，也许用得着我。"于是二人坐上汽车飞驶到家。

加多怜和邸先生一直来到游泳池边，陈妈和李妈已经被捞起来，一个没死，一个还躺着。她们本要试试水里底滋味，走到跳板上，看见水并不很深，陈妈好玩，把李妈推下去，哪里知道跳板底弹性很强，同时又把她弹下去。李妈在水里翻了一个身，冲到池边，一手把绳揪着，可是左臂已擦伤了。陈妈浮起来两三次，一沉到底。李妈大声嚷救命，园里底花匠听见，才赶紧进来，把她们捞起来。邸先生给陈妈施行人工呼吸法，好容易把她救活了。加多怜叫邸先生把她们送到医院去。

邸力里亚从医院回来，加多怜继续与他谈那件事情，他至终应许去找一个外商来承认那宗私货，并且发出一封领事馆底证明书。她随即用电话通知督办。督办在电话里一连对她说了许多夸奖底话，其喜欢可知。

两三个月底国难期间，加多怜仍是无忧无虑能乐且乐地过她底生活。那笔大款她早已拿到手，那邸先生又催着她一同到巴悉罗那去。她到市长那里，偶然提起她要出洋底事，并且说明这是当时底一个条件。市长说："这事容易办，就请朴君代理您底事情，您要多咱回任都可以。"加多怜说："很好，外子过几天就可以到。我原先叫他过年二三月才来，但他说一定要在年底来。现在给他这差事，真是再好不过了。"

朴君到了，加多怜递给他一张委任状。她对丈夫说，政府派她到欧洲考查税务，急要动身，教他先代理帮办，等她回来再谋别的事情做。朴君是个老实人，太太怎么说，他就怎么答应，心里并且赞赏她底本领。

过几天，加多怜要动身了。她和邸力里亚同行，朴君当然不晓得他们底关系，把他们送到上海候船，便赶快回来。刚一到家，陈妈底丈夫和李富都在那里等候着。陈妈底丈夫说他妻子自从出院以后，在家里病得不得劲，眼看不能再出来做事了，要求帮办赏一点医药费。李富因局里底人不肯分给他那笔款，教他问帮办要。这事迟延很久，加多怜也曾应许教那班人分些给他，但她没办妥就走了。朴君把原委问明，才知道他妻子自离开他以后底做官生活底大概情形。但她已走了，他既不便用书信去问她，又不愿意拿出钱来给他们。说了很久，不得要领，他们都怅怅地走了。

一星期后，特税局底大侵吞案被告发了。告发人便是李富和几个分不着款底局员。市长把事情都推在加多怜身上。把朴君请来，说了许多官话，又把上级机关底公文拿出来。朴君看得眼呆呆地，说不出半句话来。市长假装好意说："不要紧，我一定要办到不把阁下看管起来。这事情本不难办，外商来领那宗货物，也是有凭有据，最多也不过是办过失罪，只把尊寓交出来当作赔偿，变卖得多少便算多少，敷衍得过便算了事。我与尊夫人底交情很深，这事本可以不必推究，不过事情已经闹到上头，要不办也不成。我知道尊夫人一定也不在乎那所房子，她身边至少也有三十万呢。"

第二天，撤职查办底公文送到，警察也到了。朴君气得把那张委任状撕得粉碎。他底神气直像发狂，要到游泳池投水，幸而那里已有警察，把他看住了。

房子被没收底时候，正是加多怜同邸力里亚离开中国底那天。他在敌人底炮火底下，和平日一样，无忧无虑地来了吴淞口。邸先生望着岸上底大火，对加多怜说："这正是我们避乱底机会，我看这仗一时是打不完底，过几年，我们再回来吧！"

（选自《解放者》，星云堂书店 1933 年 4 月版）

女儿心

一

武昌竖起革命的旗帜已经一个多月了。在广州城里的驻防旗人个个都心惊胆战，因为杀满洲人的谣言到处都可以听得见。这年的夏天，一个正要到任的将军又在离码头不远的地方被革命党炸死，所以在这满伏着革命党的城市，更显得人心惶惶。报章上传来的消息都是民军胜利，"反正"的省份一天多过一天。本城的官僚多半预备挂冠归田；有些还能很骄傲地说："腰间三尺带是我殉国之具。"商人也在观望着，把财产都保了险或移到安全的地方——香港或澳门，听说一两日间民军便要进城，住在城里的旗人更吓得手足无措，他们真怕汉人屠杀他们。

在那些不幸的旗人中，有一个人，每天为他自己思维，却想不出一个避免目前的大难的方法。他本是北京一个世袭一等轻车都尉，隶属正红旗下，同时也曾中过举人；这时在镇粤将军衙门里办文书。他的身材很雄伟，若不是额下的大髯胡把他的年纪显出来，谁也看不出他是五十多岁的人。那时已近黄昏，堂上的灯还没点着，太太旁边坐着三个从十一岁到十五六岁的子女，彼此都现出很不安的状态。他也坐在一边，捋着胡子，沉静地看着他的家人。

"老爷，革命党一来，我们要往哪里逃呢？"太太破了沉寂，很诚恳地问她的老爷。

"哼，望哪里逃？"他摇头说："不逃，不逃，不能逃。逃出去无异自己去找死，我每年的俸银二百多两，合起衙门里的津贴和其他的入款也不过五六百两，除掉这所房子以外也就没有什么余款。这样省省地过日子还可以支持过去，若一逃走，纵然革命党认不出我们是旗人，侥幸可以免死，但有多少钱能够支持咱家这几口人呢？"

"这倒不必老爷挂虑，这二十几年来我私积下三万多块，我想咱们不如到海过去买几亩地，就做了乡下人也强过在这里担心。"

"太太的话真是所谓妇人女子之见。若是那么容易到乡下去落户，那就不用发愁了。你想我的身份能够撇开皇上不顾吗？做奴才得为主子，做人臣得为君上。他们汉官可以革命，咱们可就不能，革命党要来，在我们的地位就得同他们开火；若不能打，也不能弃职而逃。"

"那么，老爷忠心为国一定是不逃了。万一革命党人马上杀到这里来，我们要怎办呢？"

"大丈夫可杀不可辱，我们自然不能受他们的凌辱。等时候到来，再相机行事吧。"他看着他三个孩子，不觉黯然叹了一声。

太太也叹一声，说："我也是为这班小的发愁啊。他们都没成人，万一咱们两口子尽了节，他们……"她说不出来了，只不歇地用手帕去擦眼睛。

他问三个孩子说："你们想怎么办呢？"一双闪烁的眼睛注视着他们。

两个大孩子都回答说："跟爹妈一块儿死吧。"那十一岁的女儿麟趾好像不懂他们商量的都是什么，一声也不响，托着腮只顾想她自己的。

"姑娘，怎么今儿不响啦？你往常的话儿是最多的。"她父亲这样问她。

她哭起来了，可是一句话也没有。

太太说："她小小年纪，懂得什么，别问她啦。"她叫："姑娘到我跟前来吧。"趾儿抽噎着走到跟前，依着母亲的膝下。母亲为她将将鬓额，给她擦掉眼泪。

他将着胡子，像理会孩子的哭已经告诉了她的意思，不由得得意地说："我说小姑娘是很聪明的，她有她的主意。"随即站起来又说："我先到将军衙门去，看看下午有什么消息，一会儿就回来。"他整一整衣服，就出门去了。

风声越来越紧，到城里竖起革命旗的那天，果然秩序大乱，逃的逃，躲的躲，抢的抢，该死的死。那位腰间带着三尺殉国之具的大吏也把行李收束得紧紧地，领着家小回到本乡去了。街上"杀尽满洲人"的声音，也摸不清是真的，还是市民高兴起来一时发出这得意的话。这里一家把大门严严地关起来，不管外头闹得多么凶，只安静地在堂上排起香案，两夫妇在正午时分穿起朝服向北叩了头，表告了满洲诸帝之灵，才退入内堂，把公服换下来。他想着他不能领兵出去和革命军对仗，已经辜负朝廷豢养之恩，所以把他的官爵职位自己贬了，要用世奴资格报效这最后一次的忠诚。他斟了一杯醇酒递给太太说："太太请喝这一杯吧。"他自己也喝，两个男孩也喝了，趾儿只喝了一点。在前两天，太太把佣仆都打发回家，所以屋里没有不相干的人。

两小时就在这醇酒应酬中度过去。他并没醉，太太和三个孩子已躺在床上睡着了。他出了房门，到书房去，从墙上取下一把宝剑，捧到香案前，叩了头，再回到屋里，先把太太杀死，再杀两个孩子。一连杀了三个人，满屋里的血腥、酒味把他刺激得像疯人一样。看见他养的一只狗正在门边伏着，便顺手也给它一剑，跑到厨房去把一只猫和几只鸡也杀了。他挥剑砍猫的时候，无意中把在灶边灶君龛外那盏点着的神灯挥到劈柴堆上去，但他一点也不理会。正出了厨房门口，马圈里的马嘶了一声，他于是又赶过去照马头一砍。马不晓得这是它尽节的时候，连踢带跳，用尽力量来躲开他的剑。他一手揪住络头的绳子，一手尽管望马头上乱砍，至终把它砍倒。

回到上房，他的神情已经昏迷了，扶着剑，瞪眼看着地上的血迹。他发现麟趾不在屋里，刚才并没杀她，于是提起剑来，满屋里找。他怕她藏起来，但在屋里无论怎样找，看看床的，开开柜门，都找不着。院里有一口井，井边正留着一只麟趾的鞋。这个引他到井边来。他扶着井栏，探头望下去；从他两肩透下去的光线，使他觉得井底有衣服浮现的影儿，其实也看不清楚。他对着井底说："好，小姑娘，你到底是个聪明孩子，有主意！"他从地上把那只鞋捡起来，也扔在井里。

他自己问："都完了，还有谁呢？"他忽然想起在衙门里还有一匹马，它也得尽节。于是忙把宝剑提起，开了后园的门，一直望着衙门的马圈里去。从后园门出去是一条偏僻的小街，常时并没有什么人往来，那小街口有一座常关着大门的佛寺。他走过去时，恰巧老和尚从街上回来，站在寺门外等开门，一见他满身血迹，右手提剑，左手上还在滴血，便抢前几步拦住他说："太爷，您怎么啦？"他见有人拦住，眼睛也看不清，举起剑来照着和尚头便要砍下去。老和尚眼快，早已闪了身子，等他砍了空，再夺他的剑。他已没气力了，看着老和尚一言不发。门开了，老和尚先扶他进去，把剑靠韦陀香案边放着，然后再扶他到自己屋里，给他解衣服；又忙着把他自己的大裰给他披上，并且为他裹手上的伤，他渐次清醒过来，觉得左手非常地痛，才记起方才砍马的时候，自己的手碰着了刃口。他把老和尚给他裹的布条解开看时，才发现了两个指头已经没了，这一个感觉更使他格外痛楚。屠人虽然每日屠猪杀羊，但是一见自己的血，心也会软，不说他趁着一时的义气演出这出惨剧，自然是受不了。痛是本能上保护生命的警告，去了指头的痛楚已经使他难堪，何况自杀！但他的意志，还是很刚强，非自杀不可。老和尚与他本来很有交情，这次用很多话来劝尉他，说城里并没有屠杀旗人的事情；偶然街上有人这样嚷，也不过是无意识的话罢了。他听着和尚的劝解，心情渐渐又活过来。正在相对着没有话说的时候，外边嚷着起火，哨声、锣声，一齐送到他们耳边。老和尚说："您请躺下歇歇吧，待老纳出去看看。"

他开了寺门，只见东头乌太爷的房子着了火。他不声张，把乌太爷扶到床上躺下，看他渐次昏睡过去，然后把寺门反扣着，走到乌家门前，只见一簇人丁赶着在那里拆房子。水龙虽有一架，又不够用。幸而过了半小时，很多人合力已把那几间房子拆下来，火才熄了。

和尚回来，见乌太爷还是紧紧地扎着他的手，歪着身子，在那里睡，没惊动他。他把方才放在韦陀龛那把剑收起来，才到禅房打坐去。

二

在辛亥革命的时候，像这样全家为那权贵政府所拥戴的孺子死节的实在不多。当时麟趾的年纪还小，无论什么都怕，死自然是最可怕的一件事。他父亲要把全家杀死的那一天，她并没喝多少酒，但也得装睡，她早就想定了一个逃死的方法，总没机会去试。父亲看见一家人都醉倒了，到外边书房去取剑的时候，她便急忙地爬起来，跑出院子。因为跑得快，恰巧把一只鞋子跻掉了。她赶快退回几步，要再穿上，不提防把鞋子一踢，就撞到那井栏旁边。她顾不得去捡鞋，从院子直跑到后园。后园有一棵她常爬上去玩的大榕树，但是家里的人都不晓得她会上树。上榕树本来很容易，她家那棵，尤其容易上去。她到树下，急急把身子耸上去，蹲在那分出四五杈的树干上。平时她蹲在上头，底下的人无论从哪一方面都看不见。那时她只顾躲死，并没计较往后怎样过。蹲在那里有一刻钟左右，忽然听见父亲叫她，他自然不晓得麟趾在树上。她也不答应，越发蹲伏着，容那浓绿的密叶把她掩藏起来。不久她又听见父亲的脚步像开了后门出去的样子。她正在想着，忽然从厨房起了火。厨房离那榕树很远，所以人们在那里拆房子救火的时候，她也没下来。天已经黑了，那晚上正是十五，月很明亮，在树上蹲了几点钟，倒也不理会。可是树上不晓得歇着什么鸟，不久就叫一声，把她全身的毛发都吓竖了。身体本来有点冷，加上夜风带那种可怕的鸟声送到她耳边，就不由得直打抖擞。她不能再藏在树上，决意下来看看。然而怎么也起不来，从腿以下，简直麻痹得像长在树上一样。好容易慢慢地把腿伸直了，一面抖擞着下了树，摸到园门，原来她的卧房就靠近园门。那一下午的火，只烧了厨房，她母亲的卧房、大厅和书房，至于前头的轿厅和后面她的卧房连着下房都还照旧。她从园门闪入她的卧房，正要上床睡觉时候，忽然听见有人说话的声音，心疑是鬼，赶紧把房门关起来。从窗户看见两个人拿着牛眼灯由轿厅那边到她这里来，心里越发害怕。好在屋里没灯，趁着外头的灯光还没有射进来，她便蹲在门后。那两人一面说着，出了园门，她才放心。原来他们是那条街的更夫，因为她家没人，街坊叫他们来守夜。他们到后园，大概是去看看后园通小街那道门关没关吧。不一会他们进来，又把园门关上。听他们的脚音，知道旁边那间下房，他们也进去看过，正想爬到床后去，他们已来推她的门，于是不敢动弹，还是蹲在门后。门推不开，他们从窗户用灯照了一下。她在门后听见其中一个人说："这间是锁着的，里头倒没有什么。"他们并不一定要进她的房间，那时她真像遇了赦一般，不晓得什么缘故，当时只不愿意他们知道她在里头。等他们走远了，才起来，坐在小椅上，也不敢上床睡，只想着天明时待怎办。她决定要离开她的家，因为全家的人都死了，若还住在家里，有谁来养活她呢？虽然仿佛听见她父亲开了后园门出去，但以后他回来没有，她又不理会，她想他一定是自杀了。前天晚上，当她父亲问过她的话，上了衙门以后，她私下问过母亲："若是大家都死了，将来要在什么地方相见呢？"她母亲叹了一口气说："孩子，若都是好人，我们就会在神仙的地方相见，我们都要成仙哪。"常听见她母亲说城外有个什么山，山名她可忘记了，那里常有神仙出来度人。她想着不如去找神仙罢，找到神仙就能与她一家人相见了。她想着要去找神仙的事，使她心胆立时健壮起来，自己一人在黑屋里也不害怕，但盼着天快亮，她好进行。

鸡已啼过好几次，星星也次第地隐没了。初醒的云渐渐现出灰白色，一片一片像鱼鳞摆在天上。于是她轻轻地开了房门，出到院子来，她想"就这样走吗"，不，最少也得带一两件衣服。于是回到屋里，打开箱子，拿出几件衣服和梳篦等物，包成一个小包，再出房门。藏钱的地方她本知道，本要去拿些带在身边，只因那里的房顶已经拆掉了，冒着险进去，虽然没有妨碍，不过那两人还在轿厅睡着，万一醒来，又免不了有麻烦，再者，设使遇见神仙，也用不着钱。她本要到火场里去，又怕看见父母和二位哥哥的尸体，只远远地望着，作为拜别的意思。她的眼泪直流，又不敢放声哭；回过身去，轻轻开了园门，再反扣着。经过马圈，她看见那马躺在槽边，槽里和地上的血已经凝结，颜色也变了。她站在圈外，不住地掉泪。因为她很喜欢它，每常骑它到箭道去玩。那时天已大亮了，正在低着头看那死马的时候，眼光忽然触到一样东西，使她心伤和胆战起来。进前两步从马槽下捡起她父亲的一节小指头，她认得是父亲左手的小指头。因为他只留这个小指的指甲，有一寸多长，她每喜欢摸着它玩。当时她也不顾什么，赶紧取出一条手帕，紧紧把她父亲的小指头裹起来，揣在怀里。她开了后园的街门，也一样地反扣着。夹着小包袱，出了小街，便急急地向北门大街放步。幸亏一路上没人注意她，故得优游地出了城。

旧历十月半的郊外，虽不像夏天那么青翠，然而野草园蔬还是一样地绿。她在小路上，不晓得已经走了多远，只觉身体疲乏，不得已暂坐在路边一棵榕树根上小歇，坐定了才记得她自昨天午后到歇在道旁那时候一点东西也没入口！眼前固然没有东西可以买来充饥，纵然有，她也没钱。她隐约听见泉水激流的声音，就顺着找去，果然发现了一条小溪，那时一看见水，心里不晓得有多么快活，她就到水边一掬掬地喝。没东西吃，喝水好像也可以饱，她居然把疲乏减少了好些。于是夹着包袱又望前跑。她慢慢地走，用尽了诚意要会神仙，但看见路上的人，并没有一个像神仙。心里非常纳闷，因为走的路虽不多，太阳却渐渐地西斜了。前面露出几间茅屋，她虽然没曾向人求乞过，可知道一定可以问人要一点东西吃，或打听所要去的山在哪里。随着路径拐了一个弯，就看见一个老头子在她前面走。看他穿着一件很宽的长袍，扶着一支黄褐色的拐杖，须发都白了，心里暗想"这位莫不就是神仙吗"，于是抢前几步，恭恭敬敬地问："老伯父，请告诉我那座有神仙的山在什么地方？"他好像没听见她问的是什么话，她问了几遍，他总没回答，只问："你是迷了道的吧？"麟趾摇摇头。他问："不是迷道，这么晚，一个小姑娘夹着包袱，在这样的道上走，莫不是私逃的小丫头？"她又摇摇头。她看他打扮得像学塾里的老师一样，心里想着他也许是个先生。于是从地下捡起一块有棱的石头，就路边一棵树干上画了"我欲求仙去"几个字。他从胸前的绿鲨皮眼镜匣里取出一副直径约有一寸五分的水晶镜子架在鼻上。看她所写的，便笑着对她说："哦，原来是求仙的！你大概因为写的是'王子去求仙，丹成上九天'的仿格，想着古人有这回事，所以也要仿效仿效。但现在天已渐渐晚了，不如先到我家歇歇，再往前走吧。"她本想不跟他去，只因问他的话也不能得着满意的指示，加以肚子实饿了，身体也乏了，若不答应，前路茫茫，也不是个去处，就点头依了他，跟着他走。

走不远，渡过一道小桥，来到茅舍的篱边。初冬的篱笆上还挂些未残的豆花。晚烟好像一匹无尽长的白链，从远地穿林织树一直来到篱笆与茅屋的顶巅。老头子也不叫门，只伸手到篱门里把闩拨开了。一只带着金铃的小黄狗抢出来，吠了一两声，又到她跟前来闻她。她退后两步，老头子把它轰开，然后携着她进门。屋边一架瓜棚，黄萎的南瓜藤，还凌乱地在上头绕着。鸡已经站在棚上预备安息了。这些都是她没见过的，心里想大概这就是仙家吧。刚踏上小台阶，便有一个二十多岁的姑娘出来迎着，她用手作势，好像问："这位小姑娘是谁呀。"他笑着回答说："她是求仙迷了路途的。"回过头来，把她介绍给她，说："这是我的孙女，名叫宜姑。"

他们三个人进了茅屋，各自坐下。屋里边有一张红漆小书桌，老头子把他的孙女叫到身边，教她细细问麟趾的来历。她不敢把所有的真情说出来，恐怕他们一知道她是旗人或者就于她不利。她只说："我的父母和哥哥前两天都相继过去了。剩下我一个人，没人收养，所以要求仙去。"她把那令人伤心的事情瞒着，孙女把她的话用他们彼此通晓的方法表示给老头子知道。老头子觉得她很可怜，对她说，他活了那样大年纪也没有见过神仙，求也不一定求得着，不如暂时住下，再定夺前程，他们知道她一天没吃饭，宜姑就赶紧下厨房，给她预备吃的。晚饭端出来，虽然是红薯粥和些小酱菜，她可吃得津津有味。回想起来，就是不饿，也觉得甘美。饭后，宜姑领她到卧房去。一夜的话把她的意思说转了一大半。

三

麟趾住在这不知姓名的老头子的家已经好几个月了。老人曾把附近那座白云山的故事告诉过她。她只想着去看安期生升仙的故迹，心里也带着一个遇仙的希望。正值村外木棉盛开的时候，十丈高树，枝枝着花，在黄昏时候看来直像一座万盏灯台，灿烂无比。闽、粤的树花再没有比木棉更壮丽的，太阳刚升到与绿禾一样高的天涯，麟趾和宜姑同在树下捡落花来做玩物，谈话之间，忽然动了游白云山的念头。从那村到白云山也不过是几里路，所以她们没有告诉老头子，到厨房里吃了些东西，还带了些薯干，便到山里玩去。天还很早，榕树上的白鹭飞去打早食还没归巢，黄鹏却已唱过好几段婉转的曲儿，在田间和林间的人们也唱起歌了。到处所听的不是山歌，便是秧歌。她们两个有时为追粉蝶，误入那篱上缠着野蔷薇的人家；有时为捉小鱼涉入小溪，溅湿了衣袖。一路上嘻嘻嚷嚷，已经来到山里。微风吹拂山径旁的古松，发出那微妙的细响。着在枝上的多半是嫩绿的松球，衬着山坡上的小草花和正长着的薇蕨，真是绮丽无匹。

她们坐在石上休息，宜姑忽问："你真信有神仙吗？"

麟趾手里撩着一枝野花，漫应说："我怎么不信！我母亲曾告诉我有神仙，她的话我都信。"

"我可没见过，我祖父老说没有，他所说的话，我都信。他既说没有，那定是没有了。"

"我母亲说有，那定是有，怕你祖父没见过吧。我母亲说，好人都会成仙，并且可以和亲人相见哪，仙人还会下到凡间救度他的亲人，你听过这话吗？"

"我没听见过。"

说着他们又起行，游过了郑仙岩，又到菖蒲涧去，在山泉流处歇了脚。下游的石上，那不知名的山禽在那里洗午澡，从乱去堆积处，露出来的阳光指示她们快到未时了，麟趾一意要看看神仙是什么样子，她还有登摩星岭的勇气。她们走过几个山头，不觉把路途迷乱了。越走越不是路，她们巴不得立刻下山，寻着原路回到村里。

出山的路被她们找着了，可不是原来的路径，夕阳当前，天涯的白云已渐渐地变成红霞。正在低头走着，前面来了十几个背枪的大人物，宜姑心里高兴，等他们走近跟前，便问其中的人燕塘的大路在哪一边。那班人听说她们所问的话，知道是两只迷途的羊羔，便说他们也要到燕塘去。宜姑的村落正离燕塘不远，所以跟着他们走。

原来她们以为那班强盗是神仙的使者，安心随着他们走。走了许久，二人被领到一个破窑里，那里有一个人看守着她们，那班人又匆忙地走了。麟趾被日间游山所受的快活迷住，没想到、也没经历过在那山明水秀的仙乡会遇见这班混世魔王。到被囚起来的时候，才理会她们前途的危险。她同宜姑苦口求那人怜恤她们，放她们走。但那人说若放了她们，他的命也就没了。宜姑虽然大些，但到那时，也恐吓得说不出话来。麟趾到底是个聪明而肯牺牲的孩子，她对那人说："我家祖父年纪大了，必得有人伺候他，若把我们两人都留在这里，恐怕他也活不成。求你把大姐放回去吧，我宁愿在这里跟着你们。"那人毫无恻隐之心，任她们怎样哀求，终不发一言，到他觉得麻烦的时候，还喝她们说："不要瞎吵！"

丑时已经过去，破窑里的油灯虽还闪着豆大的火花，但是灯心头已结着很大的灯花，不时迸出火星和发出哔剥的响，油盏里的油快要完了。过些时候，就听见人马的声音越来越近，那人说："他们回来了。"他在窑门边把着，不一会，大队强盗进来，卸了赃物，还虏来三个十几岁的女学生。

在破窑里住了几天，那些贼人要她们各人写信回家拿钱来赎，各人都一一照办了，最后问到麟趾和宜姑，麟趾看那人的容貌很像她大哥，但好几次问他叫他，他都不大理会，只对着她冷笑。虽然如此，她仍是信他是大哥，不过仙人不轻易和凡人认亲罢了。她还想着，他们把她带到那里也许是为教她们也成仙。宜姑比较懂事，说她们是孤女，只有一个耳聋的老祖父，求他们放她们两人回去。他们不肯，说："只有白拿，不能白放。"他们把赃物检点一下，头目叫两个伙计把那几个女学生的家书送到邮局去，便领着大队同几个女子，趁着天还未亮出了破窑，向着山中的小径前进。不晓得走了多少路程，又来到一个寨。群贼把那五个女子安置在一间小屋里。过了几天，那三个女学生都被带走，也许是她们的家人花了钱，也许是被移到别处去。他们也去打听过宜姑和麟趾的家境，知道那聋老头花不起钱来赎，便计议把她们卖掉。

宜姑和麟趾在荒寨里为他们服务，他们都很喜欢。在不知不觉中又过了几个星期。一天下午他们都喜形于色回到荒寨，两个姑娘忙着预备晚饭。端菜出来，众人都注目看着她们。头目对大姑娘说："我们以后不再干这生活了，明天大家便要到惠州去投入民军。我们把你配给廖兄弟。"他说着，指着一个面目长得十分俊秀、年纪在二十六七左右的男子，又往下说："他叫廖成，是个白净孩子，想一定中你的意思。"他又对麟趾说："小姑娘年纪太小，没人要，黑牛要你做女儿，明天你就跟着他过，他明天以后便是排长了。"他呶着嘴向黑牛指示麟趾，黑牛年纪四十左右，满脸横肉，看来像很凶残。当时两个女孩都哭了，众人都安慰她们。头目说："廖兄弟的喜事明天就要办的，各人得早起，下山去搬些吃的，大家热闹一回。"

他们围坐着谈天，两个女孩在厨房收拾食具，小姑娘神气很镇定，低声问宜姑说："怎办？"宜姑说："我没主意，你呢？"

"我不愿意跟那黑鬼，我一看他，怪害怕的，我们逃吧。"

"不成，逃不了！"宜姑摇头说。

"你愿意跟那强盗？"

"不，我没主意。"

她们在厨房没想出什么办法，回到屋里，一同躺在稻草褥上，还继续地想。麟趾打定主意要逃，宜姑至终也赞成她，她们只道明天一早趁他们下山的时候再寻机会。

一夜的幽暗又叫朝云抹掉，果然外头的兄弟们一个个下山去预备喜筵。麟趾扯着宜姑说："这是时候，该走了。"她们带着一点吃的，匆匆出了小寨。走不多远，宜姑住了步，对麟趾说："不成，我们这一走，他们回寨见没有人，一定会到处追寻，万一被他们再抓回去，可就没命了。"麟趾没说什么，可也不愿意回去。宜姑至终说："还是你先走罢，我回去张罗他们，他们问你的时候，我便说你到山里捡柴去。你先回到我公公那里去报信也好。"她们商量妥当，麟趾便从一条那班兄弟们不走的小道下山去。宜姑到看不见她，才掩泪回到寨里。

小姑娘虽然学会昼伏夜行的方法，但在乱山中，夜行更是不便，加以不认得道路，遇险的机会很多，走过一夜，第二夜便不敢走了。她在早晨行人稀少的时候，遇见妇人女子才敢问道，遇见男子便藏起来。但她常走错了道，七天的粮已经快完了，那晚上她在小山岗上一座破庙歇脚。霎时间，黑云密布，大雨急来，随着电闪雷鸣。破庙边一棵枯树教雷劈开，雷音把麟趾的耳鼓几乎震破，电光闪得更是可怕。她想那破庙一定会塌下来把她压死，只是蹲在香案底下打抖擞。好容易听见雨声渐细，雷也不响，她不敢在那里逗留，便从案下爬出来。那时雨已止住了，天际仍不时地透漏着闪电的白光，使蜿蜒的山路，隐约可辨。她走出庙门，待要往前，却怕迷了路途，站着尽管出神。约有一个时辰，东方渐明，鸟声也次第送到她耳边，她想着该是走的时候，背着小包袱便离开那座破庙。一路上没遇见什么人，朝雾断续地把去处遮拦着，不晓得从什么地方来的泉声到处都听得见。正走着，前面忽然来了一队人，她是个惊弓之鸟，一看见便急急向路边的小丛林钻进去。哪里提防到那刚被大雨洗刷过的山林湿滑难行，她没力量攀住些草木，一任双脚溜滑下去，直到山麓。她的手足都擦破了，腰也酸了，再也不能走。疲乏和伤痛使她不能不躺在树林里一块铺着朝阳的平石上昏睡。她腿上的血，殷殷地流到石上，她一点也不理会。

林外，向北便是越过梅岭的大道，往来的行旅很多。不知经过几个时辰，麟趾才在沉睡中觉得有人把她抱起来，睁眼一看，才知道被抱到一群男女当中。那班男女是走江湖卖艺的，一队是属于卖武耍把戏的黄胜，一队是属耍猴的杜强。麟趾是那耍猴的抱起来的，那卖武的黄胜取了些万应的江湖秘药来，敷她的伤口。他问她的来历，知道她是迷途的孤女，便打定主意要留她当一名艺员，耍猴用不着女子，黄胜便私下向杜强要麟趾。杜强一时任侠，也就应许了。他只声明将来若是出嫁得的财礼可以分些给他。

他们骗麟趾说他们是要到广州去，其实他们的去向无定，什么时候得到广州，都不能说。麟趾信以为真，便请求跟着他们去。那男人腾出一个竹箩，教她坐在当中，他的妻子把她挑起来。后面跟着的那个人也挑着一担行头，在他肩膀上坐着一只猕猴。他戴的那顶宽缘镶云纹的草笠上开了一个小圆洞，猕猴的头可以从那里伸出来。那人后面还跟着一个女子，牵着一只绵羊和两只狗，绵羊驮着两个包袱，最后便是扛刀枪的，麟趾与那一队人在斜阳底下向着满被野云堆着的山径前进，一霎时便不见了。

四

自从麟趾被骗以后，三四年间，就跟着那队人在江湖上往来。她去求神仙的勇气虽未消灭，而幼年的幻梦却渐次清醒。几年来除掉看一点浅近的白话报以外，她一点书也没有念，所认得的字仍是在家的时候学的，深字甚至忘掉许多。她学会些江湖伎俩，如半截美人、高跃、踏索、过天桥，等等，无一不精，因此被全班的人看为台柱子，班主黄胜待她很好，常怕她不如意，另外给她好饮食。她同他们混惯了，也不觉得自己举动下流。所不改的是她总没有舍弃掉终有一天全家能够聚在一起的念头。神仙会化成人到处游行的话是她常听说的，几年来，她安心跟着黄胜走江湖，每次卖艺总是目光灼灼注视着围观的人们，人们以她为风骚，她却在认人。多少次误认了面貌与她父亲或家人相仿佛的观众。但她仍是希望着，注意着，没有一时不思念着。

他们真个回到离广州不远的一个城，住在真武庙倾破的后殿。早饭已经吃过，正预备下午的生意。黄胜坐在台阶上抽烟等着麟趾，因为她到街上买零碎东西还没回来。

从庙门外蓦然进来一个人，到黄胜跟前说："胜哥，一年多没见了！"老杜摇摇头，随即坐在台阶上说："真不济，去年那头绵羊死掉，小山就闷病了。它每出场不但不如从前活泼，而且不听话，我气起来，打了它一顿。那畜生可也奇怪，几天不吃东西，也死了。从它死后，我一点买卖也没做，指望赢些钱再买一只羊和一只猴，可是每赌必输，至终把行头都押出去了，现在来专意问大哥借一点。"

黄胜说："我的生意也不很好，哪里有钱借给你使。"

老杜是打定主意的，他所要求非得不可。他说："若是没钱，就把人还我。"他的意思是指麟趾。

老黄急了，紧握着手，回答他说："你说什么？哪个人是你的？"

"那女孩子是我捡的，自然属于我。"

"你要，当时为何不说？那时候你说耍猴用不着她；多一个人养不起，便把她让给我。现在我已养了好几年，教会她各样玩艺，你来要回去，天下没有这个道理。"

"看来你是不愿意还我了。"

"说不上还不还，难道我这几年的心血和钱财能白费了吗？我不是说以后得的财礼分给你吗？"

"好，我拿钱来赎成不成？"老杜自然等不得，便这样说。

"你！拿钱来赎？你有钱还是买一只羊、一只猴要耍去吧，麟趾，怕你赎不起。"老黄舍不得放弃麟趾，并且看不起老杜，想着他没有赎她的资格。

"你要多少呢？"

"五百，"老黄说了，又反悔说，"不，不，我不能让你赎去，她不是你的人，你再别废话了。"

"你不让我赎，不成。多会我有五百元，多会我就来赎。"老杜没得老黄的同意，不告辞便出庙门去了。

自此以后，老杜常来跟老黄捣麻烦，但麟趾一点也不知道是为她的事，她也没去问。老黄怕以后更麻烦，心里倒想先把她嫁掉，省得老杜屡次来胡缠，但他总也没有把这意思给麟趾说，他也不怕什么，因为他想老杜手里一点文据都没有，打官司还可以占便宜。他暗地里托媒给麟趾找主，人约他在城隍庙戏台下相看，那地方是老黄每常卖艺的所在。相看的人是个当地土豪的儿子，人家叫他作郭太子。这消息给老杜知道，到庙里与老黄理论，两句不合，便动了武。幸而麟趾从外头进来，便和班里的人把他们劝开；不然，会闹出人命也不一定，老杜骂到没劲，也就走了。

麟趾问黄胜到底是怎么回事。老黄没敢把实在的情形告诉她，只说老杜老是来要钱使，一不给他，他便骂人。他对麟趾说："因他知道我们将有一个阔堂会，非借几个钱去使使不可。可是我不晓得这一宗买卖做得成做不成，明天下午约定在庙里先耍着看，若是合意，人家才肯下定哪。你想我怎能事前借给他钱使！"

麟趾听了，不很高兴，说："又是什么堂会！"

老黄说："堂会不好吗？我们可以多得些赏钱，姑娘不喜欢吗？"

"我不喜欢堂会，因为看的人少。"

"人多人少有什么相干，钱多就成了。"

"我要人多，不必钱多。"

"姑娘，那是怎讲呢？"

"我希望在人海中能够找着我的亲人。"

黄胜笑了，他说："姑娘！你要找亲人，我倒想给你找亲哪，除非你出阁，今生莫想有什么亲人，你连自己的姓都忘掉了！哈哈！"

"我何尝忘掉？不过我不告诉人罢了，我的亲人我认得，这几年跟着你到处走，你当我真是为卖艺吗？你带我到天边海角，假如有遇见我的亲人的一天，我就不跟你了。"

"这我倒放心，你永远是遇不着的。前次在东莞你见的那个人，便说是你哥哥，愣要我去把他找来。见面谈了几句话，你又说不对了！今年年头在增城，又错认了爸爸！你记得吗？哈哈！我看你把心事放开吧。人海茫茫，哪个是你的亲人？倒不如过些日子，等我给你找个好主，若生下一男半女，我保管你享用无尽。那时，我，你的师父，可也叨叨光呀。"

"师父别说废话，我不爱听。你不信我有亲人，我偏要找出来给你看。"麟趾说时像有了气。

"那么，你的亲人却是谁呢？"

"是神仙。"麟趾大声地说。

老黄最怕她不高兴，赶紧转帆说："我逗你玩哪，你别当真，我们还是说些正经的吧，明天下午无论如何，我们得多卖些力气。我身边还有十几块钱，现在就去给你添些头面。我一会儿就回来。"他笑着拍麟趾的肩膀，便自出去了。

第二天下午，老黄领着一班艺员到艺场去，郭太子早已在人圈中占了一条板凳坐下。麟趾装饰起来，招得围观的人越多，一套一套的把戏都演完，轮到麟趾的踏索，那是她的拿手技术。老黄那天便把绳子放长，两端的铁钎都插在人圈外头。她一面走，一面演各种把式。正走到当中，啊，绳子忽然断了！麟趾从一丈多高的空间摔下来。老黄不顾救护她，只嚷说："这是老杜干的。"连骂带咒，跳出人圈外到绳折的地方。观众以为麟趾摔死了，怕打官司时被传去做证人，一哄而散。有些人回身注视老黄，见他追着一个人往人丛中跑，便跟过去趁热闹。不一会，全场都空了。老黄追那人不着，气喘喘地跑回来，只见那两个伙计在那里收拾行头。行头被众人践踏，破坏了不少；刀枪也丢了好几把；麟趾也不见了。伙计说人乱的时候他们各人都紧伏在两箱行头上头，没看见麟趾爬起来，到人散后，就不见她躺在地上。老黄无奈，只得收拾行头，心里想这定是老杜设计把麟趾抢走，回到庙里再去找他计较，艺场中几张残破的板凳也都堆在一边。老鸦从屋脊飞下来啄地上残余的食物，树花重复发些清气，因为满身汗臭的人们都不见了。

黄胜找了老杜好几天都没下落，到郭太子门上诉说了一番。郭太子反说他是设局骗他的定钱，非把他押起来不可。老黄苦苦哀求才脱了险。他出了郭家大门，垂头走着，拐了几个弯，蓦地里与老杜在巷尾一个犄角上撞个满怀。"好，冤家路窄！"黄胜不由分说便伸出右手把老杜揪住。两只眼睛瞪得直像冒出电来，气也粗了。老杜一手揸住老黄的右手，冷不防给他一拳。老黄哪里肯让，一脚便踢过去，指着他说："你把人藏在哪里？快说出来，不然，看老子今天结束了你。"老杜退到墙犄角上，扎好马步，两拳瞄准老黄的脑袋说："呸！你问我要人！我正要问你呢。你同郭太子设局，把所得的钱，半个也不分给我，反来问我要人。"说着，往前一跳，两拳便飞过来，老黄闪得快，没被打着。巷口看热闹的人越围越多，巡警也来了。他们不愿意到派出所去，敷衍了巡警几句话，便教众人拥着出了巷口。

老杜跟着老黄，又走过了几条街。

老黄说："若是好汉，便跟我回家分说。"

"怕你什么？去就去！"老杜坚决地说。

老黄见他横得很，心里倒有点疑惑。他问："方才你说我串通郭太子，不分给你钱，是从哪里听来的狗谣言？"

"你还在我面前装呆！那天在场上看把戏的大半是郭家的手脚，你还瞒谁？"

"我若知道这事，便教我男盗女娼。那天郭太子约定来看人是不错，不过我已应许你，所得多少总要分给你，你为什么又到场上捣乱？"

老杜瞪眼看着他，说："这就是胡说！我捣什么乱？你们说了多少价钱我一点也不知道，那天我也不在那里，后来在道上就见郭家的人们拥着一顶轿子过去，一打听，才知道是从庙里扛来的。"

老黄住了步，回过头来，诧异地说："郭太子！方才我到他那里，几乎教他给押起来。你说的话有什么凭据？"

"自然有不少凭据。那天是谁把绳子故意拉断的？"老杜问。

"你！"

"我！我告诉你，我那天不在场，一定是你故意做成那样局面，好教郭太子把人抢走。"

老黄沉吟了一会，说："这我可明白了。好兄弟，我们可别打了，这事一定是郭家的人干的。"他把方才郭家的人如何蛮横，为老杜说过一遍。两个人彼此埋怨，可也没奈他何，回到真武庙，大家商量怎样打听麟趾的下落。他们当然不敢打官司，也不敢闯进郭府里去要人，万一不对，可了不得。

老杜和黄胜两人对坐着。你看我，我看你，一言不发，各自急抽着烟卷。

五

郭家的人们都忙着检点东西，因为地方不靖，从别处开来的军队进城时难免一场抢掠。那是一所五进的大房子，西边还有一个大花园，各屋里的陈设除椅、桌以外，其余的都已装好，运到花园后面的石库里，花园里还留下一所房子没有收拾。因为郭太子新娶的新奶奶忌讳多，非过百日不许人搬动她屋子里的东西。

窗外种着一丛碧绿的芭蕉，连着一座假山直通后街的墙头。屋里一张紫檀嵌牙的大床，印度纱帐悬着，云石椅、桌陈设在南窗底下。瓷瓶里插着一簇鲜花，香气四溢。墙上挂的字画都没有取下来，一个康熙时代的大自鸣钟的摆子在静悄悄的空间里作响，链子末端的金葫芦动也不动一下。在窗棂下的贵妃床上坐着从前在城隍庙卖艺的女郎，她的眼睛向窗外注视，像要把无限的心事都寄给轻风吹动的蕉叶。

芭蕉外，轻微的脚音渐次送到窗前。一个三十左右的男子，到阶下站着，头也没抬起来，便叫："大官，大官在屋里吗？"

里面那女郎回答说："大官出城去了，有什么事？"

那人抬头看见窗里的女郎，连忙问说："这位便是新奶奶吗？"

麟趾注目一看，不由得怔了一会，"你很面善，像在哪里见过的。"她的声音很低，五尺以外几乎听不见。

那人看着她，也像在什么地方会过似的，但他一时也记不起来，至终还是她想起来。她说："你不是姓廖吗？"

"不错呀，我姓廖。"

"那就对了，你现在在这一家干的什么事？"

"我一向在广州同大官做生意，一年之中也不过来一两次，奶奶怎么认得我？"

"你不是前几年娶了一个人家叫她作宜姑的做老婆吗？"

那人注目看她，听到她说起宜姑，猛然回答说："哦，我记起来了！你便是当日的麟趾小姑娘！小姑娘，你怎么会落在他手里？"

"你先告诉我宜姑现在好吗？"

"她吗？我许久没见她了。自从你走后，兄弟们便把宜姑配给黑牛，黑牛现在名叫黑仰白，几年来当过一阵要塞司令，宜姑跟着他养下两个儿子。这几天，听说总部要派他到上海去活动，也许她会跟着去吧。我自那年入军队不久，过不了纪律的生活，就退了伍。人家把我荐到郭大官的烟土栈当掌柜，我一直便做了这么些年。"

麟趾问："省城也能公卖烟土吗？"

"当然是私下买卖，军队里我有熟人容易做，所以这几年来很剩些钱。"

"黑牛和他的弟兄们帮你贩烟土，是不是？"

"不，黑司令现在很正派，我同他的交情没有从前那么深了。我有许多朋友在别的军队里，他们时常帮助我。"

"我很想去见见宜姑，你能领我去吗？"

"她不久便要到上海去，你就是到广州，也不一定能看见她？"

"今晚就走，怎样？"

"那可不成，城里恐怕不到初更就要出乱子，我方才就是来对大官说，叫他快把大门、偏门、后门都锁起来，恐怕人进来抢。"

"他说出城迎接军队去了，不晓得什么时候能回来。或者现在就领我去吧。"

"耳目众多，不成，不成。再说要走，也不能同我走，教大官知道，会说我拐骗你。……我说你是要一走不回头呢？还是只要见一见宜姑便回来？"

"我一点也不喜欢他，那天我在城隍庙踏索子掉下来，昏过去，醒来便躺在这屋里的床上。好在身上没有什么伤，只是脚跟和手擦破，养了十几天便好了。他强我嫁给他，口里答应给我十万银做保证金，说若是他再娶奶奶，听我把十万银带走，单独过日子。我问他给了多少给黄胜，他说不用给，他没奈何他。自从我离开山寨以后，就给黄胜抢去学走江湖，几年来走了好几省地方，至终在这里给他算上了。我常想着他那样的人，连一个钱也不给黄胜，将来万一他负了心，他也照样可以把十万银子抢回去；现在钱虽然在我的名字底下存着，我可不敢相信是属于我的，我还是愿意走得远远地。他不是一个好人，跟着他至终不会有好结果，你说是不是？"

感悟名家经典

廖成注视她的脸，听着她说，他对于郭大官掳人的事早有所闻，却不知便是麟趾。他好像对于麟趾所说的没有多少可诧异的，只说："是，他并不是个好人，但是现在的世界，哪个是好人！好人有人捧，坏人也有人捧，为坏人死的也算忠臣，我想等宜姑从上海回来，我再通知你去会她吧。"

"不，我一定要走。你若不领我去，请给我一个地址，我自己想方法。"

廖成把宜姑的地址告诉她，还劝她切要过了这个乱子才去，麟趾嘱咐他不要教郭太子知道。她说："你走吧，一会怕有人来，我那丫头都到前院帮助收拾东西去了，你出去，请给我叫一个人进来。"

他一面走着，一面说："我看还是等乱过去，从长慢慢打算吧，这两天一定不能走的，道路上危险多。"

麟趾目送着廖成走出蕉丛外头，到他的脚音听不见的时候，慢慢起身到妆台前，检点她的细软和首饰之类。走出房门，上了假山，她自伤愈后这是第一次登高，想着宜姑，教她心里非常高兴，巴不得立刻到广州去见她。到墙的尽头，她探头下望，见一条黑深的空巷，一根电报杆子立在巷对面的高坡上，同围墙距离约一丈多宽。一根拴电杆的粗铅丝，从杆上离电线不远的部位，牵到墙上一座一半砌在墙里已毁的节孝坊的石柱上，几乎成为水平线。她看看园里并没有门，若要从花园逃出去，恐怕没有多少希望。

她从假山下来，进到屋里已是黄昏时分，丫头也从前院进来了。麟趾问："你有旧衣服没有？拿一套来给我。"

女婢说："奶奶要旧衣服干什么？"

"外头乱扰扰地，万一给人打进家里来，不就得改装掩人耳目吗？"

"我的不合奶奶穿，我到外头去找一套进来吧。"她说着便出去了。

麟趾到丫头的卧房翻翻她的包袱，果然都是很窄小的，不合她穿。门边挂着一把雨纸伞，她拿下来打开一看，已破了大半边。在床底下有一根细绳子，不到一丈长。她摇摇头叹了一声，出来仍坐在窗下的贵妃床，两眼凝视着芭蕉。忽然拍起她的腿说："有了！"她立起来，正要出去，丫头给她送了一套竹布衣服进来。

"奶奶，这套合适不合适？"

她打开一看，连说："成，成，现在你可以到前头帮他们搬东西，等七点钟端饭来给我吃。"丫头答应一声，便离开她。她又到婢女屋里，把两竿张蚊帐的竹子取下捆起来；将衣物分做两个小包结在竹子两端，做成一根踏索用的均衡担。她试一下，觉得稍微轻一点，便拿起一把小刀走到芭蕉底下，把两棵有花蕾的砍下来，割下两个重约两斤的花蕾加在上头。随即换了衣服，穿着软底鞋，扛着均衡担飞跑上假山。沿着墙头走，到石柱那边。她不顾一切，两手擅住均衡担，踏上那很大铅丝，一步一步地走过去。到电杆那头，她忙把竹上的绳子解下来，圈成一个圆套子，套着自己的腰和杆子，像尺蠖一样，一路拱下去。

下了土坡，急急向着人少的地方跑。拐了几个弯，才稍微辨识一点道路。她也不用问道，一个劲儿便跑到真武庙去，她想着教黄胜领她到广州去找宜姑，把身边带着的珠宝分给他一两件。不想真武庙的后殿已经空了，人也不晓得往哪里去了。天色已晚，邻居的人都不理会是她回来，她不敢问。她踌躇着，不晓得怎样办，在真武庙歇，又害怕；客栈不能住；船，晚上不开，一会郭家人发觉了，一定把各路口把住，终要被逮捕回去。到巡警局报迷路吧，不成，若是巡警搜出身上的东西，倒惹出麻烦来。想来想去，还是赶出城，到城外藏一宿，再定行止。

她在道上，看见许多人在街上挤来挤去，很像要闹乱子的光景。刚出城门，便听见城里一连发出砰磅的声音。街上的人慌慌张张地乱跑，铺店的门早已关好，一听见枪声，连门前的天灯都收拾起来。幸而麟趾出了城，不然，就被关在城里头。她要找一个僻静的地方去躲一下，但找来找去，总找不着，不觉来到江边。沿江除码头停泊着许多船以外，别的地方都很静。在离码头不远的地方，有一棵斜出江面的大榕树。那树的气根，根根都向着水面伸下去。她又想起藏在树上，在枪声不歇的时候，已有许多人挤在码头那边叫渡船，他们都是要到石龙去的。看他们的样子都像是逃难的人，麟趾想着不如也跟着他们去，到石龙，再赶广州车到广州。看他们把价钱讲妥了，她忙举步，混在人们当中，也上了船。

乱了一阵，小渡船便离开码头。人都伏在舱底下，灯也不敢点，城中的枪声教船后头的大橹和船头的双桨轻松地摇掉。但从雉堞影射出来的火光，令人感到是地狱的一种现象。船走得越远，照得越亮。到看不见红光的时候，不晓得船在江上已经拐了几个弯了。

六

石龙车站里虽不都是避难的旅客，但已拥挤得不堪。站台上几乎没有一寸空地，都教行李和人占满了，麟趾从她的座位起来，到站外去买些吃的东西，回来时，位已被别人占去。她站在一边，正在吃东西，一个扒手偷偷摸摸地把她放在地下那个小包袱拿走。在她没有发觉以前，后面长凳上坐着的一个老和尚便赶过来，追着那贼说："莫走，快把东西还给人。"他说着，一面追出站外。麟趾见拿的是她的东西，也追出来。老和尚把包袱夺回来，交给她说："大姑娘，以后小心一点，在道上小人多。"

麟趾把包袱接在手里，眼泪几乎要流出来，她心里说若是丢了包袱，她就永久失掉纪念她父亲的东西了。再则，所有的珠宝也许都在里头。她现出非常感激的样子，对那出家人说："真不该劳动老师父。跑累了吗？我扶老师父进里面歇歇吧。"

老和尚虽然有点气喘，却仍然镇定地说："没有什么，姑娘请进吧。你像是逃难的人，是不是？你的包袱为什么这样湿呢？"

"可不是，这是被贼抢漏了的，昨晚上，我们在船上，快到天亮的时候，忽然岸上开枪，船便停了。我一听见枪声，知道是贼来了，赶快把两个包袱扔在水里。我每个包袱本来都结着一条长绳子。扔下以后，便把一头暗地结在靠近舱边一根支篷的柱子上头。我坐在船尾，扔和结的时候都没人看见，因为客人都忙着藏各人的东西，天也还没亮，看不清楚。我又怕被人知道我有那两个包袱，万一被贼搜出来，当我是财主，将我掳去，那不更吃亏吗？因此我又赶紧到篷舱里人多的地方坐着。贼人上来，真凶！他们把客人的东西都抢走了。个个的身上也搜过一遍，侥幸没被搜出的很少。我身边还有一点首饰，也送给他们了，还有一个人不肯把东西交出，教他们打死了，推下水去。他们走后，我又回到船后去，牵着那绳子，可只剩下一个包袱，那一个恐怕是教水冲掉了。"

"我每想着一次一次的革命，逃难的都是阔人。他们有香港、澳门、上海可去。逃不掉的，只有小百姓。今日看见车站这么些人，才觉得不然。所不同的，是小百姓不逃固然吃亏，逃也便宜不了。姑娘很聪明，想得到把包袱扔在水里，真可佩服。"

麟趾随在后头回答说："老师父过奖，方才把东西放下，就是显得我很笨；若不是师父给追回来，可就不得了。老师父也是避难的吗？"

"我吗？出家人避什么难？我从罗浮山下来，这次要到普陀山去朝山。"说时，回到他原来的座位，但位已被人占了，他的包袱也没有了。他的神色一点也不因为丢了东西更变一点，只笑说："我的包袱也没了！"

心里非常不安的麟趾从身边拿出一包现钱，大约二十元左右，对他说："老师父，我真感谢你，请你把这些银子收下吧。"

"不，谢谢，我身边还有盘缠。我的包袱不过是几卷残经和一件破袈裟而已。你是出门人，多一元在身边是一元的用处。"

他一定不受，麟趾只得收回。她说："老师父的道行真好，请问法号怎样称呼？"

那和尚笑说："老衲没有名字。"

"请告诉我，日后也许会再相见。"

"姑娘一定要问，就请叫我作罗浮和尚便了。"

"老师父一向便在罗浮吗？听你的口音不像是本地人。"

"不错，我是北方人。在罗浮出家多年了，姑娘倒很聪明，能听出我的口音。"

"姑娘倒很聪明"，在麟趾心里好像是幼年常听过的。她父亲的形貌，她已模糊记不清了，她只记得旺密的大胡子，发亮的眼神。因这句话，使她目注在老和尚脸上。光圆的脸，一根胡子也不留，满颊直像铺上一层霜，眉也白得像棉花一样，眼睛带着老年人的混浊颜色，神采也没有了。她正要告诉老师父她原先也是北方人，可巧汽笛的声音夹着轮声、轨道震动声，一齐送到。

"姑娘，广州车到了，快上去吧，不然占不到好座位。"

"老师父也上广州吗？"

"不，我到香港候船。"

麟趾匆匆地别了他，上了车，当窗坐下。人乱过一阵，车就开了。她探出头来，还望见那老和尚在月台上。她凝望着，一直到车离开很远的地方。

她坐在车里，意象里只有那个老和尚，想着他莫不便是自己的父亲？可惜方才他递包袱时，没留神看看他的手，又想回来，不，不能够，也许我自己以为是，其实是别人。他的脸不很像哪！他的道行真好，不愧为出家人。忽然又想：假如我父亲仍在世，我必要把他找回来，供养他一辈子。呀，幼年时代甜美的生活，父母的爱惜，我不应当报答吗？不，不，没有父母的爱，父母都是自私自利的。为自己的名节，不惜把全家杀死。也许不止父母如此，一切的人都是自私自利的。从前的女子，不到成人，父母必要快些把她嫁给人。为什么？留在家里吃饭，赔钱。现在的女子，能出外跟男子一样做事，父母便不愿她嫁了。他们愿意她像儿子一样养他们一辈子，送他们上山。不，也许我的父母不是这样。他们也许对，是我不对，不听话，才会有今日的流离。

她一向便没有这样想过，今日因着车轮的转动摇醒了她的心灵。"你是聪明的姑娘！""你是聪明的姑娘！"轮子也发出这样的声音。这明明是父亲的话，明明是方才那老和尚的话。不知不觉中，她竟滴了满襟的泪。泪还没干，车已入了大沙头的站台了。

出了车站，照着廖成的话，雇一辆车直奔黑家。车走了不久时候，至终来到门前。两个站岗的兵问她找谁，把她引到上房，黑太太紧紧迎出来，相见之下，抱头大哭一场。佣人面面相觑，莫名其妙。

黑太太现在是个三十左右的女人，黑老爷可已年近半百。她装饰得非常时髦，锦衣、绣裙，用的是欧美所产胡奴的粉，杜丝的脂，古特士的甲红，鲁意士的眉黛，和各种著名的香料。她的化妆品没有一样不是上等，没有一件是中国产物。黑老爷也是面团团，腹便便，绝不像从前那凶神恶煞的样子，寒暄了两句，黑老爷便自出去了。

"妹妹，我占了你的地位。"这是黑老爷出去后，黑太太对麟趾的第一句话。

麟趾直看着她，双眼也没眨一下。

"唉，我的话要从哪里说起呢？你怎么知道找到这里来？你这几年来到哪里去了？"

"姊姊，说来话长，我们晚上有工夫细细谈吧，你现在很舒服了，我看你穿的用的便知道了。"

"不过是个绣花枕而已，我真是不得已。现在官场，专靠女人出去交际，男人才有好差使，无谓的应酬一天不晓得多少，真是把人累得要死。"

她们真个一直谈下去，从别离以后谈到彼此所过的生活。宜姑告诉麟趾他祖父早已死掉，但村里那间茅屋她还不时去看看，现在没有人住，只有一个人在那里守着。她这几年跟人学些注音字母，能够念些浅近文章，在话里不时赞美她丈夫的好处。麟趾心里也很喜欢，最能使她开心的便是那间茅舍还存在。她又要求派人去访寻黄胜，因为她每想着她欠了他很大的恩情。宜姑应许了为她去办，她又告诉宜姑早晨在石龙车站所遇的事情，说她几乎像看见父亲一样。

这样的倾谈绝不能一时就完毕，好几天或好几个月都谈不完，东江的乱事教黑老爷到上海的行期改早些，他教他太太过些日子再走。因此宜姑对于麟趾，第二天给她买穿，第三天给她买戴，过几天又领她到张家，过几时又介绍她给李家。一会是同坐紫洞艇游河，一会又回到白云山附近的村居。麟趾的生活在一两个星期中真像粘在枯叶下的冷蛹，化了蝴蝶，在旭日和风中间翻舞一样。

东江一带的秩序已经渐次恢复。在一个下午，黑府的勤务兵果然把黄胜领到上房来。麟趾出来见他，又喜又惊。他喜的是麟趾有了下落；他怕的是军人的势力。她可没有把一切的经过告诉他，只问他事变的那天他在哪里。黄胜说他和老杜合计要趁乱领着一班穷人闯进郭太子的住宅，他们两人希望能把她夺回来，想不到她没在那里。郭家被火烧了，两边死掉许多人，老杜也打死了，郭家的人活的也不多，郭太子在道上教人掳去，到现在还不知下落。他见事不济，便自逃回城隍庙去，因为事前他把行头都存在那里，伙计没跟去的也住在那里。

麟趾心里想着也许廖成也遇了险。不然，这么些日子，怎么不来找她，他总知道她会到这里来。因为黄胜不认识廖成，问也没用，她问黄胜愿意另谋职业，还是愿意干他的旧营生。黄胜当然不愿再去走江湖，她于是给了他些银钱。但他愿意在黑府当差，宜姑也就随便派给他当一名所谓国术教官。

黑家的行期已经定了，宜姑非带麟趾去不可，她想着带她到上海，一定有很多帮助。女人的脸曾与武人的枪平分地创造了人间一大部历史。黑老爷要去联络各地战主，也许要仗着麟趾才能成功。

七

南海的月亮虽然没有特别动人的容貌，因为只有它来陪着孤零的轮船走，所以船上很有些与它默契的人。夜深了，轻微的浪涌，比起人海中政争匪掠的风潮舒适得多。在枕上的人安宁地听着从船头送来波浪的声音，直如催眠的歌曲。统舱里躺着、坐着的旅客还没尽数睡着，有些还在点五更鸡煮

挂面，有些躺在一边烧鸦片，有些围起来赌钱，几个要到普陀朝山的和尚受不了这种人间浊气，都上到舱面找一个僻静处所打坐去了，在石龙车站候车的那个老和尚也在里头。船上虽也可以入定，但他们不时也谈一两句话。从他们的谈话里，我们知道那老和尚又回到罗浮好些日子，为的是重新置备他的东西。

在那班和尚打坐的上一层甲板，便是大菜间客人的散步地方，藤椅上坐着宜姑，麟趾靠着舷边望月，别的旅客大概已经睡着了。宜姑日来看见麟趾心神恍惚，老像有什么事挂在心头一般，在她以为是待她不错；但她总是望着空间想，话也不愿意多说一句。

"妹妹，你心里老像有什么事，不肯告诉我。你是不喜欢我们带你到上海去吗？也许你想你的年纪大啦，该有一个伴了。若是如此，我们一定为你想法子。他的交游很广，面子也够，替你选择的人准保不错。"宜姑破了沉寂，坐在麟趾背后这样对她说。她心里是想把麟趾认作妹妹，介绍给一个督军的儿子当作一种政治钓饵，万一不成，也可以借着她在上海活动。

麟趾很冷地说："我现在谈不到那事情，你们待我很好，我很感激。但我老想着到上海时，顺便到普陀去找找那个老师父，看他还在那里不在，我现在心里只有他。"

"你准知道他便是你父亲吗？"

"不，我不过思疑他是。我不是说过那天他开了后门出去，没听见他回到屋里的脚音吗？我从前信他是死了，自从那天起教我希望他还在人间。假如我能找着他，我宁愿把所有的珠宝给你换那所茅屋，我同他在那里住一辈子。"麟趾转过头来，带着满有希望的声调对着宜姑。

"那当然可以办得到，不过我还是希望你不要做这样没有把握的寻求。和尚们多半是假慈悲，老奸巨猾的不少；你若有意去求，若是有人知道你的来历，冒充你父亲，教你养他一辈子，那你不就上了当？幼年的事你准记得清楚吗？"

"我怎么不记得？谁能瞒我？我的凭证老带在身边，谁能瞒得过我？"她说时拿出她几年来常在身边的两截带指甲的指头来，接着又说："这就是凭证。"

"你若是非去找他不可，我想你一定会过那漂泊的生活，万一又遇见危险，后悔就晚了。现在的世界乱得很，何苦自己去找烦恼？"

"乱吗？你、我都见过乱，也尝过乱的滋味，那倒没有什么，我的穷苦生活比你多过几年，我受得了，你也许忘记了。你现在的地位不同，所以不这样想。假若你同我换一换生活，你也许也会想去找你那耳聋的祖父罢。"她没有回答什么，嘴里漫应着："唔，唔。"随即站起来，说："我们睡去吧，不早了。明天一早起来看旭日，好不好？"

"你先去吧，我还要停一会儿才能睡咧。"

宜姑伸伸懒腰，打了一个呵欠，说声"明天见！别再胡思乱想了，妹妹"，便自进去了。

她仍靠在舷边，看月光映得船边的浪花格外洁白，独自无言，深深地呼吸着。

甲板底下那班打坐的和尚也打起盹来了。他们各自回到统舱里去。下了扶梯，便躺着，那个老是用五更鸡煮挂面的客人，他虽已睡去，火仍是点着。一个和尚的袍角拂倒那放在上头的锅，几乎烫着别人的脚。再前便是那抽鸦片的客人，手拿着烟枪，仰面打鼾，烟灯可还未灭，黑甜的气味绕缭四围，斗纸牌的还在斗着，谈话的人可少了。

月也回去了，这时只剩下浪吼轮动的声音。

宜姑果然一清早便起来看海天旭日，麟趾却仍在睡乡里，报时的钟打了六下，甲板上下早已洗得干干净净。统舱的客人先后上来盥漱，麟趾也披着寝衣出来，坐在舷边的漆椅上，在桄梯边洗脸的和尚们牵引了她的视线。她看见那天在石龙车站相遇的那个老师父，喜欢得直要跳下去叫他。正要走下去，宜姑忽然在背后叫她，说："妹妹，你还没穿衣服咧。快吃早点了，还不去梳洗？"

"姊姊，我找着他了！"她不顾一切还是要下扶梯。宜姑进前几步，把她揪住，说："你这像什么样子，下去不怕人笑话，我看你真是有点迷。"她不由分说，把麟趾拉进舱房里。

"姊姊，我找着他了！"她一面换衣服，一面说，"若果是他，你得给我靠近燕塘的那间茅屋，我们就在那里住一辈子。"

"我怕你又认错了人，你一见和尚便认定是那个老师父，我准保你又会闹笑话，我看吃过早饭叫'播外'（boy 的译音，就是茶役的意思）下去问问，若果是，你再下去不迟。"

"不用问，我，准知道是他。"她三步做一步跳下扶梯来。那和尚已漱完口下舱去了，她问了旁边的人便自赶到统舱去，下扶梯过急，猛不防把那点着的五更鸡踢倒。汽油洒满地，火跟着冒起来。

舱里的搭客见楼梯口着火，个个都惊慌失措，哭的，嚷的，乱跑的，混在一起。麟趾退上舱面，脸吓得发白，话也说不出来。船上的水手，知道火起，忙着解开水龙。警钟响起来了！

舱底没有一个敢越过那三尺多高的火焰。忽然跳出那个老和尚，抱着一张大被窝腾身向火一扑，自己倒在火上压着。他把火几乎压灭了一半，众人才想起掩盖的一个法子。于是一个个拿被窝争着向剩下的火焰掩压。不一会把火压住了，水龙的水也到了，忙乱了一阵，好容易才把火扑灭了，各人取回冲湿的被窝时，直到最底下那层，才发现那老师父，众人把他扛到甲板上头，见他的胸背都烧烂了。

他两只眼虽还睁着，气息却只留着一丝，众人围着他，但具有感激他为众舍命的恐怕不多。有些只顾骂点五更鸡的人，有些却咒那行动鲁莽的女子。

麟趾钻进人丛中，满脸含泪，那老师父的眼睛渐次地闭了，她大声叫："爸爸！爸爸！"

众人中，有些肯定地说他死了。麟趾揸着他的左手，看看那剩下的三个指头。她大哭起来。嚷，说："真是我的爸爸呀！"这样一连说了好几遍。宜姑赶下来，把她扶开，说："且别哭啦，若真是你父亲，我们回到屋里再打算他的后事。在这里哭惹得大众来看热闹，也没什么好处。"

她把麟趾扶上去以后，有人打听老和尚和那女客的关系，却没有一个人知道，他同伴的和尚也不很知道他的来历。他们只知道他是从罗浮山下来的。有一个知道详细一点，说他在某年受戒，烧掉两个指头供养三世法佛。这话也不过是想，当然并没有确实的凭据，同伴的和尚并没有一个真正知道他的来历。他们最多知道他住在罗浮不过是四五年光景，从哪里得的戒牒也不知道。

宜姑所得的回报，死者是一个虔心奉佛燃指供养的老和尚。麟趾却认定他便是好几年前自己砍断指头的父亲。死的已经死掉，再也没法子问个明白，他们也不能教麟趾不相信那便是她爸爸。

她躺在床上，哭得像泪人一般，宜姑在旁边直劝她。她说："你就将他的遗体送到普陀或运回罗浮去为他造一个塔，表表你的心也就够了。"

统舱的秩序已经恢复，麟趾到停尸的地方守着。她心里想：这到底是我父亲不是？他是因为受戒烧掉两个指头的吗？一定的，这样的好人，一定是我父亲，她的泪沉静地流下，急剧地滴到膝上。她注目看着那尸体，好像很认得，可惜记忆不能给她一个反证。她想到普陀以后若果查明他的来历不对，就是到天边海角，她也要再去找找。她的疑心，很能使她再去过游浪的生活，长住在黑家绝不是她所愿意的事。她越推想越入到非非之境，气息几乎像要停住一样。船仍在无涯的浪花中漂着，烟囱冒出浓黑的烟，延长到好几百丈，渐次变成灰白色，一直到消灭在长空里头。天涯的彩云一朵一朵浮起来，在麟趾眼里，仿佛像有仙人踏在上头一般。

（原载 1933 年《文学》第一卷 4、5 号）

春 桃

这年底夏天分外地热。街上底灯虽然亮了，胡同口那卖酸梅汤的还像唱梨花鼓的姑娘耍着他的铜碗。一个背着一大篓字纸的妇人从他面前走过，在破草帽底下虽看不清她底脸，当她与卖酸梅汤的打招呼时，却可以理会她有满口雪白的牙齿。她背上担负得很重，甚至不能把腰挺直，只如骆驼一样，庄严地一步一步踱到自己门口。

进门是个小院，妇人住的是塌剩下的两间厢房。院子一大部分是瓦砾。在她底门前种着一棚黄瓜，几行玉米。窗下还有十几棵晚香玉。几根朽坏的梁木横在瓜棚底下，大概是她家最高贵的坐处。她一到门前，屋里出来一个男子，忙帮着她卸下背上底重负。

"媳妇，今儿回来晚了。"

妇人望着他，像很诧异他底话。"什么意思？你想媳妇想疯啦？别叫我媳妇，我说。"她一面走进屋里，把破草帽脱下，顺手挂在门后，从水缸边取了一个小竹筒向缸里一连舀了好几次，喝得换不过气来，张了一会嘴，到瓜棚底下把篓子拖到一边，便自坐在朽梁上。

那男子名叫刘向高。妇人底年纪也和他差不多，在三十左右，娘家也姓刘。除掉向高以外，没人知道她底名字叫作春桃。街坊叫她做捡烂纸的刘大姑，因为她底职业是整天在街头巷尾垃圾堆里讨生活，有时沿途嚷着"烂字纸换取灯儿"。一天到晚在烈日冷风里吃尘土，可是生来爱干净，无论冬夏，每天回家，她总得净身洗脸。替她预备水的照例是向高。

向高是个乡间高小毕业生，四年前，乡里闹兵灾，全家逃散了，在道上遇见同是逃难的春桃，一同走了几百里，彼此又分开了。

她随着人到北京来，因为总布胡同里一个西洋妇人要雇一个没混过事的乡下姑娘当"阿妈"，她便被荐去上工。主妇见她长得清秀，很喜爱她。她见主人老是吃牛肉，在馒头上涂牛油，喝茶还要加牛奶，来去鼓着一阵臊味，闻不惯。有一天，主人叫她带孩子到三贝子花园去，她理会主人家底气味有点像从虎狼栏里发出来的，心里越发难过，不到两个月，便辞了工。到平常人家去，乡下人不惯当差，又换不得骂，上工不久，又不干了。在穷途上，她自己选了这捡烂纸换取灯儿的职业，一天的生活，勉强可以维持下去。

向高与春桃分别后的历史倒很简单，他到涿州去，找不着亲人，有一两个世交，听他说是逃难来的，都不很愿意留他住下，不得已又流到北京来。由别人底介绍，他认识胡同口那卖酸梅汤的老吴，老吴借他现在住的破院子住，说明有人来赁，他得另找地方。他没事做，只帮着老吴算算账，卖卖货。他白住房子白做活，只赚两顿吃。春桃底捡纸生活渐次发达了，原住的地方，人家不许她堆货，她便沿着德胜门墙根来找住处。一敲门，正是认识的刘向高。她不用经过许多手续，便向老吴赁下这房子，也留向高住下，帮她底忙。这都是三年前的事了。他认得几个字，在春桃捡来和换来的字纸里，也会抽出些少比较能卖钱的东西，如画片或某将军、某总长写的对联、信札之类。二人合作，事业更有进步。向高有时也教她认几个字，但没有什么功效，因为他自己认得的也不算多，解字就更难了。

他们同居这些年，生活状态，若不配说像鸳鸯，便说像一对小家雀罢。

言归正传。春桃进屋里，向高已提着一桶水在她后面跟着走。他用快活的声调说："媳妇，快洗罢，我等饿了。今晚咱们吃点好的，烙葱花饼，赞成不赞成？若赞成，我就买葱酱去。"

"媳妇、媳妇，别这样叫，成不成？"春桃不耐烦地说。

"你答应我一声，明儿到天桥给你买一顶好帽子去。你不说帽子该换了么？"向高再要求。

"我不爱听。"

他知道妇人有点不高兴了，便转口问："到底吃什么？说呀！"

"你爱吃什么，做什么给你吃。买去吧。"

向高买了几根葱和一碗麻酱回来，放在明间底桌上。春桃擦过澡出来，手里拿着一张红帖子。

"这又是哪一位王爷底龙凤帖！这次可别再给小市那老李了。托人拿到北京饭店去，可以多卖些钱。"

"那是咱们的。要不然，你就成了我底媳妇啦？教了你一两年的字，连自己底姓名都认不得！"

"谁认得这么些字？别媳妇媳妇的，我不爱听。这是谁写的？"

"我填的。早晨巡警来查户口，说这两天加紧戒严，哪家有多少人，都得照实报。老吴教我们把咱们写成两口子，省得麻烦。巡警也说写同居人，一男一女，不妥当。我便把上次没卖掉的那份空帖子填上了。我填的是辛未年咱们办喜事。"

"什么？辛未年？辛未年我哪儿认得你？你别捣乱啦。咱们没拜过天地，没喝过交杯酒，不算两口子。"

春桃有点不愿意，可还和平地说出来。她换了一条蓝布裤。上身是白的，脸上虽没脂粉，却呈露着天然的秀丽。若她肯嫁的话，按媒人底行情，说是二十三四的小寡妇，最少还可以值得一百八十的。

她笑着把那礼帖搓成一长条，说："别捣乱！什么龙凤帖？烙饼吃了罢。"她掀起炉盖把纸条放进火里，随即到桌边和面。

向高说："烧就烧罢，反正巡警已经记上咱们是两口子；若是官府查起来，我不会说龙凤帖在逃难时候丢掉的么？从今儿起，我可要叫你做媳妇了。老吴承认，巡警也承认，你不愿意，我也要叫。媳妇哎！媳妇哎！明天给你买帽子去，戒指我打不起。"

"你再这样叫，我可要恼了。"

"看来，你还想着那李茂。"向高底神气没像方才那么高兴。他自己说着，也不一定要春桃听见，但她已听见了。

"我想他？一夜夫妻，分散了四五年没信，可不是白想？"春桃这样说。她曾对向高说过她出阁那天底情形。花轿进了门，客人还没坐席，前头两个村子来人说，大队兵已经到了，四处拉人挖战壕，吓得大家都逃了，新夫妇也赶紧收拾东西，随着大众望西逃。同走了一天一宿。第二宿，前面连嚷几声"胡子来了，快躲罢"，那时大家只顾躲，谁也顾不了谁。到天亮时，不见了十几个人，连她丈夫李茂也在里头。她继续方才的话说："我想他一定跟着胡子走了，也许早被人打死了。得啦，别提他啦。"

她把饼烙好了，端到桌上。向高向砂锅里舀了一碗黄瓜汤，大家没言语，吃了一顿。吃完，照例在瓜棚底下坐坐谈谈。一点点的星光在瓜叶当中闪着。凉风把萤火送到棚上，像星掉下来一般。晚香玉也渐次散出香气来，压住四围底臭味。

"好香的晚香玉！"向高摘了一朵，插在春桃底鬓上。

"别糟蹋我底晚香玉。晚上戴花，又不是窑姐儿。"她取下来，闻了一闻，便放在朽梁上头。

"怎么今儿回来晚啦？"向高问。

"吓！今儿做了一批好买卖！我下午正要回家，经过后门，瞧见清道夫推着一大车烂纸，问他从哪儿推来的，他说是从神武门甩出来的废纸。我见里面红的、黄的一大堆，便问他卖不卖。他说，你要，少算一点装去罢。你瞧！"她指着窗下那大篓，"我花了一块钱，买那一大篓！赔不赔，可不晓得，明儿检一检得啦。"

"宫里出来的东西没个错。我就怕学堂和洋行出来的东西，分量又重，气味又坏，值钱不值，一点也没准。"

"近年来，街上包东西都作兴用洋报纸。不晓得哪里来的那么些看洋报纸的人。捡起来真是分量又重，又卖不出多少钱。"

"念洋书的人越多，谁都想看看洋报，将来好混混洋事。"

"他们混洋事，咱们捡洋字纸。"

"往后恐怕什么都要带上个洋字，拉车要拉洋车，赶驴要赶洋驴，也许还有洋骆驼要来。"向高把春桃逗得笑起来了。

"你先别说别人。若是给你有钱，你也想念洋书，娶个洋媳妇。"

"老天爷知道，我绝不会发财。发财也不会娶洋婆子。若是我有钱，回乡下买几亩田，咱们两个种去。"

春桃自从逃难以来，把丈夫丢了，听见乡下两字，总没有好感想。她说："你还想回去？恐怕田还没买，连钱带人都没有了。没饭吃，我也不回去。"

"我说回我们锦县乡下。"

"这年头，哪一个乡下都是一样，不闹兵，便闹贼；不闹贼，便闹日本，谁敢回去？还是在这里捡捡烂纸罢。咱们现在只缺一个帮忙的人。若是多个人在家替你归着东西，你白天便可以出去摆地摊，省得货过别人手里，卖漏了。"

"我还得学三年徒弟才成，卖漏了，不怨别人，只怨自己不够眼光。这几个月来我可学了不少。邮票，哪种值钱，哪种不值，也差不多会瞧了。大人物底信札手笔，卖得出钱，卖不出钱，也有一点把握了。前几天在那堆字纸里捡出一张康有为底字，你说今天我卖了多少？"他很高兴地伸出拇指和食指比仿着，"八毛钱！"

"说是呢！若是每天在烂纸堆里能捡出八毛钱就算顶不错，还用回乡下种田去？那不是自找罪受么？"春桃愉悦的声音就像春深的莺啼一样。她接着说，"今天这堆准保有好的给你捡。听说明天还有好些，那人教我一早到后门等他。这两天宫里底东西都赶着装箱，往南方运，库里许多烂纸都不要。我瞧见东华门外也有许多，一口袋一口袋陆续地扔出来。明儿你也打听去。"

说了许多话，不觉二更打过。她伸伸懒腰站起来说："今天累了，歇吧！"

向高跟着她进屋里。窗户下横着土炕，够两三人睡的。在微细的灯光底下，隐约看见墙上一边贴着八仙打麻雀的谐画，一边是烟公司"还是他好"的广告画。春桃底模样，若脱去破帽子，不用说到瑞蚨祥或别的上海成衣店，只到天桥搜罗一身落伍的旗袍穿上，坐在任何草地，也与"还是他好"里那摩登女差不上下。因此，向高常对春桃说贴的是她底小照。

她上了炕，把衣服脱光了，顺手揪一张被单盖着，躺在一边。向高照例是给她按按背，捶捶腿。她每天的疲劳就是这样含着一点微笑，在小油灯底闪烁中，渐次得着苏息。在半睡的状态中，她喃喃地说："向哥，你也睡罢，别开夜工了，明天还要早起咧。"

妇人渐次发出一点微细的鼾声，向高便把灯灭了。

一破晓，男女二人又像打食的老鸹，急飞出巢，各自办各底事情去。

刚放过午炮，什刹海底锣鼓已闹得喧天。春桃从后门出来，背着纸篓，向西不压桥这边来。在那临时市场底路口，忽然听见路边有人叫她："春桃，春桃！"

她底小名，就是向高一年之中也罕得这样叫唤她一声。自离开乡下以后，四五年来没人这样叫过她。

"春桃，春桃，你不认得我啦？"

她不由得回头一瞧，只见路边坐着一个叫花子。那乞怜的声音从他满长了胡子的嘴发出来。他站不起来。因为他两条腿已经折了。身上穿的一件灰色的破军衣，白铁纽扣都生了锈，肩膀从肩章底破缝露出，不伦不类的军帽斜戴在头上，帽章早已不见了。

春桃望着他一声也不响。

"春桃，我是李茂呀！"

她进前两步，那人底眼泪已带着灰土透入蓬乱的胡子里。她心跳得慌，半晌说不出话来，至终说："茂哥，你在这里当叫化子啦？你两条腿怎么丢啦？"

"哎，说来话长。你从多咱起在这里呢？你卖的是什么？"

"卖什么！我捡烂纸咧。……咱们回家再说罢。"

她雇了一辆洋车，把李茂扶上去，把篓子也放在车上，自己在后面推着。一直来到德胜门墙根，车夫帮着她把李茂扶下来。进了胡同口，老吴敲着小铜碗，一面问："刘大姑，今儿早回家，买卖好呀？"

"来了乡亲啦。"她应酬了一句。

李茂像只小狗熊，两只手按在地上，帮助两条断腿爬着。她从口袋里拿出钥匙，开了门，引着男子进去。她把向高底衣服取一身出来，像向高每天所做的，到井边打了两桶水倒在小澡盆里教男人洗澡。洗过以后，又倒一盆水给他洗脸。然后扶他上炕坐，自己在明间也洗一回。

"春桃，你这屋里收拾得很干净，一个人住吗？"

"还有一个伙计。"春桃不迟疑地回答他。

"做起买卖来啦？"

"不告诉你就是捡烂纸么？"

"捡烂纸？一天捡得出多少钱？"

"先别盘问我，你先说你的罢。"

春桃把水泼掉，理着头发进屋里来，坐在李茂对面。

李茂开始说他底故事：

"春桃，唉，说不尽哟！我就说个大概罢。"

"自从那晚上教胡子绑去以后，因为不见了你，我恨他们，夺了他们一杆枪，打死他们两个人，拼命地逃。逃到沈阳，正巧边防军招兵，我便应了招。在营里三年，老打听家里底消息，人来都说咱们村里都变成砖瓦地了。咱们底地契也不晓得现在落在谁手里。咱们逃出来时，偏忘了带着地契。因此这几年也没告假回乡下瞧瞧。在营里告假，怕连几块钱的饷也告丢了。

"我安分当兵，指望月月关饷，至于运到升官，本不敢盼。也是我命里合该有事：去年年头，那团长忽然下一道命令，说，若团里底兵能瞄枪连中九次靶，每月要关双饷，还升差事。一团人没有一个中过四枪；中，还是不进红心。我可连发连中，不但中了九次红心，连剩下那一颗子弹，我也放了。我要显本领，背着脸，弯着腰，脑袋向地，枪从裤裆放过去，不偏不歪，正中红心。当时我心里多么快活呢。那团长教把我带上去。我心里想着总要听几句褒奖的话。不料那畜生翻了脸，愣说我是胡子，要枪毙我！他说若不是胡子，枪法决不会那么准。我底排长、队长都替我求情，担保我不是坏人，好容易不枪毙我了，可是把我底正兵革掉，连副兵也不许我当。他说，当军官的难免不得罪弟兄们，若是上前线督战，队里有个像我瞄得那么准，从后面来一枪，虽然也算阵亡，可值不得死在仇人手里。大家没话说，只劝我离开军队，找别的营生去。

"我被革了不久，日本人便占了沈阳；听说那狗团长领着他底军队先投降去了。我听见这事，愤不过，想法子要去找那奴才。我加入义勇军，在海城附近打了几个月，一面打，一面退到关里。前个月在平谷东北边打，我去放哨，遇见敌人，伤了我两条腿。那时还能走，躲在一块大石底下，开枪打死他几个。我实在支持不住了，把枪扔掉，向田边底小道爬，等了一天、两天，还不见有红十字会或红卍字会底人来。伤口越肿越厉害，走不动又没吃的喝的，只躺在一边等死。后来可巧有一辆大车经过，赶车的把我扶了上去，送我到一个军医底帐幕。他们又不瞧，只把我扛上汽车，往后方医院送。已经伤了三天，大夫解开一瞧，说都烂了，非用锯不可。在院里住了一个多月，好是好了，就丢了两条腿。我想在此地举目无亲，乡下又回不去；就说回去得了，没有腿怎能种田？求医院收容我，给我一点事情做，大夫说医院管治不管留，也不管找事。此地又没有残废兵留养院，迫着我不得不出来讨饭，今天刚是第三天。这两天我常想着，若是这样下去，我可受不了，非上吊不可。"

春桃注神听他说，眼眶不晓得什么时候都湿了。她还是静默着。李茂用手抹抹额上底汗，也歇了一会。

"春桃，你这几年呢？这小小地方虽不如咱们乡下那么宽敞，看来你倒不十分苦。"

"谁不受苦？苦也得想法子活。在阎罗殿前，难道就瞧不见笑脸？这几年来，我就是干这捡烂纸换取灯的生活，还有一个姓刘的同我合伙。我们两人，可以说不分彼此，勉强能度过日子。"

"你和那姓刘的同住在这屋里？"

"是，我们同住在这炕上睡。"春桃一点也不迟疑，她好像早已有了成见。

"那么，你已经嫁给他？"

"不，同住就是。"

"那么，你现在还算是我底媳妇？"

"不，谁底媳妇，我都不是。"

李茂底夫权意识被激动了。他可想不出什么话来说。两眼注视着地上，当然他不是为看什么，只为有点不敢望着他底媳妇。至终他沉吟了一句："这样，人家会笑话我是个活王八。"

"王八？"妇人听了他底话，有点翻脸，但她底态度仍是很和平。她接着说："有钱有势的人才怕当王八。像你，谁认得？活不留名，死不留姓，王八不王八，有什么相干？现在，我是我自己，我做的事，决不会玷着你。"

"咱们到底还是两口子，常言道，一夜夫妻百日恩——"

"百日恩不百日恩我不知道。"春桃截住他底话，"算百日恩，也过了好十几个百日恩。四五年间，彼此不知下落；我想你也想不到会在这里遇见我。我一个人在这里，得活，得人帮忙。我们同住了这些年，要说恩爱，自然是对你薄得多。今天我领你回来，是因为我爹同你爹的交情，我们还是乡亲。你若认我做媳妇，我不认你，打起官司，也未必是你赢。"

李茂掏掏他底裤带，好像要拿什么东西出来，但他底手忽然停住，眼睛望望春桃，至终把手缩回去撑着席子。

李茂没话，春桃哭。日影在这当中也静静地移了三四分。

"好罢，春桃，你做主。你瞧我已经残废了，就使你愿意跟我，我也养不活你。"李茂到底说出这英明的话。

"我不能因为你残废就不要你，不过我也舍不得丢了他。大家住着，谁也别想谁是养活着谁，好不好？"春桃也说了她心里底话。

李茂底肚子发出很微细的咕噜咕噜声音。

"噢，说了大半天，我还没问你要吃什么！你一定很饿了。"

"随便罢，有什么吃什么。我昨天晚上到现在还没吃，只喝水。"

"我买去。"春桃正踏出房门，向高从院外很高兴地走进来，两人在瓜棚底下撞了个满怀。"高兴什么？今天怎样这早就回来？"

"今天做了一批好买卖！昨天你背回的那一篓，早晨我打开一看，里头有一包是明朝高丽王上底表章，一份至少可卖五十块钱。现在我们手里有十份！方才散了几份给行里，看看主儿出得多少，再发这几份。里头还有两张盖上端明殿御宝的纸，行家说是宋家的，一给价就是六十块，我没敢卖，怕卖漏了，先带回来给你开开眼。你瞧……"他说时，一面把手里底旧蓝布包袱打开，拿出表章和旧纸来。"这是端明殿御宝。"他指着纸上底印纹。

"若没有这个印，我真看不出有什么好处，洋宣比它还白咧。怎么宫里管事的老爷们也和我一样不懂眼？"春桃虽然看了，却不晓得那纸底值钱处在哪里。

"懂眼？若是他们懂眼，咱们还能换一块几毛么？"向高把纸接过去，仍旧和表章包在包袱里。他笑着对春桃说："我说，媳妇……"

春桃看了他一眼，说："告诉你别管我叫媳妇。"

向高没理会她，直说："可巧你也早回家。买卖想是不错。"

"早晨又买了像昨天那样的一篓。"

"你不说还有许多么？"

"都教他们送到晓市卖到乡下包落花生去了！"

"不要紧，反正咱们今天开了光，头一次做上三十块钱的买卖。我说，咱们难得下午都在家，回头咱们上什刹海逛逛，消消暑去，好不好？"

他进屋里，把包袱放在桌上。春桃也跟进来。她说："不成，今天来了人了。"说着掀开帘子，点头招向高，"你进去。"

向高进去，她也跟着。"这是我原先的男人。"她对向高说过这话，又把他介绍给李茂说，"这是我现在的伙计。"

两个男子，四只眼睛对着，若是他们眼球底距离相等，他们底视线就会平行地接连着。彼此都没话，连窗台上歇的两只苍蝇也不作声。这样又教日影静静地移一二分。

"贵姓？"向高明知道，还得照例地问。

彼此谈开了。

"我去买一点吃的。"春桃又向着向高说，"我想你也还没吃罢？烧饼成不成？"

"我吃过了。你在家，我买去罢。"

妇人把向高拖到炕上坐下，说："你在家陪客人谈话。"给了他一副笑脸，便自出去。

屋里现在剩下两个男人，在这样情况底下，若不能一见如故，便得打个你死我活。好在他们是前者的情形。但我们别想李茂是短了两条腿，不能打。我们得记住向高是拿过三五年笔杆的，用李茂底分量满可以把他压死。若是他有枪，更省事，一动指头，向高便得过奈何桥。

李茂告诉向高，春桃底父亲是个乡下财主，有一顷田。他自己底父亲就在他家做活和赶叫驴。因为他能瞄很准的枪，她父亲怕他当兵去，便把女儿许给他，为的是要他保护庄里底人们。这些话，是春桃没向他说过的。他又把方才春桃说的话再述一遍，渐次迫到他们二人切身的问题上头。

"你们夫妇团圆，我当然得走开。"向高在不愿意的情态底下说出这话。

"不，我已经离开她很久，现在并且残废了，养不活她，也是白搭。你们同住这些年，何必拆？我可以到残废院去。听说这里有，有人情便可进去。"

这给向高很大的诧异。他想，李茂虽然是个大兵，却料不到他有这样的侠气。他心里虽然愿意，嘴上还不得不让。这是礼仪底狡猾，念过书的人们都懂得。

"那可没有这样的道理。"向高说，"教我冒一个霸占人家妻子的罪名，我可不愿意。为你想，你也不愿意你妻子跟别人住。"

"我写一张休书给她，或写一张契给你，两样都成。"李茂微笑诚意地说。

"休？她没什么错，休不得。我不愿意丢她底脸。卖？我哪儿有钱买？我底钱都是她的。"

"我不要钱。"

"那么，你要什么？"

"我什么都不要。"

"那又何必写卖契呢？"

"因为口讲无凭，日后反悔，倒不好了。咱们先小人，后君子。"

说到这里，春桃买了烧饼回来。她见二人谈得很投机，心下十分快乐。

"近来我常想着得多找一个人来帮忙，可巧茂哥来了。他不能走动，正好在家管管事，捡捡纸。你当跑外卖货。我还是当捡货的。咱们三人开公司。"春桃另有主意。

李茂让也不让，拿着烧饼望嘴送，像从饿鬼世界出来的一样，他没工夫说话了。

"两个男子，一个女人，开公司？本钱是你的？"向高发出不需要的疑问。

"你不愿意吗？"妇人问。

"不，不，不，我没有什么意思。"向高心里有话，可说不出来。

"我能做什么？整天坐在家里，干得了什么事？"李茂也有点不敢赞成。他理会向高底意思。

"你们都不用着急，我有主意。"

向高听了，伸出舌头舐舐嘴唇，还吞了一口唾沫。李茂依然吃着，他底眼睛可在望春桃，等着听她底主意。

捡烂纸大概是女性中心底一种事业。她心中已经派定李茂在家把旧邮票和纸烟盒里底画片捡出来。那事情，只要有手有眼，便可以做。她合一合，若是天天有一百几十张卷烟画片可以从烂纸堆里捡出来，李茂每月的伙食便有了门。邮票好的和罕见的，每天能捡得两三个，也就不劣。外国烟卷在这城里，一天总销售一万包左右，纸包的百分之一给她捡回来，并不算难。至于向高还是让他捡名人书札，或比较可以多卖钱的东西。他不用说已经是个行家，不必再受指导。她自己干那吃力的工作，除去下大雨以外，在狂风烈日底下，是一样地出去捡货。尤其是在天气不好的时候，她更要工作，因为同业们有些就不出去。

她从窗户望望太阳，知道还没到两点，便出到明间，把破草帽仍旧戴上，探头进房里对向高说："我还得去打听宫里还有东西出来没有。你在家招呼他。晚上回来，我们再商量。"

向高留她不住，便由她走了。

好几天的光阴都在静默中度过。但二男一女同睡一铺炕上定然不很顺心。多夫制底社会到底不能够流行得很广。其中的一个缘故是一般人还不能摆脱原始的夫权和父权思想。由这个，造成了风俗习惯和道德观念。老实说，在社会里，依赖人和掠夺人的，才会遵守所谓风俗习惯；至于依自己底能力而生活的人们，心目中并不很看重这些。像春桃，她既不是夫人，也不是小姐；她不会到外交大楼去赴跳舞会，也没有机会在隆重的典礼上当主角。她底行为，没人批评，也没人过问；纵然有，也没有切肤之痛。监督她的只有巡警，但巡警是很容易对付的。两个男人呢，向高诚然念过一点书，含糊地了解些圣人底道理，除掉些少名分底观念以外，他也和春桃一样。但他底生活，从同居以后，完全靠着春桃。春桃底话，是从他耳朵进去的维他命，他得听，因为于他有利。春桃教他不要嫉妒，他连嫉妒底种子也都毁掉。李茂呢，春桃和向高能容他住一天便住一天，他们若肯认他做亲戚，他便满足了。当兵的人照例要丢一两个妻子。但他底困难也是名分上的。

向高底嫉妒虽然没有，可是在此以外的种种不安，常往来于这两个男子当中。

暑气仍没减少，春桃和向高不是到汤山或北戴河去的人物。他们日间仍然得出去谋生活。李茂在家，对于这行事业可算刚上了道，他已能分别哪一种是要送到万柳堂或天宁寺去做糙纸的，哪一样要留起来的，还得等向高回来鉴定。

春桃回家，照例还是向高侍候她。那时已经很晚了，她在明间里闻见蚊烟底气味，便向着坐在瓜棚底下的向高说："咱们多会点过蚊烟，不留神，不把房子点着了才怪咧。"

向高还没回答，李茂便说："那不是熏蚊子，是熏秽气，我央刘大哥点的。我打算在外面地下睡。屋里太热，三人睡，实在不舒服。"

"我说，桌上这张红帖子又是谁底？"春桃拿起来看。

"我们今天说好了，你归刘大哥。那是我立给他的契。"声音从屋里底炕上发出来。

"哦，你们商量着怎样处置我来！可是我不能由你们派。"她把红帖子拿进屋里，问李茂，"这是你底主意，还是他底？"

"是我们俩底主意。要不然，我难过，他也难过。"

"说来说去，还是那话。你们都别想着咱们是丈夫和媳妇，成不成？"

她把红帖子撕得粉碎，气有点粗。

"你把我卖多少钱？"

"写几十块钱做个彩头。白送媳妇给人，没出息。"

"卖媳妇，就有出息？"她出来对向高说，"你现在有钱，可以买媳妇了。

若是给你阔一点……"

"别这样说，别这样说。"向高拦住她底话，"春桃，你不明白。这两天，同行底人们直笑话我。……"

"笑你什么？"

"笑我……"向高又说不出来。其实他没有很大的成见，春桃要怎办，十回有九回是遵从的。他自己也不明白这是什么力量。在她背后，他想着这样该做，那样得照他底意思办；可是一见了她，就像见了西太后似的，样样都要听她底懿旨。

"噢，你到底是念过两天书，怕人骂，怕人笑话。"

自古以来，真正统治民众的并不是圣人底教训，好像只是打人的鞭子和骂人的舌头。风俗习惯是靠着打骂维持的。但在春桃心里，像已持着"人打还打，人骂还骂"的态度。她不是个弱者，不打骂人，也不受人打骂。我们听她教训向高的话，便可以知道。

"若是人笑话你，你不会揍他？你露什么怯？咱们底事，谁也管不了。"

向高没话。

"以后不要再提这事罢。咱们三人就这样活下去，不好吗？"

一屋里都静了。吃过晚饭，向高和春桃仍是坐在瓜棚底下，只不像往日那么爱说话。连买卖经也不念了。

李茂叫春桃到屋里，劝她归给向高。他说男人底心，她不知道，谁也不愿意当王八；占人妻子，也不是好名誉。他从腰间拿出一张已经变成暗褐色的红纸帖，交给春桃，说："这是咱们底龙凤帖。那晚上逃出来的时候，我从神龛上取下来，揣在怀里。现在你可以拿去，就算咱们不是两口子。"

春桃接过那红帖子，一言不发，只注视着炕上破席。她不由自主地坐下，挨近那残废的人，说："茂哥，我不能要这个，你收回去罢。我还是你底媳妇。一夜夫妻百日恩，我不做缺德的事。今天看你走不动，不能干大活，我就不要你，我还能算人吗？"

她把红帖也放在炕上。

李茂听了她底话，心里很受感动。他低声对春桃说："我瞧你怪喜欢他的，你还是跟他过日子好。等有点钱，可以打发我回乡下，或送我到残废院去。"

"不瞒你说，"春桃底声音低下去，"这几年我和他就同两口子一样活着，样样顺心，事事如意；要他走，也怪舍不得。不如叫他进来商量，瞧他有什么主意。"她向着窗户叫，"向哥，向哥！"可是一点回音也没有。出来一瞧，向哥已不在了。这是他第一次晚间出门。她愣一会，便向屋里说："我找他去。"

她料想向高不会到别的地方去。到胡同口，问问老吴。老吴说望大街那边去了。她到他常交易的地方去，都没找着。人很容易丢失，眼睛若见不到，就是渺渺茫茫无寻觅处。快到一点钟，她才懊丧地回家。

屋里底油灯已经灭了。

"你睡着啦？向哥回来没有？"她进屋里，掏出洋火，把灯点着，向炕上一望，只见李茂把自己挂在窗棂上，用的是他自己底裤带。她心里虽免不了存着女性底恐慌，但是还有胆量紧爬上去，把他解下来。幸而时间不久，用不着惊动别人，轻轻地抚揉着他，他渐次苏醒回来。

杀自己底身来成就别人是侠士底精神。若是李茂底两条腿还存在，他也不必出这样的手段。两三天以来，他总觉得自己没多少希望，倒不如毁灭自己，教春桃好好地活着。春桃于他虽没有爱，却很有义。她用许多话安慰他，一直到天亮。他睡着了，春桃下炕，见地上一些纸灰，还剩下没烧完的红纸。她认得是李茂曾给她的那张龙凤帖，直望着出神。

那天她没出门，晚上还陪李茂坐在炕上。

"你哭什么？"春桃见李茂热泪滚滚地滴下来，便这样问他。

"我对不起你。我来干什么？"

"没人怨你来。"

"现在他走了，我又短了两条腿。……"

"你别这样想。我想他会回来。"

"我盼望他会回来。"

又是一天过去了。春桃起来，到瓜棚摘了两条黄瓜做菜，草草地烙了一张大饼，端到屋里，两个人同吃。

她仍旧把破帽戴着，背上篓子。

"你今天不大高兴，别出去啦！"李茂隔着窗户对她说。

"坐在家里更闷得慌。"

她慢慢地踱出门。做活是她底天性，虽在沉闷的心境中，她也要干。中国女人好像只理会生活，而不理会爱情，生活底发展是她所注意的，爱情底发展只在盲闷的心境中沸动而已。自然，爱只是感觉，而生活是实质的，整天躺在锦帐里或坐在幽林中讲爱经，也是从皇后船或总统船运来的知识。春桃既不是弄潮儿底姊妹，也不是碧眼胡底学生，她不懂得，只会莫名其妙地纳闷。

一条胡同过了又是一条胡同。无量的尘土，无尽的道路，涌着这沉闷的妇人。她有时嚷"烂纸换洋取灯儿"，有时连路边一堆不用换的旧报纸，她都不捡。有时该给人两盒取灯，她却给了五盒。胡乱地过了一天，她便随着天上那班只会嚷嚷和抢吃的黑衣党慢慢地踱回家。仰头看见新贴上的户口照，写的户主是刘向高妻刘氏，使她心里更闷得厉害。

刚踏进院子，向高从屋里赶出来。

她瞪着眼，只说："你回来……"其余的话用眼泪连续下去。

"我不能离开你，我底事情都是你成全的。我知道你要我帮忙。我不能无情无义。"其实他这两天在道上漫散地走，不晓得要往哪里去。走路的时候，直像脚上扣着一条很重的铁镣，那一面是扣在春桃手上一样。加以到处都遇见"还是他好"的广告，心情更受着不断的搅动，甚至饿了他也不知道。

"我已经同向哥说好了。他是户主，我是同居。"

向高照旧帮她卸下篓子，一面替她抹掉脸上底眼泪。他说："若是回到乡下，他是户主，我是同居。你是咱们底媳妇。"

她没有作声，直进屋里，脱下衣帽，行她每日的洗礼。

买卖经又开始在瓜棚底下念开了。他们商量把宫里那批字纸卖掉以后，向高便可以在市场里摆一个小摊，或者可以搬到一间大一点点的房子去住。

屋里，豆大的灯火，教从瓜棚飞进去的一只油葫芦扑灭了。李茂早已睡熟，因为银河已经低了。

"咱们也睡罢。"妇人说。

"你先躺去，一会我给你捶腿。"

"不用啦，今天我没走多少路。明儿早起，记得做那批买卖去，咱们有好几天不开张了。"

"方才我忘了拿给你。今天回家，见你还没回来，我特意到天桥去给你带一顶八成新的帽子回来。你瞧瞧！"他在暗里摸着那帽子，要递给她。

"现在哪里瞧得见！明天我戴上就是。"

院子都静了，只剩下晚香玉底香还在空气中游荡。屋里微微地可以听见"媳妇"和"我不爱听，我不是你底媳妇"等对答。

（原载 1934 年 7 月《文学》3 卷 1 号）

春桃

许地山

铁鱼底鳃

那天下午警报底解除信号已经响过了。华南一个大城市底一条热闹马路上排满了两行人，都在肃立着，望着那预备保卫国土的壮丁队游行。他们队里，说来很奇怪，没有一个是扛枪的。戴的是平常的竹笠，穿的是灰色衣服，不像兵士，也不像农人。巡行自然是为耀武扬威给自家人看，其他有什么目的，就不得而知了。

大队过去之后，路边闪出一个老头，头发蓬松得像戴着一顶皮帽子，穿的虽然是西服，可是缝补得走了样了。他手里抱着一卷东西。匆忙地越过巷口，不提防撞到一个人。

"雷先生，这么忙！"

老头抬头，认得是他底一个不很熟悉的朋友。事实上雷先生并没有至交。这位朋友也是方才被游行队阻挠一会，赶着要回家去的。雷见他打招呼，不由得站住对他说："唔，原来是黄先生。黄先生一向少见了。你也是从避弹室出来的罢？他们演习抗战，我们这班没用的人，可跟着在演习逃难哪！"

"可不是！"黄笑着回答他。

两人不由得站住，谈了些闲话。直到黄问起他手里抱着的是什么东西，他才说："这是我底心血所在，说来话长，你如有兴致，可以请到舍下，我打开给你看看，看完还要请教。"

黄早知道他是一个最早被派到外国学制大炮的官学生，回国以后，国内没有铸炮的兵工厂，以致他一辈子坎坷不得意。英文、算学教员当过一阵，工厂也管理过好些年，最后在离那大城市不远的一个割让岛上底海军船坞做一份小小的职工，但也早已辞掉不干了。他知道这老人家底兴趣是在兵器学上，心里想看他手里所抱的，一定又是理想中的什么武器底图样了。他微笑向着雷，顺口地说："雷先生，我猜又是什么'死光镜''飞机箭'一类的利器图样罢？"他说着好像有点不相信，因为从来他所画的图样，献给军事当局，就没有一样被采用过。虽然说他太过理想或说他不成的人未必全对，他到底是没有成绩拿出来给人看过。

雷回答黄说："不是，不是，这个比那些都要紧。我想你是不会感到什么兴趣的。再见罢。"说着，一面就迈他底步。

黄倒被他底话引起兴趣来了。他跟着雷，一面说："有新发明，当然要先睹为快的。这里离舍下不远，不如先到舍下一谈罢。"

"不敢打搅，你只看这蓝图是没有趣味的。我已经做了一个小模型，请到舍下，我实验给你看。"

黄索性不再问到底是什么，就信步随着他走。二人默默地并肩而行，不一会已经到了家。老头子走得有点喘，让客人先进屋里去，自己随着把手里底纸卷放在桌上，坐在一边。黄是头一次到他家，看见四壁挂的蓝图，各色各样，说不清是什么。厅后面一张小小的工作桌子，锯、钳、螺丝旋一类的工具安排得很有条理。架上放着几只小木箱。

"这就是我最近想出来的一只潜艇底模型。"雷顺着黄先生底视线到架边把一个长度约有三尺的木箱拿下来，打开取出一条"铁鱼"来。他接着说："我已经想了好几年了。我这潜艇特点是在它像一条鱼，有能呼吸的鳃。"

他领黄到屋后底天井，那里有他用铅版自制的一个大盆，长约八尺，外面用木板护着，一看就知道是用三个大洋货箱改造的。盆里盛着四尺多深的水。他在没把铁鱼放进水里之前，把"鱼"底上盖揭开，将内部底机构给黄说明了。他说，他底"鱼"底空气供给法与现在所用的机构不同。他底铁鱼可以取得氧气，像真鱼在水里呼吸一般，所以在水里的时间可以很长，甚至几天不浮上水面都可以。说着他又把方才的蓝图打开，一张一张地指示出来。他说，他一听见警报，什么都不拿，就拿着那卷蓝图出外去躲避。对于其他的长处，他又说："我这鱼有许多'游目'，无论沉下多么深，平常的折光探视镜所办不到的，只要放几个'游目'使它们浮在水面，靠着电流底传达，可以把水面与空中底情形投影到艇里底镜板上。浮在水面的'游目'体积很小，形状也可以随意改装，虽然低飞的飞机也不容易发现它们。还有它底鱼雷放射管是在艇外，放射的时候艇身不必移动，便可以求到任何方向，也没有像旧式潜艇在放射鱼雷时会发生可能的危险的情形。还有艇里底水手，个个有一个人造鳃，万一艇身失事，人人都可以迅速地从方便门逃出，浮到水面。"

他一面说，一面揭开模型上一个蜂房式的转盘门，说明水手可以怎样逃生。但黄已经有点不耐烦了。他说："你底专门话，请少说罢，说了我也不大懂，不如先把它放下水里试试，再讲道理，如何？"

"成，成。"雷回答着，一面把小发电机拨动，把上盖盖严密了，放在水里。果然沉下许久，放了一个小鱼雷再浮上来。他接着说："这个还不能解明铁鳃底工作。你到屋里，我再把一个模型给你看。"

他顺手把小潜艇托进来放在桌上，又领黄到架底另一边，从一个小木箱取出一副铁鳃底模型。那模型像一个人家养鱼的玻璃箱，中间隔了两片玻璃板，很巧妙的小机构就夹在当中。他在一边注水，把电线接在插销上。有水的那一面底玻璃板有许多细致的长缝，水可以沁进去，不久，果然玻璃板中间底小机构与唧筒发动起来了。没水的这一面，代表艇内底一部，有几个像唧筒的东西，连着板上底许多管子。他告诉黄先生说，那模型就是一个人造鳃，从水里抽出氧气，同时还可以把炭气排泄出来。他说，艇里还有调节机，能把空气调和到人可呼吸自如的程度。关于水底压力问题，他说，战斗用的艇是不会潜到深海里去的。他也在研究着怎样做一只可以探测深海的潜艇，不过还没有什么把握。

黄听了一套一套他所不大懂的话，也不愿意发问，只由他自己说得天花乱坠，一直等到他把蓝图卷好，把所有的小模型放回原地，再坐下想与他谈些别的。

但雷底兴趣还是在他底铁鳃。他不歇地说他底发明怎样有用，和怎样可以增强中国海底军备。

"你应当把你底发明献给军事当局，也许他们中间有人会注意到这事，给你一个机会到船坞去建造一只出来试试。"黄说着就站起来。

雷知道他要走，便阻止他说："黄先生忙什么？今晚大家到茶室去吃一点东西，容我做东道。"

黄知道他很穷，不愿意使他破费，便又坐下说："不，不，多谢，我还有一点别的事要办，在家多谈一会罢。"

他们继续方才的谈话，从原理谈到建造底问题。

雷对黄说他怎样从制炮一直到船坞工作，都没得机会发展他底才学。他说，别人是所学非所用，像他简直是学无所用了。

"海军船坞于你这样的发明应当注意的。为什么他们让你走呢？"

"你要记得那是别人底船坞呀，先生。我老实说，我对于潜艇底兴趣也是在那船坞工作的期间生起来的。我在船坞工作之前，是在制袜工厂当经理。后来那工厂倒闭了，正巧那里底海军船坞要一个机器工人，我就以熟练工人底资格被取上了。我当然不敢说我是受过专门教育的，因为他们要的只是熟练工人。"

"也许你说出你底资格，他们更要给你相当的地位。"

雷摇头说："不，不，他们一定会不要我。我在任何时间所需的只是吃。受三十元'西纸'的工资，总比不着边际的希望来得稳当。他们不久发现我很能修理大炮和电机，常常派我到战舰上与潜艇里工作。自然我所学的，经过几十年间已经不适用了，但在船坞里受了大工程师底指挥，倒增益了不少的新知识。我对于一切都不敢用专门名词来与那班外国工程师谈话，怕他们怀疑我。他们有时也觉得我说的不是当地底'咸水英语'，常问我在哪里学的，我说我是英属美洲底华侨，就把他们瞒过了。"

"你为什么要辞工呢？"

"说来，理由很简单。因为我研究潜艇，每到艇里工作的时候，和水手们谈话，探问他们底经验与困难。有一次，教一位军官注意了，从此不派我到潜艇里去工作。他们已经怀疑我是奸细。好在我机警，预先把我自己画的图样藏到别处去，不然万一有人到我底住所检查，那就麻烦了。我想，我也没有把我自己画的图样献给他们的理由，自己民族底利益得放在头里，于是辞了工，离开那船坞。"

黄问："照理想，你应当到中国底造船厂去。"

雷急急地摇头说："中国底造船厂？不成，有些造船厂都是个同乡会所，你不知道吗？我所知道的一所造船厂，凡要踏进那厂底大门的，非得同当权的有点直接或间接的血统或裙带关系，不能得到相当的地位。纵然能进去，我提出来的计划，如能请得一笔试验费，也许到实际的工作上已剩下不多了。没有成绩不但是惹人笑话，也许还要派上个罪名。这样，谁受得了呢？"

黄说："我看你底发明如果能实现，却是很重要的一件事。国里现在成立了不少高深学术底研究院，你何不也教他们注意一下你底理论，试验试验你底模型？"

"又来了！你想我是七十岁左右的人，还有爱出风头的心思吗？许多自号为发明家的，今日招待报馆记者，明日到学校演讲，说得自己不晓得多么有本领，爱迪生和安因斯坦都不如他，把人听腻了。主持研究院的多半是年轻的八分学者，对于事物不肯虚心，很轻易地给下断语，而且他们好像还有'帮'底组织，像青、红帮似的。不同帮的也别妄生玄想。我平素最不喜欢与这班学帮中人来往。他们中间也没人知道我底存在。我又何必把成绩送去给他们审查，费了他们底精神来批评我几句，我又觉得过意不去，也犯不上这样做。"

黄看看时表，随即站起来，说："你老哥把世情看得太透彻，看来你底发明是没有实现的机会了。"

"我也知道，但有什么法子呢？这事个人也帮不了忙，不但要用钱很多，而且军用的东西又是不能随便制造的。我只希望我能活到国家感觉需要而信得过我的那一天来到。"

雷说着，黄已踏出厅门。他说："再见罢，我也希望你有那一天。"

这位发明家底性格是很板直的，不大认识他的，常会误以为他是个犯神经病的，事实上已有人叫他做"戆雷"。他家里没有什么人，只有一个在马尼剌当教员的守寡儿媳妇和一个在那里念书的孙子。自从十几年前辞掉船坞底工作之后，每月的费用是儿媳妇供给。因为他自己要一个小小的工作室，所以经济的力量不能容他住在那割让岛上。他虽是七十三四岁的人，身体倒还康健，除掉做轮子、安管子、打铜、挫铁之外，没有别的嗜好，烟不抽，茶也不常喝。因为生存在儿媳妇底孝心上，使他每每想着当时不该辞掉船坞底职务。假若再做过一年，他就可以得着一份长粮，最少也比吃儿媳妇的好。不过他并不十分懊悔，因为他辞工的时候正在那里大罢工的不久以前，爱国思想膨胀得到极高度，所以觉得到中国别处去等机会是很有意义的。他有很多造船工程底书籍，常常想把它们卖掉，可是没人要。他底太太早过世了，家里只有一个老佣妇来喜服侍他。那老婆子也是他底妻子底随嫁婢，后来嫁出去，丈夫死了，无以为生，于是回来做工。她虽不受工资，在事实上是个管家，雷所用的钱都是从她手里要。这样相依为活已经过了二十多年了。

黄去了以后，来喜把饭端出来，与他一同吃。吃着，他对来喜说："这两天风声很不好，穿屐的也许要进来。我们得检点一下，万一变乱临头，也不至于手忙脚乱。"

来喜说："不说是没什么要紧了吗？一般官眷都还没走，大概不至于有什么大乱罢。"

"官眷走动了没有，我们怎么会知道呢？告示与新闻所说的是绝对靠不住的。一般人是太过信任印刷品了。我告诉你罢，现在当局的，许多是无勇无谋、贪权好利的一流人物，不做石敬瑭献十六州，已经可以被人称为爱国了。你念摸鱼书和看残唐五代底戏，当然记得石敬瑭怎样献地给人。"

"是，记得。"来喜点头回答，"不过献了十六州，石敬瑭还是做了皇帝！"

老头子急了，他说："真的，你就不懂什么叫作历史！不用多说了，明天把东西归聚一下，等我写信给少奶奶，说我们也许得往广西走。"

吃过晚饭，他就从桌上把那潜艇底模型放在箱里，又忙着把别的小零件收拾起来。正在忙着的时候，来喜进来说："姑爷，少奶奶这个月的家用还没寄到，假如三两天之内要起程，恐怕盘缠会不够吧？"

"我们还剩多少？"

"不到五十元。"

"那够了。此地到梧州，用不到三十元。"

时间不容人预算，不到三天，河堤底马路上已经发现侵略者底战车了。市民全然像在梦中被惊醒，个个都来不及收拾东西，见了船就下去。火头到处起来，铁路上没人开车，弄得雷先生与来喜各抱着一点东西急急到河边胡乱跳进一只船，那船并不是往梧州去的，沿途上船的人们越来越多，走不到半天，船就沉下去了。好在水并不深，许多人都坐了小艇往岸上逃生。可是来喜再也不能浮上来了。她是由于空中底扫射丧的命或是做了龙宫底客人，都不得而知。

雷身边只剩十几元，辗转到了从前曾在那工作过的岛上。沿途种种的艰困，笔墨难以描写。他是一个性格刚硬的人，那岛市是多年没到过的，从前的工人朋友，就使找着了，也不见得能帮助他多少。不说梧州去不了，连客栈他都住不起。他只好随着一班难民在西市底一条街边打地铺。在他身边睡的是一个中年妇人带着两个孩子，也是从那刚沦陷的大城一同逃出来的。

在几天的时间，他已经和一个小饭摊底主人认识，就写信到马尼剌去告诉他儿媳妇他所遭遇的事情，叫她快想方法寄一笔钱来，由小饭摊转交。

他与旁边底那个中年妇人也成立了一种互助的行动。妇人因为行李比较多些，孩子又小，走动不但不方便，而且地盘随时有被人占据的可能，所以他们互相照顾。雷老头每天上街吃饭之后，必要给她带些吃的回来。她若去洗衣服，他就坐着看守东西。

一天，无意中在大街遇见黄，各人都诉了一番痛苦。

"现在你住在什么地方？"黄这样问他。

"我老实说，住在西市底街边。"

"那还了得！"

"有什么法子呢？"

"搬到我那里去罢。"

"大家同是难民，我不应当无缘无故地教你多担负。"

黄很诚恳地说："多两个人也不会破费得到什么地步。我跟着你去搬罢。"说着就要叫车。雷阻止他说："多谢，多谢盛意。我现在人口众多，若都搬了去，于府上一定大大地不方便。"

"你不是只有一个用人吗？"

"我那来喜不见了。现在是另一个带着两个孩子的妇人，是在路上遇见的。我们彼此互助，忍不得，把她安顿好就离开她。"

"那还不容易吗？想法子把她送到难民营就是了。听说难民营底组织，现在正加紧进行着咧。"

他知道黄也不是很富裕的，大概是听见他睡在街边，不能不说一两句友谊的话。但是黄却很诚恳，非要他去住不可，连说："不像话，不像话！年纪这么大，不说你媳妇知道了难过，就是朋友也过意不去。"

他一定不肯教黄到他底露天客栈去，只推到难民营组织好，把那妇人送进去之后再说。黄硬把他拉到一个小茶馆去。一说起他底发明，老头子就告诉他那潜艇模型已随着来喜丧失了。他身边只剩下一大卷蓝图，和那一座铁鳃底模型。其余的东西都没有了。他逃难的时候，那蓝图和铁鳃底模型是归他拿，图是卷在小被褥里头，他两手只能拿两件东西。在路上还有人笑他逃难逃昏了，什么都不带，带了一个小木箱。

"最低限度，你把重要的物件先存在我那里罢。"黄说。

"不必了罢，住家孩子多，万一把那模型打破了，我永远也不能再做一个了。"

"那倒不至于。我为你把它锁在箱里，岂不就成了吗？你老哥此后的行止，打算怎样呢？"

"我还是想到广西去。只等儿媳妇寄些路费来，快则一个月，最慢也不过两个月，总可以想法子从广州湾或别的比较安全的路去到罢。"

"我去把你那些重要东西带走罢。"黄还是催着他。

"你现在住什么地方？"

"我住在对面海底一个亲戚家里。我们回头一同去。"

雷听见他也是住在别人家里，就断然回答说："那就不必了，我想把些少东西放在自己身边，也不至于很累赘，反正几个星期的时间，一切都会就绪的。"

"但是你总得领我去看看你住的地方，下次可以找你。"

雷被劝不过，只得同他出了茶馆，到西市来。他们经过那小饭摊，主人就嚷着："雷先生，雷先生，信到了，信到了。我见你不在，教邮差带回去，他说明天再送来。"

雷听了几乎喜欢得跳起来。他对饭摊主人说了一声"多烦了"，回过脸来对黄说："我家儿媳妇寄钱来了。我想这难关总可以过得去了。"

黄也庆贺他几句，不觉到了他所住的街边。他对黄说："对不住，我底客厅就是你所站的地方，你现在知道了。此地不能久谈，请便罢。明天取钱之后，去拜望你。你底住址请开一个给我。"

黄只得从口袋里掏出一张名片，写上地址交给他，说声"明天在舍下恭候"，就走了。

那晚上他好容易盼到天亮，第二天一早就到小饭摊去候着。果然邮差来到，取了他一张收据把信递给他。他拆开信一看，知道他儿媳妇给他汇了一笔到马尼剌的船费，还有办护照及其他需用的费用，都教他到汇通公司去取。他不愿到马尼剌去，不过总得先把需用的钱拿出来再说。到了汇通公司，管事的告诉他得先去照相办护照。他说，是他儿媳妇弄错了，他并不要到马尼剌去，要管事的把钱先交给他；管事的不答允，非要先打电报去问清楚不可。两方争持，弄得毫无结果，自然钱在人家手里，雷也无可如何，只得由他打电报去问。

从汇通公司出来，他就践约去找黄先生，把方才的事告诉他。黄也赞成他到马尼剌去。但他说，他底发明是他对国家的贡献，虽然目前大规模的潜艇用不着，将来总有一天要大量地应用；若不用来战斗，至少也可以促成海下航运的可能，使侵略者底封锁失掉效力。他好像以为建造底问题是第二步，只要当局采纳他的，在河里建造小型的潜航艇试试，若能成功，心愿就满足了。材料底来源，他好像也没深深地考虑过。他想，若是可能，在外国先定造一只普通的潜艇，回来再修改一下，安上他所发明的鳃、游目等等，就可以了。

黄知道他有点戆气，也不再去劝他。谈了一回，他就告辞走了。

过一两天，他又到汇通公司去，管事人把应付的钱交给他，说：马尼剌回电来说，随他底意思办。他说到内地不需要很多钱，只收了五百元，其余都教汇回去。出了公司，到中国旅行社去打听，知道明天就有到广州湾去的船。立刻又去告诉黄先生。两人同回到西市去检行李。在卷被褥的时候，他才发现他底蓝图，有许多被撕碎了。心里又气又惊，一问才知道那妇人好几天以来，就用那些纸来给孩子们擦脏。他赶紧打开一看，还好，最里面的那几张铁鳃底图样，仍然好好的，只是外头几张比较不重要的总图被毁了。小木箱里底铁鳃模型还是完好，教他虽然不高兴，可也放心得过。

他对妇人说，他明天就要下船，因为许多事还要办，不得不把行李寄在客栈里，给她五十元，又介绍黄先生给她，说钱是给她做本钱，经营一点小买卖；若是办不了，可以请黄先生把她母子送到难民营去。妇人受了他的钱，直向他解释说，她以为那卷在被褥里的都是废纸，很对不住他。她感激到流泪。眼望着他同黄先生，带着那卷剩下的蓝图与那一小箱底模型走了。

黄同他下船，他劝黄切不可久安于逃难生活。他说越逃，灾难越发随在后头；若回转过去，站住了，什么都可以抵挡得住。他觉得从演习逃难到实行逃难的无价值，现在就要从预备救难进到临场救难的工作，希望不久，黄也可以去。

船离港之后，黄直盼着得到他到广西的消息。过了好些日子，他才从一个赤坎来的人听说，有个老头子搭上两期的船，到埠下船时，失手把一个小木箱掉下海里去，他急起来，也跳下去了。黄不觉滴了几行泪，想着那铁鱼底鳃，也许是不应当发明得太早，所以要潜在水底。

（原载 1941 年 2 月《大风》半月刊）

海角底孤星

　　一走近舷边看浪花怒放底时候，便想起我有一个朋友曾从这样的花丛中隐藏他底形骸。这个印象，就是到世界底末日，我也忘不掉。

　　这桩事情离现在已经十年了。然而他在我底记忆里却不像那么久远。他是和我一同出海底。新婚的妻子和他同行，他很穷，自己买不起头等舱位。但因新人不惯行旅底缘故，他乐意把平生的蓄积尽量地倾泻出来，为他妻子定了一间头等舱。他在那头等船票底用人格上填了自己底名字，为底要省些资财。

　　他在船上哪里像个新郎，简直是妻底奴隶！旁人底议论，他总是不理会底。他没有什么朋友，也不愿意在船上认识什么朋友，因为他觉得同舟中只有一个人配和他说话。这冷僻的情形，凡是带着妻子出门底人都是如此，何况他是个新婚者？

　　船向着赤道走，他们底热爱，也随着增长了。东方人底恋爱本带着几分爆发性，纵然遇着冷气，也不容易收缩。他们要去底地方是槟榔屿附近一个新辟的小埠。下了海船，改乘小舟进去。小河边满是椰子、棕枣和树胶林。轻舟载着一对新人在这神秘的绿阴底下经过，赤道下底阳光又送了他们许多热情、热觉、热血汗。他们更觉得身外无人。

　　他对新人说："这样深茂的林中，正合我们幸运的居处。我愿意和你永远住在这里。"

　　新人说："这绿得不见天日的林中，只作浪人底坟墓罢了……"

　　他赶快截住说："你老是要说不吉利的话！然而在新婚期间，所有不吉利的语言都要变成吉利的。你没念过书，哪里知道这林中底树木所代表的意思。书里说：'椰子是得子息底徽识树，'因为椰子就是'伢子'。棕枣是表明爱与和平。树胶要把我们的身体黏得非常牢固，至于分不开。你看我们在这林中，好像双星悬在鸿蒙的穹苍下一般。双星有时被雷电吓得躲藏起来，而我们常要闻见许多歌禽底妙音和无量野花的香味。算来我们比双星还快活多了。"

　　新人笑说："你们念书人底能干只会在女人面前搬唇弄舌罢。好听极了！听你的话语，也可以不用那发妙音底鸟儿了。有了别的声音，倒嫌噪杂咧！……可是，我的人哪，设使我一旦死掉，你要怎办呢？"

　　这一问，真个是平地起雷咧！但不晓得新婚的人何以常要发出这样的问？不错底，死底恐怖，本是和快乐底愿望一齐来底呀。他底眉不由得不皱起来了，酸楚的心却拥出一副笑脸说："那么，我也可以做个孤星。"

"咦，恐怕孤不了罢。"

"那么，我随着你去，如何？"他不忍看着他底新人，掉头出去向着流水，两行热泪滴下来，正和船头激成底水珠结合起来。新人见他如此，自然要后悔，但也不能对她丈夫忏悔，因为这种悲哀底霉菌，众生都曾由母亲底胎里传染下来，谁也没法医治底。她只能说："得啦，又伤心什么？你不是说我们在这时间里，凡有不吉利的话语，都是吉利的么？你何不当作一种吉利话听？"她笑着，举起丈夫底手，用他底袖口，帮助他擦眼泪。

他急得把妻子底手摔开说："我自己会擦。我底悲哀不是你所能擦，更不是你用我底手所能灭掉底，你容我哭一会罢。我自己知道很穷，将要养不起你，所以你……"

妻子忙杀了，急掩着他底口说："你又来了。谁有这样的心思？你要哭，哭你底，不许再往下说了。"

这对相对无言底新夫妇，在沉默中，随着流水湾行，一直驶入林荫深处。自然他们此后定要享受些安泰的生活。然而在那邮件难通的林中，我们何从知道他们底光景？

三年底工夫，一点消息也没有！我以为他们已在林中做了人外的人，也就渐渐把他们忘了。这时，我底旅期已到，买舟从槟榔屿回来。在二等舱上，我遇见一位很熟的旅客。我左右思量，总想不起他底名姓，幸而他还认识我，他一见我便叫我说："落君，我又和你同船回国了！你还记得我吗？我想我病得这样难看，你决不能想起我是谁。"他说我想不起，我倒想起来了。

我很惊讶，因为他实在是病得很厉害了。我看见他妻子不在身边，只有一个咿哑学舌的小婴孩躺在床上。不用问，也可断定那是他底子息。

他倒把别来底情形给我说了。他说："自从我们到那里，她就病起来。第二年，她生下这个女孩，就病得更厉害了。唉，幸运只许你空想底！你看她没有和我一同回来，就知道我现在确是成为孤星了。"

我看他憔悴的病容。委实不敢往下动问，但他好像很有精神，愿意把一切的情节都说给我听似的。他说话时，小孩子老不容他畅快地说。没有母亲的孩子，格外爱哭，他又不得不抚慰她。因此，我也不愿意扰他，只说："另日你精神清爽底时候，我再来和你谈罢。"我说完，就走出来。

那晚上，经过马来海峡，船震荡得很。满船底人，多犯了"海病"。第二天，浪平了。我见管舱底侍者，手忙脚乱地拿着一个麻袋，往他底舱里进去。一问，才知道他已经死了。侍者把他底尸洗净，用细台布裹好，拿了些废铁，几块煤炭，一同放入袋里，缝起来。他底小女儿还不知这是怎么一回事，只咿哑地说了一两句不相干的话。她会叫"爸爸""我要你抱""我要那个"等等简单的话。在这时，人们也没工夫理会她、调戏她了，她只独自说自己底。

黄昏一到，他底丧礼，也要预备举行了。侍者把麻袋拿到船后底舷边。烧了些纸钱，口中不晓得念了些什么，念完就把麻袋推入水里。那时船底推进机停了一会，隆隆之声一时也静默了。船中知道这事底人都远远站着看，虽和他没有什么情谊，然而在那时候却不免起敬底。这不是从友谊来底恭敬，本是非常难得，他竟然承受了！

他底海葬礼行过以后，就有许多人谈到他生平的历史和境遇。我也钻入队里去听人家怎样说他。有些人说他妻子怎样好，怎样可爱。他底病完全是因为他妻子底死，积哀所致底。照他底话，他妻子葬在万绿丛中，他却葬在不可测量的碧晶岩里了。

旁边有个印度人，捻着他那一大缕红胡子，笑着说："女人就是悲哀底萌蘖，谁叫他如此？我们要避掉悲哀，非先避掉女人底纠缠不可。我们常要把小女儿献给那迦河神，一来可以得着神惠，二来省得她长大了，又成为一个使人悲哀底恶魔。"

我摇头说："这只有你们印度人办得到罢了。我们可不愿意这样办。诚然，女人是悲哀底萌蘖，可是我们宁愿悲哀和她同来，也不能不要她。我们宁愿她嫁了才死，虽然使她丈夫悲哀至于死亡，也是好的。要知道丧妻底悲哀是极神圣的悲哀。"

日落了，蔚蓝的天多半被淡薄的晚云涂成灰白色。在云缝中，隐约露出一两颗星星。金星从东边底海涯升起来，由薄云里射出它底光辉。小女孩还和平时一样，不懂得什么是可悲的事。她只顾抱住一个客人底腿，绵软的小手指着空外底金星，说："星！我要那个！"她那副嬉笑的面庞，迥不像个孤儿。

（原载 1923 年 11 月《小说月报》14 卷 11 号）

危巢坠简

一、给少华

近来青年人新兴了一种崇拜英雄的习气，表现的方法是跋涉千百里去向他们献剑献旗。我觉得这种举动不但是孩子气，而且是毫无意义。我们的领袖镇日在戎马倥偬、羽檄纷沓里过生活，论理就不应当为献给他们一把废铁镀银的、中看不中用的剑，或一面铜线盘字的幡不像幡、旗不像旗的东西来耽误他们宝贵的时间。一个青年国民固然要崇敬他的领袖，但也不必当他们是菩萨，非去朝山进香不可。表示他的诚敬的不是剑，也不是旗，乃是把他全副身心献给国家。要达到这个目的，必要先知道怎样崇敬自己，不会崇敬自己的，决不能真心崇拜他人。崇敬自己不是骄慢的表现，乃是觉得自己也有成为一个有为有用的人物的可能与希望，时时刻刻地、兢兢业业地鼓励自己，使他不会丢失掉这可能与希望。

在这里，有个青年团体最近又举代表去献剑，可是一到越南，交通已经断绝了。剑当然还存在他们的行囊里，而大众所捐的路费，据说已在异国的舞娘身上花完了。这样的青年，你说配去献什么？害中国的，就是这类不知自爱的人们哪。可怜，可怜！

二、给樾人

每日都听见你在说某某是民族英雄，某某也有资格做民族英雄，好像这是一个官衔，凡曾与外人打过一两场仗，或有过一二分勋劳的都有资格受这个徽号。我想你对于"民族英雄"的观念是错误的。曾被人一度称为民族英雄的某某，现在在此地拥着做"英雄"的时期所榨取于民众和兵士的钱财，做了资本家，开了一间工厂，驱使着许多为他的享乐而流汗的工奴。曾自诩为民族英雄的某某，在此地吸鸦片、赌轮盘、玩舞女和做种种堕落的勾当。此外，在你所推许的人物中间，还有许多是平时趾高气扬，临事一筹莫展的"民族英雄"。所以说，苍蝇也具有蜜蜂的模样，不仔细分辨不成。

魏冰叔先生说："以天地生民为心，而济以刚明通达沉深之才，方算得第一流人物。"凡是够得上做英雄的，必是第一流人物，试问亘古以来这第一流人物究竟有多少？我以为近几百年来差可配得被称为民族英雄的，只有郑成功一个人，他于刚明敏达四德具备，只惜沉深之才差一点。他的早死，或者是这个原因。其他人物最多只够得上被称为"烈士""伟人""名人"罢了。《文子·微明篇》所列的二十五等人中，连上上等的神人还够不上做民族英雄，何况其余的？我希望你先把做成英雄的条件认识明白，然后分析民族对他的需要和他对于民族所成就的勋绩，才将这"民族英雄"的徽号赠给他。

三、复成仁

来信说在变乱的世界里，人是会变畜生的。这话我可以给你一个事实的证明。小汕在乡下种地的那个哥哥，在三个月前已经变了马啦。你听见这新闻也许会骂我荒唐，以为在科学昌明的时代还有这样的怪事，但我请你忍耐看下去就明白了。

岭东的沦陷区里，许多农民都缺乏粮食，是你所知道的。即如没沦陷的地带也一样地闹起米荒来。当局整天说办平粜，向南洋华侨捐款，说起来，米也有，钱也充足，而实际上还不能解决这严重的问题，不晓得真是运输不便呢，还是另有原由呢？一般率直的农民受饥饿的迫胁总是向阻力最小、资粮最易得的地方奔投。小汕的哥哥也带了充足的盘缠，随着大众去到韩江下游的一个沦陷口岸，在一家小旅馆投宿，房钱是一天一毛，便宜得非常。可是第二天早晨，他和同行的旅客都失了踪！旅馆主人一早就提了些包袱到当铺去。回店之后，他又把自己幽闭在账房里数什么军用票。店后面，一股一股的卤肉香喷放出来。原来那里开着一家卤味铺，卖的很香的卤肉、灌肠、熏鱼之类。肉是三毛一斤，说是从营盘批出来的老马，所以便宜得特别。这样便宜的食品不久就被吃过真正马肉的顾客发现了它的气味与肉里都有点不对路，大家才同调地怀疑说："大概是来路的马吧，可不是！"小汕的哥哥也到了这类的马群里去了！变乱的世界，人真是会变畜生的。

这里，我不由得有更深的感想，那使同伴在物质上变牛变马，是由于不知爱人如己，虽然可恨可怜，还不如那使自己在精神上变猪变狗的人们。他们是不知爱己如人，是最可伤可悲的。如果这样的畜人比那些被食的人畜多，那还有什么希望呢？

三博士

窄窄的店门外，贴着"承写履历""代印名片""当日取件""承印讣闻"等等广告。店内几个小徒弟正在忙着，踩得机轮轧轧地响。推门进来两个少年，吴芬和他的朋友穆君，到柜台上。

吴先生说："我们要印名片，请你拿样本来看看。"

一个小徒弟从机器那边走过来，拿了一本样本递给他，说："样子都在里头啦。请您挑吧。"

他和他的朋友接过样本来，约略翻了一遍。

穆君问："印一百张，一会儿能得么？"

小徒弟说："得今晚来。一会儿赶不出来。"

吴先生说："那可不成，我今晚七点就要用。"

穆君说："不成，我们今晚要去赴会，过了六点，就用不着了。"

小徒弟说："怎么今晚那么些赴会的？"他说着，顺手从柜台上拿出几匣印得的名片，告诉他们："这几位定的名片都是今晚赴会用的，敢情您两位也是要赴那会去的吧。"

穆君同吴先生说："也许是吧。我们要到北京饭店去赴留美同学化装跳舞会。"

穆君又问吴先生说："今晚上还有大艺术家枚宛君博士么？"

吴先生说："有他吧。"

穆君转过脸来对小徒弟说："那么，我们一人先印五十张，多给你些钱，马上就上版，我们在这里等一等。现在已经四点半了，半点钟一定可以得。"

小徒弟因为掌柜的不在家，踌躇了一会，至终答应了他们。他们于是坐在柜台旁的长凳上等着。吴先生拿着样本在那里有意无意地翻。穆君一会儿拿起白话小报看看，一会儿又到机器旁边看看小徒弟的工作。小徒弟正在撤版，要把他的名字安上去，一见穆君来到，便说："这也是今晚上要赴会用的，您看漂亮不漂亮？"他拿着一张名片递给穆君看。他看见名片上写的是"前清监生，民国特科俊士，美国鸟约克柯蓝卑阿大学特赠博士，前北京政府特派调查欧美实业专使随员，甄辅仁。"后面还印上本人的铜版造像：一顶外国博士帽正正地戴着，金穗子垂在两个大眼镜正中间，脸模倒长得不错，看来像三十多岁的样子。他把名片拿到吴先生跟前，说："你看这人你认识么？头衔倒不寒碜。"

吴先生接过来一看，笑说："这人我知道，却没见过。他哪里是博士，那年他当随员到过美国，在纽约住了些日子，学校自然没进，他本来不是念书的。但是回来以后，满处告诉人说凭着他在前清捐过功名，美国特赠他一名博士。我知道他这身博士衣服也是跟人借的。你看他连帽子都不会戴，把穗子放在中间，这是哪一国的礼帽呢？"

穆君说："方才那徒弟说他今晚也去赴会呢。我们在那时候一定可以看见他。这人现在干什么？"

吴先生说："没有什么事吧。听说他急于找事，不晓得现在有了没有。这种人有官做就去做，没官做就想办教育，听说他现在想当教员哪。"

两个人在店里足有三刻钟，等到小徒弟把名片焙干了，拿出来交给他们。他们付了钱，推门出来。

在街上走着，吴先生对他的朋友说："你先去办你的事，我有一点事要去同一个朋友商量，今晚上北京饭店见吧。"

穆君笑说："你又胡说了，明明为去找何小姐，偏要撒谎。"

吴先生笑说："难道何小姐就不是朋友么？她约我到她家去一趟，有事情要同我商量。"

穆君说："不是订婚吧？"

"不，绝对不。"

"那么，一定是你约她今晚上同到北京饭店去，人家不去，你定要去求她，是不是？"

"不，不。我倒是约她来的，她也答应同我去。不过她还有话要同我商量，大概是属于事务的，与爱情毫无关系吧。"

"好吧，你们商量去，我们今晚上见。"

穆君自己上了电车，往南去了。

吴先生雇了洋车，穿过几条胡同，来到何宅。门役出来，吴先生给他一张名片，说："要找大小姐。"

仆人把他的名片送到上房去。何小姐正和她的女朋友黄小姐在妆台前谈话，便对当差的说："请到客厅坐吧，告诉吴先生说小姐正会着女客，请他候一候。"仆人答应着出去了。

何小姐对她朋友说："你瞧，我一说他，他就来了。我希望你喜欢他。我先下去，待一会儿再来请你。"她一面说，一面烫着她的头发。

她的朋友笑说："你别给我瞎介绍啦。你准知道他一见便倾心么？"

"留学生回国，有些是先找事情后找太太的，有些是先找太太后谋差事的。有些找太太不找事，有些找事不找太太，有些什么都不找。像我的表哥辅仁他就是第一类的留学生。这位吴先生可是第二类的留学生。所以我把他请来，一来托他给辅仁表哥找一个地位，二来想把你介绍给他。这不是一举两得么？他急于成家，自然不会很挑眼。"

女朋友不好意思搭腔，便换个题目问她说："你那位情人，近来有信么？"

"常有信，他也快回来了。你说多快呀，他前年秋天才去的，今年便得博士了。"何小姐很得意地说。

"你真有眼。从前他与你同在大学念书的时候，他是多么奉承你呢。若他不是你的情人，我一定要爱上他。"

"那时候你为什么不爱他呢？若不是他出洋留学，我也没有爱他的可能。那时他多么穷呢，一件好衣服也舍不得穿，一顿饭也舍不得请人吃，同他做朋友面子上真是有点不好过。我对于他的爱情是这两年

她的朋友用手捋捋她脑后的头发，向着镜里的何小姐说："听说他家里也很有钱，不过他喜欢装穷罢了。你当他真是一个穷鬼么？"

"可不是，他当出国的时候，还说他的路费和学费都是别人的呢。"

"用他父母的钱也可以说是别人的。"她的朋友这样说。

"也许他故意这样说吧。"她越发高兴了。

黄小姐催她说："头发烫好了，你快下去吧。关于他的话还多着呢。回头我再慢慢地告诉你。教客厅里那个人等久了，不好意思。"

"你瞧，未曾相识先有情。多停一会儿就把人等死了！"她奚落着她的女朋友，便起身要到客厅去。走到房门口正与表哥辅仁撞个满怀。表妹问："你急什么？险些儿把人撞倒！"

"我今晚上要化装做交际明星，借了这套衣服，请妹妹先给我打扮起来，看看时样不时样。"

"你到妈屋里去，教丫头们给你打扮吧。我屋里有客，不方便。你打扮好就到那边给我去瞧瞧。瞧你净以为自己很美，净想扮女人。"

"这年头扮女人到外洋也是博士待遇，为什么扮不得？"

"怕的是你扮女人，会受'游街示众'的待遇咧。"

她到客厅，便说："吴博士，久候了，对不起。"

"没有什么。今晚上你一定能赏脸吧。"

"岂敢。我一定奉陪。您瞧我都打扮好了。"

主客坐下，叙了些闲话。何小姐才说她有一位表哥甄辅仁现在没有事情，好歹在教育界给他安置一个地位。在何小姐方面，本不晓得她表哥在外洋到底进了学校没有。她只知道他是借着当随员的名义出国的。她以为一留洋回来，假如倒霉也可以当一个大学教授，吴先生在教育界很认识些可以为力的人，所以非请求他不可。在吴先生方面，本知道这位甄博士的来历，不过不知道他就是何小姐的表兄。这一来，他也不好推辞，因为他也有求于她。何小姐知道他有几分爱她，也不好明明地拒绝，当他说出情话的时候，只是笑而不答。她用别的话来支开。

三
博
士

许
地
山

127

她问吴博士说："在美国得博士不容易吧？"

"难极啦。一篇论文那么厚。"他比方着，接下去说，"还要考英、俄、德、法几国文字，好些老教授围着你，好像审犯人一样。稍微差了一点，就通不过。"

何小姐心里暗喜，喜的是她的情人在美国用很短的时间，能够考上那么难的博士。

她又问："您写的论文是什么题目？"

"凡是博士论文都是很高深很专门的。太普通和太浅近的，不说写，把题目一提出来，就通不过。近年来关于中国文化的论文很时兴，西方人厌弃他们的文化，想得些中国文化去调和调和。我写的是一篇《麻雀牌与中国文化》。这题目重要极了。我要把麻雀牌在中国文化和世界文化的地位介绍出来。我从中国经书里引出很多的证明，如《诗经》里'谁谓雀无角，何以穿我屋'的'雀'便是麻雀牌的'雀'。为什么呢？真的雀哪会有角呢？一定是麻雀牌才有八只角呀。'穿我屋'表示当时麻雀很流行，几乎家家都穿到的意思。可见那时候的生活很丰裕，像现在的美国一样。

这个铁证，无论哪一个学者都不能推翻。又如'索子'本是'竹子'，宁波音读'竹'为'索'，也是我考证出来的。还有一个理论是麻雀牌的名字是从'一竹'得来的。做牌的人把'一竹'雕成一只鸟的样子，没有学问的人便叫它做'麻雀'，其实是一只凤，取'鸣凤在竹'的意思。这个理论与我刚才说的雀也不冲突，因为凤凰是贵族的，到了做那首诗的时代，已经民众化了，变为小家雀了。此外还有许多别人没曾考证过的理论，我都写在论文里。您若喜欢念，我明天就送一本过来献献丑。请您指教指教。我写的可是英文。我为那论文花了一千多块美元。您看要在外国得个博士多难呀，又得花时间，又得花精神，又得花很多的金钱。"

何小姐听他说得天花乱坠，也不能评判他说的到底是对不对，只一味地称赞他有学问。她站起来，说："时候快到了，请你且等一等，我到屋里装饰一下就与你一同去。我还要介绍一位甜人给你。我想你一定会很喜欢她。"她说着便自出去了。吴博士心里直盼着要认识那人。

她回到自己屋里，见黄小姐张皇地从她的床边走近前来。

"你放什么在我床里啦？"何小姐问。

"没什么。"

"我不信。"何小姐一面说一面走近床边去翻她的枕头。她搜出一卷筒的邮件，指着黄小姐说，"你还捣鬼！"

黄小姐笑说："这是刚才外头送进来的。所以把它藏在你的枕底，等你今晚上回来，可以得到意外的喜欢。我想那一定是你的甜心寄来的。"

"也许是他寄来的吧。"她说着，一面打开那卷筒，原来是一张文凭。她非常地喜欢，对着她的朋友说："你瞧，他的博士文凭都寄来给我了！多么好看的一张文凭呀，羊皮做的咧！"

她们一同看着上面的文字和金印。她的朋友拿起空筒子在那里摩挲着，显出是很羡慕的样子。

何小姐说："那边那个人也是一个博士呀，你何必那么羡慕我的呢？"

她的朋友不好意思，低着头尽管看那空筒子。

黄小姐忽然说："你瞧，还有一封信呢！"她把信取出来，递给何小姐。

何小姐把信拆开，念着：

最亲爱的何小姐：

我的目的达到，你的目的也达到了。现在我把这一张博士文凭寄给你。我的论文是《油炸脍与烧饼的成分》。这题目本来不难，然而在这学校里，前几年有一位中国学生写了一篇《北京松花的成分》也得着博士学位，所以外国博士到底是不难得。论文也不必选很艰难的问题。

我写这论文的缘故都是为你，为得你的爱，现在你的爱教我在短期间得到，我的目的已达到了。你别想我是出洋念书，其实我是出洋争口气。我并不是没本领，不出洋本来也可以，无奈迫于你的要求，若不出来，倒显得我没有本领，并且还要冒个"穷鬼"的名字。现在洋也出过了，博士也很容易地得到了，这口气也争了，我的生活也可以了结了。我不是不爱你，但我爱的是性情，你爱的是功名；我爱的是内心，你爱的是外形，对象不同，而爱则一。然而你要知道人类所以和别的动物不同的地方便是在恋爱的事情上，失恋固然可以教他自杀，得恋也可以教他自杀。禽兽会因失恋而自杀，却不会在承领得意的恋爱滋味的时候去自杀，所以和人类不同。

别了，这张文凭就是对于我的纪念品，请你收起来。无尽情意，笔不能宜，万祈原宥。

你所知的男子

"呀！他死了！"何小姐念完信，眼泪直流，她不晓得要怎办才好。

她的朋友拿起信来看，也不觉伤心起来，但还勉强劝慰她说："他不至于死的，这信里也没说他要自杀，不过发了一片牢骚而已。他是恐吓你的，不要紧，过几天，他一定再有信来。"

她还哭着，钟已经打了七下，便对她的朋友说："今晚上的跳舞会，我懒得去了。我教表哥介绍你给吴先生吧。你们三个人去得啦。"

她教人去请表少爷。表少爷却以为表妹要在客厅里看他所扮的时装，便摇摆着进来。

吴博士看见他打扮得很时髦，脸模很像何小姐。心里想这莫不是何小姐所要介绍的那一位。他不由得进前几步深深地鞠了一躬，问，"这位是……"

辅仁见表妹不在，也不好意思。但见他这样诚恳，不由得到客厅门口的长桌上取了一张名片进来递给他。

他接过去，一看是"前清监生，民国特科俊士，美国鸟约克柯蓝卑阿大学特赠博士，前北京政府特派调查欧美实业专使随员，甄辅仁。"

"久仰，久仰。"

"对不住，我是要去赴化装跳舞会的，所以扮出这个怪样来，取笑，取笑。"

"岂敢，岂敢。美得很。"

解放者

　　大碗居前的露店每天坐满了车夫和小贩。尤其在早晚和晌午三个时辰，连窗户外也没有一个空座。绍慈也不知到哪里去。他注意个个往来的人，可是人都不注意他。在窗户底下，他喝着豆粥抽着烟，眼睛不住地看着往来的行人，好像在侦察什么案情一样。

　　他原是武清的警察，因为办事认真，局长把他荐到这城来试当一名便衣警察。看他清秀的脸庞，合度的身材，和听他温雅的言辞，就知道他过去的身世。有人说他是世家子弟，因为某种事故流落在北方，不得已才去当警察。站岗的生活，他已度过八九年，在这期间，把他本来的面目改变了不少。便衣警察是他的新任务，对于应做的侦察事情自然都要学习。

　　大碗居里头靠近窗户的座，与外头绍慈所占的只隔一片纸窗。那里对坐着男女二人，一面吃，一面谈，几乎忘记了他们在什么地方。因为街道上没有什么新鲜的事情，绍慈就转过来偷听窗户里头的谈话。他听见那男子说："世雄简直没当你是人。你原先为什么跟他在一起？"那女子说："说来话长。我们是旧式婚姻，你不知道么？"他说："我一向不知道你们的事，只听世雄说他见过你一件男子所送的东西，知道你曾有过爱人，但你始终没说出是谁。"

　　这谈话引起了绍慈的注意。从那二位的声音听来，他觉得像是在什么地方曾经认识的人。他从纸上的小玻璃往里偷看一下。原来那男子是离武清不远一个小镇的大悲院的住持契默和尚。那女子却是县立小学的教员。契默穿的是平常的蓝布长袍，头上没戴什么，虽露光头，却也显不出是个出家人的模样。大概他一进城便当还俗吧。那女教员头上梳着琶琶头，灰布袍子，虽不入时，倒还优雅。绍慈在县城当差的时候常见着她，知道她的名字叫陈邦秀。她也常见绍慈在街上站岗，但没有打过交涉，也不知道他的名字。

　　绍慈含着烟卷，听他们说下去。只听邦秀接着说："不错，我是藏着些男子所给的东西，不过他不是我的爱人。"她说时，微叹了一下。契默还往下问。她说："那人已经不在了。他是我小时候的朋友，不，宁可说是我的恩人。今天已经讲开，我索性就把原委告诉你。

　　"我原是一个孤女，原籍广东，哪一县可记不清了。在我七岁那年，被我的伯父卖给一个人家。女主人是个鸦片鬼，她睡的时候要我捶腿搔背，醒时又要我打烟泡，做点心，一不如意便是一顿毒打。那样的生活过了三四年。我在那家，既不晓得寻死，也不能够求生，真是痛苦极了。有一天，她又把我虐待到不堪的地步，幸亏前院同居有位方少爷，乘着她鸦片吸足在床上沉睡的时候，把我带到他老师陈老师那里。我们一直就到轮船上，因为那时陈老师正要上京当小京官，陈老师本来知道我的来历，任从方少爷怎样请求，他总觉得不妥当，不敢应许我跟着他走。幸而船上敲了锣，送客的人都纷纷下船，方少爷忙把一个小包递给我，杂在人丛中下了船。陈老师不得已才把我留在船上，说到香港再打电报教人来带我回去。一到香港就接到方家来电请陈老师收留我。

　　"陈老师、陈师母和我三个人到北京不久，就接到方老爷来信说加倍赔了人家的钱，还把我的身契寄了来。我感激到万分，很尽心地伺候他们。他们俩年纪很大，还没子女，觉得我很不错，就把我的身契烧掉，认我做女儿。我进了几年学堂，在家又有人教导，所以学业进步得很快。可惜我高小还没毕业，武昌就起了革命。我们全家匆匆出京，回到广东，知道那位方老爷在高州当知县，因为办事公正，当地的劣绅地痞很恨恶他。在革命风潮膨胀时，他们便树起反正旗，借着扑杀满洲奴的名义，把方老爷当牛待遇，用绳穿着他的鼻子，身上挂着贪官污吏的罪状，领着一家大小，游遍满城的街市，然后把他们害死。"

　　绍慈听到这里，眼眶一红，不觉泪珠乱滴。他一向是很心慈，每听见或看见可怜的事情，常要掉泪。他尽力约束他的情感，还镇定地听下去。

　　契默像没理会那惨事，还接下去问："那方少爷也被害了么？"

　　"他多半是死了。等到革命风潮稍微平定，我义父和我便去访寻方家人的遗体，但都已被毁灭掉，只得折回省城。方少爷原先给我那包东西是几件他穿过的衣服，预备给我在道上穿的。还有一个小绣花笔袋，带着两支铅笔。因为我小时看见铅笔每觉得很新鲜，所以他送给我玩。衣服我已穿破了，惟独那笔袋和铅笔还留着，那就是世雄所疑惑的'爱人赠品'。

　　"我们住在广州，义父没事情做，义母在民国三年去世了。我那时在师范学校念书。义父因为我已近成年，他自己也渐次老弱，急要给我择婿。我当时虽不愿意，只为厚恩在身，不便说出一个'不'字。由于辗转的介绍，世雄便成为我的未婚夫。那时他在陆军学校，还没有现在这样荒唐，故此也没觉得他的可恶。在师范学校的末一年，我义父也去世了。那时我感到人海茫茫，举目无亲，所以在毕业礼行过以后，随着便行婚礼。"

　　"你们在初时一定过得很美满了。"

　　"不过很短很短的时期，以后就越来越不成了。我对于他，他对于我，都是半斤八两，一样地互相敷衍。"

　　"那还成么？天天挨着这样虚伪的生活。"

　　"他在军队里，蛮性越发发展，有三言两语不对劲，甚至动手动脚，打踢辱骂，无所不至。若不是因为还有更重大的事业没办完的原故，好几次我真想要了结了我自己的生命。幸而他常在军队里，回家的时候不多。但他一回家，我便知道又是打败仗逃回来了。他一向没打胜仗：打惠州，做了逃兵；打韶州，做了逃兵；打南雄，又做了逃兵。他是临财无不得、临功无不居、临阵无不逃的武人。后来，人都知道他的伎俩，军官当不了，在家闲住着好些时候。那时我在党里已有些地位，他央求我介绍他，又很诚恳地要求同志们派他来做现在的事情。”

“看来他是一个投机家，对于现在的事业也未见得能忠实地做下去。”

“可不是么？只怪同志们都受他欺骗，把这么重要的一个机关交在他手里。我越来越觉得他靠不住，时常晓以大义。所以大吵大闹的戏剧，一个月得演好几回。”

那和尚沉吟了一会，才说：“我这才明白。可是你们俩不和，对于我们事业的前途，难免不会发生障碍。”

她说：“请你放心，他那一方面，我不敢保。我呢？私情是私情，公事是公事，决不像他那么不负责任。”

绍慈听到这里，好像感触了什么，不知不觉间就站了起来。他本坐在长板凳的一头，那一头是另一个人坐着。站起来的时候，他忘记告诉那人预防着，猛然把那人摔倒在地上。他手拿着的茶杯也摔碎了，满头面都浇湿了。绍慈忙把那人扶起，赔了过失，张罗了一刻工夫。等到事情办清以后，在大碗居里头谈话的那两人，已不知去向。

他虽然很着急，却也无可奈何，仍旧坐下，从口袋里取出那本用了二十多年的小册子，写了好些字在上头。他那本小册子实在不能叫做日记，只能叫做大事记。因为他有时距离好几个月，也不写一个字在上头，有时一写就是好几页。

在繁剧的公务中，绍慈又度过四五个星期的生活。他总没忘掉那天在大碗居所听见的事情，立定主意要去侦察一下。

那天一清早他便提着一个小包袱，向着沙锅门那条路走。他走到三里河，正遇着一群羊堵住去路，不由得站在一边等着。羊群过去了一会，来了一个人，抱着一只小羊羔，一面跑，一面骂前头赶羊的伙计走得太快。绍慈想着那小羊羔必定是在道上新产生下来的。它的弱小可怜的声音打动他的恻隐之心，便上前问那人卖不卖，那人因为他给的价很高，也就卖给他，但告诉他没哺过乳的小东西是养不活的，最好是宰来吃。绍慈说他有主意，抱着小羊羔，雇着一辆洋车拉他到大街上，买了一个奶瓶，一个热水壶，和一匣代乳粉。他在车上，心里回忆幼年时代与所认识的那个女孩子玩着一对小兔，他曾说过小羊更好玩。假如现在能够见着她，一同和小羊羔玩，那就快活极了。他很开心，走过好几条街，小羊羔不断地在怀里叫。经过一家饭馆，他进去找一个座坐下，要了一壶开水，把乳粉和好，慢慢地喂它。他自己也觉得有一点饿，便要了几张饼。他正在等着，随手取了一张前几天的报纸来看。在一个不重要的篇幅上，登载着女教员陈邦秀被捕，同党的领袖在逃的新闻，匆忙地吃了东西，他便出城去了。

他到城外，雇了一匹牲口，把包袱背在背上，两手抱着小羊羔，急急地走，在驴鸣犬吠中经过许多村落。他心里一会惊疑陈邦秀所犯的案，那在逃的领袖到底是谁；一会又想起早间在城门洞所见那群羊被一只老羊领导着到一条死路去；一会又回忆他的幼年生活。他听人说过沙漠里的狼群出来猎食的时候，常有一只体力超群、经验丰富的老狼领导着。为求食的原故，经验少和体力弱的群狼自然得跟着它。可见在生活中都是依赖的份子，随着一两个领袖在那里瞎跑，幸则生，不幸则死，生死多是不自立不自知的。狼的领袖是带着群狼去抢掠；羊的领袖是领着群羊去送死。大概现在世间的领袖，总不能出乎这两种以外吧！

不知不觉又到一条村外，绍慈下驴，进入柿子园里。村道上那匹白骡昂着头，好像望着那在长空变幻的薄云，篱边那只黄狗闭着眼睛，好像品味着那在蔓草中哀鸣的小虫，树上的柿子映着晚霞，显得格外灿烂。绍慈的叫驴自在地向那草原上去找它的粮食。他自己却是一手抱着小羊羔，一手拿着乳瓶，在树下坐着慢慢地喂。等到人畜的困乏都减轻了，他再骑上牲口离开那地方，顷刻间又走了十几里路。那时夕阳还披在山头，地上的人影却长得比无常鬼更为可怕。

走到离县城还有几十里的那个小镇，天已黑了，绍慈于是到他每常歇脚的大悲院去。大悲院原是镇外一所私庙，不过好些年没有和尚。到二三年前才有一位外来的和尚契默来做住持，那和尚的来历很不清楚，戒牒上写的是泉州开元寺，但他很不像是到过那城的人，绍慈原先不知道其中的情形，到早晨看见陈邦秀被捕的新闻，才怀疑契默也是个党人。契默认识很多官厅的人员，绍慈也是其中之一，不过比较别人往来得亲密一点。这大概是因为绍慈的知识很好，契默与他谈得很相投，很希望引他为同志。

绍慈一进禅房，契默便迎出来，说："绍先生，久违了。走路来的么？听说您高升了。"他回答说："我离开县城已经半年了。现住在北京，没有什么事。"他把小羊羔放在地下，对契默说："这是早晨在道上买的。我不忍见它生下不久便做了人家的盘里的肴馔，想养活它。"契默说：

"您真心慈，您来当和尚倒很合式。"绍慈见羊羔在地下尽管咩咩地叫，话也谈得不畅快，不得已又把它抱起来，放在怀里。它也像婴儿一样，有人抱就不响了。

绍慈问："这几天有什么新闻没有？"

契默很镇定地回答说："没有什么。"

"没有什么！我早晨见一张旧报纸说什么党员运动起事，因泄露了机关，被逮了好些人，其中还有一位陈邦秀教习，有这事么？"

"哦，您问的是政治。不错，我也听说来，听说陈教习还押到县衙门里，其余的人都已枪毙了。"他接着问，"大概您也是为这事来的吧？"

绍慈说："不，我不是为公事，只是回来取些东西，在道上才知道这件事情。陈教习是个好人，我也认得她。"

契默听见他说认识邦秀，便想利用他到县里去营救一下，可是不便说明，只说："那陈教习的确是个好人。"

绍慈故意问："师父，您怎样认得她呢？""出家人哪一流的人不认得？小僧向她曾化过几回缘，她很虔心，头一次就题上二十元，以后进城去拜施主，小僧必要去见见她。"

"听说她丈夫很不好，您去，不会叫他把您撵出来么？"

"她的先生不常在家，小僧也不到她家去，只到学校去。"他于是信口开河，说，"现在她犯了案，小僧知道一定是受别人的拖累。若是有人替她出来找找门路，也许可以出来。"

"您想有什么法子？"

"您明白，左不过是钱。"

"没钱呢？"

"没钱，势力也成，面子也成，像您的面子就够大的，要保，准可以把她保出来。"

绍慈沉吟了一会，便摇头说："我的面子不成，官厅拿人，一向有老例——只有错拿，没有错放，保也是白保。"

"您的心顶慈悲的，救人一命，胜造七级浮屠，一只小羊羔您都搭救，何况是一个人？"

"有能救她的道儿，我自然得走。明天我一早进城去相机办理吧。我今天走了一天，累得很，要早一点歇歇。"他说着，伸伸懒腰，打个哈欠，站立起来。

契默说："西院已有人住着，就请在这厢房凑合一晚吧。"

"随便哪里都成，明儿一早见。"绍慈说着抱住小羊羔便到指定给他的房间去。他把卧具安排停当，又拿出那本小册子记上几行。

夜深了，下弦的月已升到天中，绍慈躺在床上，断续的梦屡在枕边绕着。从西院送出不清晰的对谈声音，更使他不能安然睡去。

西院的客人中有一个说："原先议决的，是在这两区先后举行，世雄和那区的主任意见不对。他恐怕那边先成功，于自己的地位有些妨碍，于是多方阻止他们。那边也有许多人要当领袖，也怕他们的功劳被世雄埋没了，于是相持了两三个星期。前几天，警察忽然把县里的机关包围起来，搜出许多文件，逮了许多人，事前世雄已经知道。他不敢去把那些机要的文件收藏起来，由着几位同志在那里干。他们正在毁灭文件的时候，人就来逮了。世雄的住所，警察也侦查出来了。当警察拍门的时候，世雄还没逃走。你知道他房后本有一条可以容得一个人爬进去的阴沟，一直通到护城河去。他不教邦秀进去，因为她不能爬，身体又宽大。若是她也爬进去，沟口没有人掩盖，更容易被人发觉。假使不用掩盖，那沟不但两个人不能并爬，并且只能进前，不能退后。假如邦秀在前，那么宽大的身子，到了半道若过不去，岂不要把两个人都活埋在里头？若她在后，万一爬得慢些，终要被人发现。所以世雄说，不如教邦秀装作不相干的女人，大大方方出去开门。但是很不幸，她一开门，警察便拥进去，把她绑起来，问她世雄在什么地方？她没说出来。警察搜了一回，没看出什么痕迹，便把她带走。"

"我很替世雄惭愧，堂堂的男子，大难临头还要一个弱女子替他，你知道他往哪里去么？"这是契默的声音。

那人回答说："不知道，大概不会走远了，也许过几天会逃到这里来。城里这空气已经不那么紧张，所以他不至于再遇见什么危险，不过邦秀每晚被提到衙门去受秘密的审问，听说十个手指头都已夹坏了，只怕她受不了，一起供出来，那时，连你也免不了，你得预备着。"

"我不怕，我信得过她决不会说出任何人，肉刑是她从小尝惯的家常便饭。"

他们谈到这里，忽然记起厢房里歇着一位警察，便止住了。契默走到绍慈窗下，叫"绍先生，绍先生"。绍慈想不回答，又怕他们怀疑，便低声应了一下。契默说："他们在西院谈话把您吵醒了吧？"

他回答说："不，当巡警的本来一叫便醒，天快亮了吧？"契默说："早着呢，您请睡吧，等到时候，再请您起来。"

他听见那几个人的脚音向屋里去，不消说也是幸免的同志们，契默也自回到他的禅房去了，庭院的月光带着一丫松影贴在纸窗上头。绍慈在枕上，瞪着眼，耳鼓里的音响，与荒草中的虫声混在一起。

第二天一早，契默便来央求绍慈到县里去，想法子把邦秀救出来。他掏出一叠钞票递给绍慈，说："请您把这二百元带着，到衙门里短不了使钱。这都是陈教习历来的布施，现在我仍拿出来用回在她身上。"

绍慈知道那钱是要送他的意思，便郑重地说："我一辈子没使人家的黑钱，也不愿意给人家黑钱使。为陈教习的事，万一要钱，我也可以想法子，请您收回去吧。您不要疑惑我不帮忙，若是人家冤屈了她，就使丢了我的性命，我也要把她救出来。"

他整理了行装，把小羊羔放在契默给他预备的一个筐子里，便出了庙门。走不到十里路，经过一个长潭，岸边的芦花已经半白了。他沿着岸边的小道走到一棵柳树底下歇歇，把小羊羔放下，拿出手巾擦汗。在张望的时候，无意中看见岸边的草丛里有一个人躺着。他进前一看，原来就是邦秀。他叫了一声："陈教习。"她没答应。摇摇她，她才懒惰惰地睁开眼睛。她没看出是谁，开口便说："我饿得很，走不动了。"话还没有说完，眼睛早又闭起来了。绍慈见她的头发散披在地上，脸上一点血色也没有。穿一件薄呢长袍，也是破烂不堪的，皮鞋上满沾着泥土，手上的伤痕还没结疤。那可怜的模样，实在难以形容。

绍慈到树下把水壶的塞子拔掉，和了一壶乳粉，端来灌在她口里。过了两三刻钟，她的精神渐次恢复回来。在注目看着绍慈以后，她反惊慌起来。她不知道绍慈已经不是县里的警察，以为他是来捉拿她。心头一急，站起来，蹶秧鸡一样，飞快地钻进苇丛里。绍慈见她这样慌张，也急得在后面嚷着："别怕，别怕。"她哪里肯出来，越钻越进去，连影儿也看不见了。绍慈发愣一会，才追进去，口里嚷着："救人，救人！"这话在邦秀耳里，便是"揪人，揪人"，她当然越发要藏得密些。

一会儿苇丛里的喊声也停住了。邦秀从那边躲躲藏藏地蹶出来。当头来了一个人，问她："方才喊救人的是您么？"她见是一个过路人，也就不害怕了。她说："我没听见，我在这里头解手来的。请问这里离前头镇上还有多远？"那人说："不远了，还有七里多地。"她问了方向，道一声"劳驾"，便急急迈步。那人还在那周围找寻，沿着岸边又找回去。

邦秀到大悲院门前，正赶上没人在那里，她怕庙里有别人，便装做叫化婆，嚷着"化一个啵"，契默认得她的声音，赶紧出来，说："快进来，没有人在里头。"她随着契默到西院一间小屋子里。契默说："你得改装，不然逃不了。"他于是拿剃刀来把她的头发刮得光光的，为她穿上僧袍，俨然是一个出家人模样。

契默问她出狱的因由，她说是与一群狱卒串通，在天快亮的时候，私自放她逃走。她随着一帮赶集的人们急急出了城，向着大悲院这条路上一气走了二十多里。好几天挨饿受刑的人，自然当不起跋涉，到了一个潭边，再也不能动弹了。她怕人认出来，就到苇子里躲着歇歇，没想到一躺下，就昏睡过去。又说，在道上遇见县里的警察来追，她认得其中一个是绍慈，于是拼命钻进苇子里，经过很久才逃脱出来。契默于是把早晨托绍慈到县营救她的话告诉了一番，又教她歇歇，他去给她预备饭。

好几点钟在平静的空气中过去了，庙门口忽然来了一个人，提着一个筐子，上面有大悲院的记号，问当家和尚说："这筐子是你们这里的么？"契默认得那是早晨给绍慈盛小羊羔的筐子，知道出了事，便说：

"是这里的，早晨是绍老总借去使的，你在哪里把它捡起来的呢？"那人说：

"他淹死啦！这是在柳树底下捡的。我们也不知道是谁，有人认得字，说是这里的。你去看看吧，官免不了要验，你总得去回话。"契默说："我自然得去看看。"他进去给邦秀说了，教她好好藏着，便同那人走了。

过了四五点钟的工夫，已是黄昏时候，契默才回来。西院里昨晚谈话的人们都已走了，只剩下邦秀一个人在那里。契默一进来，对着她摇摇头说："可惜，可惜！"邦秀问："怎么样了？"他说："你道绍慈那巡警是什么人？

他就是你的小朋友方少爷！"邦秀"呀"了一声，站立起来。

契默从口袋掏出一本湿气还没去掉的小册子，对她说："我先把情形说完，再念这里头的话给你听。他大概是怕你投水，所以向水边走。他不提防在苇丛里跻着一个深水坑，全身掉在里头翻不过身来，就淹死了。我到那里，人们已经把他的尸身捞起来，可还放在原地。苇子里没有道，也没有站的地方，所以没有围着看热闹的人，只有七八个人远远站着。我到尸体跟前，见这本日记露出来，取下来看了一两页。知道记的是你和他的事情，趁着没有人看见，便放在口袋里，等了许久，官还没来。一会来了一个人说，验官今天不来了，于是大家才散开。我在道上一面走，一面翻着看。"

他翻出一页，指给邦秀说："你看，这段说他在革命时候怎样逃命，和怎样改的姓。"邦秀细细地看了一遍以后，他又翻过一页来，说："这段说他上北方来找你没找着。在流落到无可奈何的时候，才去当警察。"

她拿着那本日记细看了一遍，哭得一句话也说不出来，停了许久，才抽抽噎噎地对契默说："这都是想不到的事。在县城里，我几乎天天见着他，只恨二年来没有同他说过一句话，他从前给我的东西，这次也被没收了。"

契默也很伤感，同情的泪不觉滴下来，他勉强地说："看开一点吧！这本就是他最后留给你的东西了。不，他还有一只小羊羔呢！"他才想起那只可怜的小动物，也许还在长潭边的树下，但也有被人拿去剥皮的可能。

人非人

离电话机不远的廊子底下坐着几个听差，有说有笑，但不晓得到底是谈些什么。忽然电话机响起来了，其中一个急忙走过去摘下耳机，问：

"喂，这是社会局，您找谁？"

"唔，您是陈先生，局长还没来。"

"科长？也没来，还早呢。"

"……"

"请胡先生说话。是咯，请您候一候。"

听差放下耳机径自走进去，开了第二科的门，说："胡先生，电话，请到外头听去吧，屋里的话机坏了。"

屋里有三个科员，除了看报抽烟以外，个个都像没事情可办。靠近窗边坐着的那位胡先生出去以后，剩下的两位起首谈论起来。

"子清，你猜是谁来的电话？"

"没错，一定是那位。"他说时努嘴向着靠近窗边的另一个座位。

"我想也是她。只是可为这傻瓜才会被她利用，大概今天又要告假，请可为替她办桌上放着的那几宗案卷。"

"哼，可为这大头！"子清说着摇摇头，还看他的报。一会他忽跳起来说："老严，你瞧，定是为这事。"一面拿着报纸到前头的桌上，铺着大家看。

可为推门进来，两人都昂头瞧着他。严庄问："是不是陈情又要搋你大头？"

可为一对忠诚的眼望着他，微微地笑，说："这算什么大头小头！大家同事，彼此帮忙……"

严庄没等他说完，截着说："同事！你别侮辱了这两个字吧。她是缘着什么关系进来的？你晓得么？"

"老严，您老信一些闲话，别胡批评人。"

"我倒不胡批评人，你才是糊涂人哪，你想陈情真是属意于你？"

"我倒不敢想，不过是同事……"

"又是'同事''同事'，你说局长的候选姨太好不好？"

"老严，您这态度，我可不敢佩服，怎么信口便说些伤人格的话？"

"我说的是真话，社会局同人早就该鸣鼓而攻之，还留她在同人当中出丑。"

子清也像帮着严庄，说，"老胡是着了迷，真是要变成老糊涂了。老严说的对不对，有报为证。"说着又递方才看的那张报纸给可为，指着其中一段说："你看！"

可为不再作声，拿着报纸坐下了。

看过一遍，便把报纸扔在一边，摇摇头说："谣言，我不信。大概又是记者访员们的影射行为。"

"嗤！"严庄和子清都笑出来了。

"好个忠实信徒！"严庄说。

可为皱一皱眉头，望着他们两个，待要用话来反驳，忽又低下头，撇一下嘴，声音又吞回去了。他把案卷解开，拿起笔来批改。

十二点到了，严庄和子清都下了班，严庄临出门，对可为说："有一个叶老太太请求送到老人院去，下午就请您去调查一下吧，事由和请求书都在这里。"他把文件放在可为桌上便出去了，可为到陈情的位上检检那些该发出的公文。他想反正下午她便销假了，只检些待发出去的文书替她签押，其余留着给她自己办。

他把公事办完，顺将身子望后一靠，双手交抱在胸前，眼望着从窗户射来的阳光，凝视着微尘纷乱地盲动。

他开始了他的玄想。

陈情这女子到底是个什么人呢？他心里没有一刻不悬念着这问题。他认得她的时间虽不很长，心里不一定是爱她，只觉得她很可以交往，性格也很奇怪，但至终不晓得她一离开公事房以后干的什么营生。有一晚上偶然看见一个艳妆女子，看来很像她，从他面前掠过，同一个男子进万国酒店去。他好奇地问酒店前的车夫，车夫告诉他那便是有名的"陈皮梅"。但她在公事房里不但粉没有擦，连雪花膏一类保护皮肤的香料都不用。穿的也不好，时兴的阴丹士林外国布也不用，只用本地织的粗棉布。那天晚上看见的只戴了一副眼镜，她日常戴着带深紫色的克罗克斯，局长也常对别的女职员赞美她。但他信得过他们没有什么关系，像严庄所胡猜的。她哪里会做像给人做姨太太那样下流的事？不过，看早晨的报，说她前天晚上在板桥街的秘密窟被警察拿去，她立刻请出某局长去把她领出来。这样她或者也是一个不正当的女人。每常到肉市她家里，总见不着她。她到哪里去了呢？她家里没有什么人，只有一个老妈子，按理每月几十块薪水准可以够她用了。她何必出来干那非人的事？想来想去，想不出一个恰当的理由。

钟已敲一下了，他还叉着手坐在陈情的位上，双眼凝视着，心里想或者是这个原因吧，或者是那个原因吧？

他想她也是一个北伐进行中的革命女同志，虽然没有何等的资格和学识，却也当过好几个月战地委员会的什么秘书长一类的职务，现在这个职位，看来倒有些屈了她，月薪三十元，真不如其他办革命的同志们。她有一位同志，在共同秘密工作的时候，刚在大学一年级，幸而被捕下狱。坐了三年监，出来，北伐已经成功了。她便仗着三年间的铁牢生活，请党部移文给大学，说她有功党国，准予毕业。果然，不用上课，也不用考试，一张毕业文凭便到了手，另外还安置她一个肥缺。陈情呢？白做走狗了！几年来，出生入死，据她说，她亲自收掩过几次被枪决的同志。现在还有几个同志家属，是要仰给于她的。若然，三十元真是不够。然而，她为什么下去找别的事情做呢？也许严庄说的对。他说陈在外间，声名狼藉，若不是局长维持她，她给局长一点便宜，恐怕连这小小差事也要掉了。

这样没系统和没伦理的推想，足把可为的光阴消磨了一点多钟。他饿了，下午又有一件事情要出去调查，不由得伸伸懒腰，抽出一个抽屉，要拿糨糊把批条糊在卷上。无意中看见抽屉里放着一个巴黎拉色克香粉小红盒。那种香气，直如那晚上在万国酒店门前闻见的一样。她用这东西么？他自己问。把小盒子拿起来，打开，原来已经用完了。盒底有一行用铅笔写的小字，字迹已经模糊了，但从铅笔的浅痕，还可以约略看出是"北下洼八号"。唔，这是她常去的一个地方吧？每常到她家去找她，总找不着，有时下班以后自请送她回家时，她总有话推辞。有时晚间想去找她出来走走，十次总有九次没人应门，间或一次有一个老太太出来说，"要到北下洼八号才可以找到她。

"陈小姐出门啦。也许她是一只夜蛾，也许那是她的朋友家，是她常到的一个地方。不，若是常到的地方，又何必写下来呢？想来想去总想不透，他只得皱皱眉头，叹了一口气，把东西放回原地，关好抽屉，回到自己座位。他看看时间快到一点半，想着不如把下午的公事交代清楚，吃过午饭不用回来，一直便去访问那个叶姓老婆子。一切都弄停妥以后，他戴着帽子，径自出了房门。

一路上他想着那一晚上在万国酒店看见的那个，若是陈修饰起来，可不就是那样。他闻闻方才拿过粉盒的指头，一面走，一面玄想。

在饭馆随便吃了些东西，老胡便依着地址去找那叶老太太。原来叶老太太住在宝积寺后的破屋里，外墙是前几个月下大雨塌掉的，破门里放着一个小炉子，大概那便是她的移动厨房了。老太太在屋里听见有人，便出来迎客，可为进屋里只站着，因为除了一张破炕以外，椅桌都没有。老太太直让他坐在炕上，他又怕臭虫，不敢径自坐下，老太太也只得陪着站在一边。她知道一定是社会局长派来的人，开口便问："先生，我求社会局把我送到老人院的事，到底成不成呢？"那种轻浮的气度，谁都能够理会她是一个不问是非，想什么便说什么的女人。

"成倒是成，不过得看看你的光景怎样。你有没有亲人在这里呢？"可为问。

"没有。"

"那么，你从前靠谁养活呢？"

"不用提啦。"老太太摇摇头，等耳上那对古式耳环略为摆定了，才继续说，"我原先是一个儿子养我，哪想前几年他忽然入了什么要命党——或是敢死党，我记不清楚了——可真要了他的命。他被人逮了以后，我带些吃的穿的去探了好几次，总没得见面。到巡警局，说是在侦缉队；到侦缉队，又说在司令部；到司令部，又说在军法处。等我到军法处，一个大兵指着门前的大牌楼，说在那里。我一看可吓坏了！他的脑袋就挂在那里！我昏过去大半天，后来觉得有人把我扶起来，大概也灌了我一些姜汤，好容易把我救活了，我睁眼一瞧已是躺在屋里的炕上，在我身边的是一个我没见过的姑娘。问起来，才知道是我儿子的朋友陈姑娘。那陈姑娘答允每月暂且供给我十块钱，说以后成了事，官家一定有年俸给我养老。她说入要命党也是做官，被人砍头或枪毙也算功劳。我儿子的名字，一定会记在功劳簿上的。唉，现在的世界到底是怎么一回事，我也糊涂了。陈姑娘养活了我，又把我的侄孙，他也是没爹娘的，带到她家，给他进学堂，现在还是她养着。"

老太太正要说下去，可为忽截着问："你说这位陈姑娘，叫什么名字？"

"名字？"她想了很久，才说，"我可说不清，我只叫她陈姑娘，我侄孙也叫她陈姑娘。她就住在肉市大街，谁都认识她。"

"是不是戴着一副紫色眼镜的那位陈姑娘？"

老太太听了他的问，像很兴奋地带着笑容望着他连连点头说："不错，不错，她戴的是紫色眼镜。原来先生也认识她，陈姑娘。"她又低下头去，接着说补充的话："不过，她晚上常不戴镜子。她说她眼睛并没毛病，只怕白天太亮了，戴着挡挡太阳，一到晚上，她便除下了。我见她的时候，还是不戴镜子的多。"

"她是不是就在社会局做事？"

"社会局？我不知道。她好像也入了什么会似的。她告诉我从会里得的钱除分给我以外，还有两三个人也是用她的钱。大概她一个月的入款最少总有二百多，不然，不能供给那么些人。"

"她还做别的事么？"

"说不清。我也没问过她，不过她一个礼拜总要到我这里来三两次，来的时候多半在夜里，我看她穿得顶讲究的。坐不一会，每有人来找她出去。她每告诉我，她夜里有时比日里还要忙。她说，出去做事，得应酬，没法子，我想她做的事情一定很多。"

可为越听越起劲，像那老婆子的话句句都与他有关系似的，他不由得问："那么，她到底住在什么地方呢？"

"我也不大清楚，有一次她没来，人来我这里找她。那人说，若是她来，就说北下洼八号有人找，她就知道了。"

"北下洼八号，这是什么地方？"

"我不知道。"老太太看他问得很急，很诧异地望着他。

可为愣了大半天，再也想不出什么话问下去。

老太太也莫名其妙，不觉问此一声："怎么，先生只打听陈姑娘？难道她闹出事来了么？"

"不，不，我打听她，就是因为你的事，你不说从前都是她供给你么？现在怎么又不供给了呢？"

"嘻！"老太太摇着头，搲着拳头向下一顿，接着说："她前几天来，偶然谈起我儿子。她说我儿子的功劳，都教人给上在别人的功劳簿上了。她自己的事情也是飘飘摇摇，说不定哪一天就要下来。她教我到老人院。去挂个号，万一她的事情不妥，我也有个退步，我到老人院去，院长说现在人满了，可是还有几个社会局的额，教我立刻找人写禀递到局里去。我本想等陈姑娘来，请她替我办，因为那晚上我们有点拌嘴，把她气走了。她这几天都没来，教我很着急，昨天早晨，我就在局前的写字摊花了两毛钱，请那先生给写了一张请求书递进去。"

"看来，你说的那位陈姑娘我也许认识，她也许就在我们局里做事。"

"是么？我一点也不知道。她怎么今日不同您来呢？"

"她有三天不上衙门了。她说今儿下午去，我没等她便出来啦。若是她知道，也省得我来。"

老太太不等更真切的证明，已认定那陈姑娘就是在社会局的那一位。她用很诚恳的眼光射在可为脸上问："我说，陈姑娘的事情是不稳么？"

"没听说，怕不至于吧。"

"她一个月支多少薪水？"

可为不愿意把实情告诉她，只说："我也弄不清，大概不少吧。"

老太太忽然沉下脸去发出失望带着埋怨的声音说："这姑娘也许嫌我累了她，不愿意再供给我了，好好的事情在做着，平白地瞒我干什么！"

"也许她别的用费大了，支不开。"

"支不开？从前她有丈夫的时候也天天嚷穷。可是没有一天不见她穿缎戴翠，穷就穷到连一个月给我几块钱用也没有，我不信，也许这几年所给我的，都是我儿子的功劳钱，瞒着我，说是她拿出来的。不然，我同她既不是亲，也不是戚，她凭什么养我一家？"

可为见老太太说上火了，忙着安慰她说："我想陈姑娘不是这样人。现在在衙门里做事，就是做一天算一天，谁也保不定能做多久，你还是不要多心吧。"

老太太走前两步，低声地说："我何尝多心？她若是一个正经女人，她男人何致不要她。听说她男人现时在南京或是上海当委员，不要她啦。他逃后，她的肚子渐渐大起来，花了好些钱到日本医院去，才取下来。

后来我才听见人家说，他们并没穿过礼服，连酒都没请人喝过，怨不得拆得那么容易。"

可为看老太太一双小脚站得进一步退半步的，忽觉他也站了大半天，脚步未免也移动一下。老太太说："先生，您若不嫌脏就请坐坐，我去沏一点水您喝，再把那陈姑娘的事细细地说给您听。"可为对于陈的事情本来知道一二，又见老太太对于她的事业的不明了和怀疑，料想说不出什么好话。即如到医院堕胎，陈自己对他说是因为身体软弱，医生说非取出不可。关于她男人遗弃她的事，全局的人都知道，除他以外多数是不同情于她的。他不愿意再听她说下去，一心要去访北下洼八号，看到底是个什么人家。于是对老太太说："不用张罗了，您的事情，我明天问问陈姑娘，一定可以给你办妥。我还有事，要到别处去，你请歇着吧。"一面说，一面踏出院子。

老太太在后面跟着，叮咛可为切莫向陈姑娘打听，恐怕她说坏话。可为说："断不会，陈姑娘既然教你到老人院，她总有苦衷，会说给我知道，你放心吧。"出了门，可为又把方才拿粉盒的手指举到鼻端，且走且闻，两眼像看见陈情就在他前头走，仿佛是领他到北下洼去。

北下洼本不是热闹街市，站岗的巡警很优游地在街心踱来踱去。可为一进街口，不费力便看见八号的门牌，他站在门口，心里想："找谁呢？"他想去问岗警，又怕万一问出了差，可了不得。他正在踌躇，当头来了一个人，手里一碗酱，一把葱，指头还吊着几两肉，到八号的门口，大嚷："开门。"他便向着那人抢前一步，话也在急忙中想出来。

"那位常到这里的陈姑娘来了么？"

那人把他上下估量了一会，便问："哪一位陈姑娘？您来这里找过她么？"

"我……"他待要说没有时，恐怕那人也要说没有一位陈姑娘。许久才接着说："我跟人家来过，我们来找过那位陈姑娘，她一头的刘海发不像别人烫得像石狮子一样，说话像南方人。"

那人连声说："唔，唔，她不一定来这里。要来，也得七八点以后。您贵姓？有什么话请您留下，她来了我可以告诉她。"

"我姓胡，只想找她谈谈，她今晚上来不来？"

"没准，胡先生今晚若是来，我替您找去。"

"你到哪里找她去呢？"

"哼，哼！"那人笑着，说，"到她家里，她家就离这里不远。"

"她不是住在肉市么？"

"肉市？不，她不住在肉市。"

"那么她住在什么地方？"

"她们这路人没有一定的住所。"

"你们不是常到宝积寺去找她么？"

"看来您都知道，是她告诉您她住在那里么？"

感悟名家经典

可为不由得又要扯谎，说："是的，她告诉过我。不过方才我到宝积寺，那老太太说到这里来找。"

"现在还没黑，"那人说时仰头看看天，又对着可为说，"请您上市场去绕个弯再回来，我替您叫她去。不然请进来歇一歇，我叫点东西您用，等我吃过饭，马上去找她。"

"不用，不用，我回头来吧。"可为果然走出胡同口，雇了一辆车上公园去，找一个僻静的茶店坐下。

茶已沏过好几次，点心也吃过，好容易等到天黑了。十一月的黝云埋没了无数的明星，悬在园里的灯也被风吹得摇动不停，游人早已绝迹了，可为直坐到听见街上的更夫敲着二更，然后踱出园门，直奔北下洼而去。

门口仍是静悄悄的，路上的人除了巡警，一个也没有。他急进前去拍门，里面大声问："谁？"

"我姓胡。"

门开了一条小缝，一个人露出半脸，问："您找谁？"

"我找陈姑娘。"可为低声说。

"来过么？"那人问。

可为在微光里虽然看不出那人的面目，从声音听来，知道他并不是下午在门口同他回答的那一个。他一手急推着门，脚先已踏进去，随着说："我约过来的。"

那人让他进了门口，再端详了一会，没领他望哪里走，可为也不敢走了。他看见院子里的屋子都像有人在里面谈话，不晓得进哪间合适，那人见他不像是来过的。便对他说："先生，您跟我走。"

这是无上的命令，教可为没法子不跟随他，那人领他到后院去。穿过两重天井，过一个穿堂，才到一个小屋子，可为进去四围一望，在灯光下只见铁床一张，小梳妆桌一台放在窗下，桌边放着两张方木椅。房当中安着一个发不出多大暖气的火炉，门边还放着一个脸盆架，墙上只有两三只冻死了的蝈蝈，还囚在笼里像装饰品一般。

"先生请坐，人一会就来。"那人说完便把门反掩着，可为这时心里不觉害怕起来。他一向没到过这样的地方，如今只为要知道陈姑娘的秘密生活，冒险而来，一会她来了，见面时要说呢，若是把她羞得无地可容，那便造孽了。一会，他又望望那扇关着的门，自己又安慰自己说："不妨，如果她来，最多是向她求婚罢了……她若问我怎样知道时，我必不能说看见她的旧粉盒子。不过，既是求爱，当然得说真话，我必得告诉她我的不该，先求她饶恕……"

门开了，喜惧交迫的可为，急急把视线连在门上，但进来的还是方才那人。他走到可为跟前，说："先生，这里的规矩是先赏钱。"

"你要多少？"

"十块，不多吧。"

可为随即从皮包里取出十元票子递给他。

那人接过去。又说："还请您打赏我们几块。"

可为有点为难了，他不愿意多纳，只从袋里掏出一块，说："算了吧。"

"先生，损一点，我们还没把茶钱和洗褥子的钱算上哪，多花您几块罢。"

可为说："人还没来，我知道你把钱拿走，去叫不去叫？"

"您这一点钱，还想叫什么人？我不要啦，您带着。"说着真个把钱都交回可为，可为果然接过来，一把就往口袋里塞。那人见是如此，又抢进前揸住他的手，说："先生，您这算什么？"

"我要走，你不是不替我把陈姑娘找来么？"

"你瞧，你们有钱的人拿我们穷人开玩笑来啦？我们这里有白进来，没有白出去的。你要走也得，把钱留下。"

"什么，你这不是抢人么？"

"抢人？你平白进良民家里，非奸即盗，你打什么主意？"那人翻出一副凶怪的脸，两手把可为拿定，又嚷一声，推门进来两个大汉，把可为团团围住，问他："你想怎样？"可为忽然看见那么些人进来，心里早已着了慌，简直闹得话也说不出来。一会他才鼓着气说："你们真是要抢人么？"

那三人动手掏他的皮包了，他推开了他们，直奔到门边，要开门，不料那门是往里开的，门里的钮也没有了。手滑，拧不动，三个人已追上来，他们把他拖回去，说："你跑不了，给钱吧，舒服要钱买，不舒服也得用钱买。你来找我们开心，不给钱，成么？"

可为果真有气了，他端起门边的脸盆向他们扔过去，脸盆掉在地上，砰嘣一声，又进来两个好汉，现在屋里是五个打一个。

"反啦？"刚进来的那两个同声问。

可为气得鼻息也粗了。

"动手罢。"说时迟，那时快，五个人把可为的长褂子剥下来，取下他一个大银表、一支墨水笔、一个银包，还送他两拳，加两个耳光。

他们抢完东西，把可为推出房门，用手巾包着他的眼和塞着他的口，两个揸着他的手，从一扇小门把他推出去。可为心里想："糟了！他们一定下毒手要把我害死了！"手虽然放了，却不晓得抵抗，停一回，见没有什么动静，才把嘴里手巾拿出来，把绑眼的手巾打开，四围一望原来是一片大空地，不但巡警找不着，连灯也没有。他心里懊悔极了，到这时才疑信参半，自己又问："到底她是那天酒店前的车夫所说的陈皮梅不是？"慢慢地踱了许久才到大街，要报警自己又害羞，只得急急雇了一辆车回公寓。

他在车上，又把午间拿粉盒的手指举到鼻端间，忽而觉得两颊和身上的余痛还在，不免又去摩挲摩挲。在道上，一连打了几个喷嚏，才记得他的大衣也没有了。回到公寓，立即把衣服穿上，精神兴奋异常，自在厅上踱来踱去，直到极疲乏的程度才躺在床上。合眼不到两个时辰，睁开眼时，已是早晨九点，他忙爬起来坐在床上，觉得鼻子有点不透气，于是急急下床教伙计提热水来。过一会，又匆匆地穿上厚衣服，上街门去，他到办公室，严庄和子清早已各在座上。

"可为，怎么今天晚到啦？"子清问。

"伤风啦，本想不来的。"

"可为，新闻又出来了！"严庄递给可为一封信，这样说。"这是陈情辞职的信，方才一个孩子交进来的。"

"什么？她辞职！"可为诧异了。

"大概是昨天下午同局长闹翻了。"子清用报告的口吻接着说，"昨天我上局长办公室去回话，她已先在里头，我坐在室外候着她出来。局长照例是在公事以外要对她说些'私事'，我说的'私事'你明白。"他笑向着可为，"但是这次不晓得为什么闹翻了。我只听见她带着气说：'局长，请不要动手动脚，在别的夜间您可以当我是非人，但在日间我是个人，我要在社会做事，请您用人的态度来对待我。'我正注神听着，她已大踏步走近门前，接着说：'撤我的差吧，我的名誉与生活再也用不着您来维持了。'我停了大半天，至终不敢进去回话，也回到这屋里。我进来，她已走了。老严，你看见她走时的神气么？"

"我没留神，昨天她进来，像没坐下，把东西捡一捡便走了，那时还不到三点。"严庄这样回答。

"那么，她真是走了。你们说她是局长的候补姨太，也许永不能证实了。"可为一面接过信来打开看，信中无非说些官话。他看完又摺起来，纳在信封里，按铃叫人送到局长室。他心里想陈情总会有信给他，便注目在他的桌上，明漆的桌面只有昨夜的宿尘，连纸条都没有。他坐在自己的位上，回想昨夜的事情，同事们以为他在为陈情辞职出神，调笑着说：

"可为，别再想了，找苦恼受干什么？方才那送信的孩子说，她已于昨天下午五点钟搭火车走了，你还想什么？"

说者无心，听者有意，可为只回答："我不想什么，只估量她到底是人还是非人。"说着，自己摸自己的嘴巴，这又引他想起在屋里那五个人待遇他的手段。他以为自己很笨，为什么当时不说是社会局人员，至少也可以免打。不，假若我说是社会局的人，他们也许会把我打死咧……无论如何，那班人都可恶，得通知公安局去逮捕，房子得封，家具得充公。他想有理，立即打开墨盒，铺上纸，预备起信稿，写到"北下洼八号"，忽而记起陈情那个空粉盒。急急过去，抽开展子，见原物仍在，他取出来，正要往袋里藏，可巧被子清看见。

"可为，到她屉里拿什么？"

"没什么！昨天我在她座位上办公，忘掉把我一盒日快丸拿去，现在才记起。"他一面把手插在袋里，低着头，回来本位，取出小手巾来擤鼻子。

（原载 1934 年《文学》2 卷 1 号）

换巢鸾凤

一　歌声

那时刚过了端阳节期，满园里底花草倚仗膏雨底恩泽，都争着向太阳献他们底媚态。——鸟儿、虫儿也在这灿烂的庭园歌舞起来。和鸾独自一个站在嘤鹂亭下。她所穿底衣服和槛下紫蚨蝶花底颜色相仿。乍一看来，简直疑是被阳光底威力拥出来底花魂。她一手用蒲葵扇挡住当午的太阳，一手提着长褂，望发出蝉声底梧桐前进。——走路时，脚下底珠鞋一步一步印在软泥嫩苔之上，印得一路都是方胜了。

她走到一株瘦削的梧桐底下，瞧见那蝉踞在高枝嘶嘶地叫个不住，——想不出什么方法把那小虫带下来，便将手扶着树干尽力一摇，叶上底残雨乘着机会飞滴下来，那小虫也带着残声飞过墙东去了。那时，她才后悔不该把树摇动，教那饿鬼似的雨点争先恐后地扑在自己身上。那虫歇在墙东底树梢，还振着肚皮向她解嘲说："值也！值也！……值"她愤不过，要跑过那边去和小虫见个输赢。刚过了月门，就听见一缕清逸的歌声从南窗里送出来。她爱音乐底心本是受了父亲底影响，一听那抑扬的腔调，早把她所要做底事搁在脑后了。她悄悄地走到窗下，只听得：

> …………
> 　你在江湖流落尚有雌雄侣；
> 亏我影只形单异地栖。
> 　风急衣单无路寄，
> 寒衣做起误落空闺。
> 　日日望到夕阳，我就愁倍起：
> 只见一围衰柳锁住长堤。
> 　又见人影一鞭残照里，
> 几回错认是我郎归，
> …………

正听得津津有味，一种娇娆的声音从月门出来："大小姐你在那里干什么？太太请你去瞧金鱼哪。那是客人从东沙带来送给咱们底。好看得很，快进去罢。"她回头见是自己底丫头婼而，就示意不教她做声，且招手叫她来到跟前，低声对她说："你听这歌声多好！"她底声音想是被窗里底人听见，话一说完，那歌声也就止住了。

婼而说："小姐，你瞧你底长褂子都已湿透，鞋子也给泥沾污了。咱们回去罢。别再听啦。"她说："刚才所听底实在是好，可惜你来迟一点，领教不着。"婼而问："唱底是什么？"她说："是用本地话唱的。我到底时候，只听得什么……尚有雌雄侣……影只形单异地栖。……"婼而不由她说完就插嘴说："噢，噢，小姐，我知道了。我也会唱这种歌儿。你所听底叫做《多情雁》，我也会唱。"她听见婼而也会唱，心里十分喜欢，一面走，一面问："这是哪一类底歌呢？你说会唱，为什么你来了这两三年从不曾唱过一次？"婼而说："这就叫做粤讴，大半是男人唱底。我恐怕老爷骂，所以不敢唱。"她说："我想唱也无妨。你改天教给我几支罢。我很喜欢这个。"她们在谈话间，已经走到饮光斋底门前，二人把脚下底泥刮掉，才踏进去。

饮光斋是阳江州衙内底静室。由这屋里往北穿过三思堂就是和鸾底卧房。和鸾和婼而进来底时候，父亲崇阿，母亲赫舍里氏，妹妹鸣鸾和表兄启祯正围坐在那里谈话。鸣鸾把她底座让出一半，对和鸾说："姊姊快来这里坐着罢。爸爸给咱们讲养鱼经哪。"和鸾走到妹妹身边坐下，瞧见当中悬着一个玻璃壶，壶内底水映着五色玻璃窗底彩光，把金鱼底颜色衬得越发好看。崇阿只管在那里说，和鸾却不大介意。因为她惦念着跟婼而学粤讴，巴不得立刻回到自己底卧房去。她坐了一会，仍扶着婼而出来。

崇阿瞧见和鸾出去，就说："这孩子进来不一会儿，又跑出去，到底是忙些什么？"赫氏笑着回答说："也许是瞧见祯哥儿在这里，不好意思坐着罢。"崇阿说："他们天天在一块儿也不害羞，偏是今天就回避起来。真是奇怪。"原来启祯是赫氏底堂侄子；他底祖上，不晓得在哪一代有了战功，给他荫袭一名轻车都尉。只是他父母早已去世，从小就跟着姑姑过日子，他姑父崇阿是正白旗人，由笔帖式出身，出知阳江州事；他底学问虽不甚好，却很喜欢谈论新政。当时所有的新式报像《时务报》，《清议报》，《新民丛报》和康梁们底著述，他除了办公以外，不是弹唱，就是和这些新书报周旋。他又深信非整顿新军，不能教国家复兴起来。因为这样，他在启祯身上底盼望就非常奢大。有时下乡剿匪，也带着他同行，为底是叫他见习些战务。年来瞧见启祯长得一副好身材，心里更是喜欢，有意思要将和鸾配给他。老夫妇曾经商量过好几次，却没有正式提起。赫氏以为和鸾知道这事，所以每到启祯在跟前底时候，她要避开，也就让她回避。

再说和鸾跟婼而学了几支粤讴，总觉得那腔调不及那天在园里所听底好。但是她很聪明，曲谱一上口，就会照着弹出来。她自己费了很大的工夫去学粤讴，方才摸着一点门径，居然也会撰词了。她在三思堂听着父亲弹琵琶，不觉技痒起来。等父亲弹完，就把那乐器抱过来，对父亲说："爸爸，我这两天学了些新调儿，自己觉得很不错；现在把它弹出来，您瞧好听不好听。"她说着，一面用手去和弦子，然后把琵琶立起来，唱道：

萧疏雨，问你要落几天？
　你有天官唔①*住，偏要在地上流连。
你为饶益众生，舍得将自己作践。
　我地②得到你来，就唔使劳烦个位散花仙。
人地话③雨打风吹会将世界变，
　果然你一来到就把锦绣装饰满园。
你睇④娇红嫩绿委实增人恋。
　可怪瞰⑤好世界，重有个只啼不住嘅杜鹃！
鹃呀！愿我嘅⑥血洒来好似雨瞰周偏，
　一点一滴润透三千大千。
劝君休自寒，要把愁眉展。
　但愿人间一切血泪和汗点，
一洒出来就同雨点一样化做甘泉。

换巢鸾凤

"这是前天天下雨的时候做底，不晓得您听了以为怎样？"崇阿笑说："我儿，你多会学会这个？这本是旷夫怨女之词，你把它换做写景，也还可听。你倒有一点聪明，是谁教给你底？"和鸾瞧见父亲喜欢，就把那天怎样在园里听见，怎样央婷而教，自己怎样学，都说出来。崇阿说："你是在龙王庙后身听底吗？我想那是祖凤唱底。他唱得很好，我下乡时，也曾叫他唱给我听。"和鸾便信口问："祖凤是谁？"崇阿说："他本是一个囚犯。去年黄总爷抬举他，请我把他开释，留在营里当差。我瞧他底身材、气力都很好，而且他底刑期也快到了，若是有正经事业给他做，也许有用，所以把他交给黄总爷调遣去，他现在当着第三棚底什长哪。"和鸾说："噢，原来是这里头底兵丁。他底声音实在是好。我总觉得婷而唱底不及他万一。有工夫还得叫他来唱一唱。"崇阿说："这倒是容易的事情。明天把他调进内班房当差，就不怕没有机会听他底。"崇阿因为祖凤底气力大，手足敏捷，很合自己底

许地山

151

---

① *　"唔"等于"不"，读如英文 m。
②　"我地"等于"我们"。
③　"人地话"就是"人家说"。
④　"睇"北方说"瞧"。
⑤　"瞰"等于"如此"，"这样"。
⑥　"嘅"等于"的"，"底"。
此六处粤语附注，系作者原注。

军人理想，所以很看重他。这次调他进来，虽说因着爱女儿底缘故，还是免不了寓着提拔他底意思。

二 射 覆

自从祖凤进来以后，和鸾不时唤他到啭鹂亭弹唱，久而久之，那人人有底"大欲"就把他们缠住了。他们此后相会底罗针不是指着弹唱那方面，乃是指着"情话"那方面。爱本来没有等第，没有贵贱，没有贫富底分别。和鸾和祖凤虽有主仆底名分，然而在他们底心识里，这种阶级底成见早已消灭无余。崇阿耳边也稍微听见二人底事，因此后悔得很。但他很信他底女儿未必就这样不顾体面，去做那无耻的事，所以他对于二人底事，常在疑信之间。

八月十二，交酉时分，满园底树被残霞照得红一块，紫一块。树上底归鸟在那里唧唧喳喳地乱嚷。和鸾坐在苹婆树下一条石凳上头，手里弹着她底乐器，口里低声地唱。那时，歌声、琵琶声、鸟声、虫声、落叶声和大堂上定更底鼓声混合起来，变成一种特别的音乐。祖凤从如楼船屋那边走来，说："小姐，天黑啦，还不进去么？"和鸾对着他笑，口里仍然唱着，也不回答他。他进前正要挨着和鸾坐下，猛听得一声："鸾儿，天黑了，你还在那里干什么？快跟我进来。"祖凤听出是老爷底声音，一缕烟似的就望阁提花丛里钻进去了。和鸾随着父亲进去，挨了一顿大申斥。次日，崇阿就借着别的事情把祖凤打四十大板，仍旧赶回第三棚，不许他再到上房来。

和鸾受过父亲底责备，心里十分委曲。因为衙内上上下下都知道大小姐和祖什长在园里被老爷撞见底事，弄得她很没意思。崇阿也觉得那晚上把女儿申斥得太过，心里也有点怜惜。又因为她年纪大了，要赶紧将她说给启祯，省得再出什么错。他就吩咐下人在团圆节预备一桌很好的瓜果在园里，全家底人要在那里赏月行乐。崇阿底意思：一来是要叫女儿喜欢；二来是要藉着机会向启祯提亲。

一轮明月给流云拥住，朦胧的雾气充满园中，只有印在地面底花影稍微可以分出黑白来。崇阿上了如楼船屋底楼上，瞧见启祯在案头点烛，就说："今晚上天气不大好啊！你快去催她们上来，待一会，恐怕要下雨。"启祯听见姑丈底话，把香案瓜果整理好，才下楼去。月亮越上越明，云影也渐渐散了。崇阿高兴起来，等她们到齐底时候，就拿起琵琶弹了几支曲。他要和鸾也弹一支。但她底心里，烦闷已极，自然是不愿意弹底。崇阿要大家在这晚上都得着乐趣，就出了一个赌果子底玩意儿。在那楼上赏月的有赫氏、和鸾、鸣鸾、启祯，连崇阿是五个人。他把果子分做五份，然后对众人说："我想了个新样的射覆，就是用你们常念底《千家诗》和《唐诗》里底诗句，把一句诗当中换一个字，所换底字还要射在别句诗上。我先说了，不许用偏僻的句，因为这不是叫你们赌才情，乃是教你们斗快乐。我们就挨着次序一人唱一句，拈阄定射覆底人。射中底就得唱句人的赠品；射不中就得挨罚。"大家听了都请他举一个例。他就说："比如我唱一句：长安云边多丽人。要问你：明明是水，为什么说云？你就得在《千家诗》或《唐诗》里头找一句来答覆。若说：美人如花隔云端，就算覆对了。"和鸾和鸣鸶都高兴得很，她们低着头在那里默想。惟有启祯跑到书房把书翻了大半天才上来。姊妹们说他是先翻书再来赌底，不让他加入。崇阿说："不要紧，若诗不熟，看也无妨。我们只是取乐，毋须认真。"于是都挨着次序坐下，个个侧耳听着那唱句人底声音。

　　第一次是鸣鸶，唱了一句："楼上花枝笑不眠"问："明明是独，怎么说不？"把阄一拈，该崇阿覆。他想了一会，就答道："春色恼人眠不得。"鸣鸶说："中了。"于是把两个石榴送到父亲面前。第二次是赫氏唱："主人有茶欢今夕。"问："明明是酒，为什么变成茶？"鸣鸶就答："寒夜客来茶当酒。"崇阿说："这句覆得好。我就把这两个石榴加赠给你。"第三次是启祯唱："纤云四卷天来河。"问："明明是无，怎样说来？"崇阿想了半天，想不出一句合适的来。启祯说："姑丈这次可要挨罚了。"崇阿说："好。你自己覆出来罢。我实在想不起来。"启祯显出很得意的样子，大声念道："君不见黄河之水天上来？"弄得满坐底人都瞧着笑。崇阿说："你这句射得不大好。姑且算你赢了罢。"他把果子送给启祯，正要唱时，当差底说："省城来了一件要紧的公文。师爷要请老爷去商量。"崇阿立刻下楼，到签押房去。和鸾站起来唱道："千树万树梨花飞"问："明明是开，为什么又飞起来？"赫氏答道："春城无处不飞花。"她接了和鸾底赠品，就对鸣鸶说："该你唱了。"于是鸣鸶唱一句："桃花尽日夹流水。"问："明明是随，为何说夹？"和鸾答道："两岸桃花夹古津。"这次应当是赫氏唱，但她一时想不起好句来，就让给启祯。他唱道："行人弓箭各在肩。"问："明明是腰，怎会在肩？那腰空着有什么用处？"和鸾："你这问太长了。叫人怎样覆？"启祯说："还不知道是你射不是，你何必多嘴呢？"他把阄筒摇了一下才教各人抽取。那黑阄可巧落在鸣鸶手里。她想一想，就笑说："莫不是腰横秋水雁翎刀吗？"启祯忙说："对，对，你很聪明。"和鸾只掩着口笑。启祯说："你不要笑人，这次该你了，瞧瞧你底又好到什么地步。"和鸾说："祯哥这唱实在差一点，因为没有覆到肩字上头。"她说完就唱："青草池塘独听蝉。"问："明明是蛙，怎么说蝉？"可巧该启祯射。他本来要找机会调嘲和鸾，藉此报复她方才底批评。可巧他想不起来，就说一句俏皮话："癞蛤蟆自然不配在青草池塘那里叫唤。"他说这句话是诚心要和和鸾起哄。个人心事自家知，和鸾听了自然猜他是说自己和祖凤底事，不由得站起来说："哼，莫笑蛇无角，成龙也未知。祯哥，你以为我听不懂你底话么？咳，何苦来！"她说完就悻悻地下楼去。赫氏以为他们是闹玩，还在上头嚷着："这孩子真会负气，回头非叫她父亲打她不可。"

和鸾跑下来，踏着花阴要向自己房里去。绕了一个弯，刚到啸鹏亭，忽然一团黑影从树下拱起来，把她吓得魂不附体。正要举步疾走，那影儿已走近了。和鸾一瞧，原来是祖凤。她说："亚凤，你昏夜里在园里吓人干什么？"祖凤说："小姐，我正候着你，要给你说一宗要紧的事。老爷要把你我二人重办，你知道不知道？"和鸾说："笑话，哪里有这事？你从哪里听来底？他刚和我们一块儿在如楼船屋楼上赏月哪。"祖凤说："现在老爷可不是在签押房吗？"和鸾说："人来说师爷有要事要和他商量，并没有什么。"祖凤说："现在正和师爷相议这事呢。我想你是不要紧的，不过最好还是暂避几天，等他气过了才回来。若是我，一定得逃走，不然，连性命也要没了。"和鸾惊说："真的么？"祖凤说："谁还哄你？你若要跟我去时，我就领你闪避几天再回来。……无论如何，我总走底。我为你挨了打，一定不能撇你在这里；你若不和我同行，我宁愿死在你跟前。"他说完掏出一枝手枪来，把枪口向着自己底心坎，装做要自杀底样子。和鸾瞧见这个光景，她心里已经软化了。她把枪夺过来，抚着亚凤底肩膀说："也罢，我不忍瞧见你对着我做伤心的事，你且在这里等候，我回去房里换一双平底鞋再来。"祖凤说："小姐底长褂也得换一换才好。"和鸾回答一声："知道。"就忙忙地走进去。

三 一失足

她回到房中，知道婍而还在前院和女仆斗牌。瞧瞧时计才十一点零，于是把鞋换好，胡乱拿了几件衣服出来。祖凤见了她忙上前牵着她底手说："咱们由这边走。"他们走得快到衙后底角门，亚凤教和鸾在一株榕树底下站着。他到角门边底更房见没有人在那里，忙把墙上底钥匙取下。出了房门，就招手叫和鸾前来。他说："我且把角门开了让你先出去。我随后爬墙过去带着你走。"和鸾出去后，他仍把角门关锁妥当，再爬过墙去。原来衙后就是鼍山，虽不甚高，树木却是不少。衙内底花园就是山顶底南部。二人下了鼍山，沿着山脚走。和鸾猛然对祖凤说："呀！我们要到哪里去？"祖凤说："先到我朋友底村庄去，好不好？"和鸾问说："什么村庄，离城多远呢？"祖凤说："逃难底人，一定是越远越好的。咱们只管走罢。"和鸾说："我可不能远去。天亮了，我这身装束，谁还认不得？""对呀，我想你可以扮男装。"和鸾说："不成，不成，我底头发和男子不一样。"祖凤停步想了一会，就说："我为你设法。你在这里等着，我一会就回来。"他去后，不久就拿了一顶遮羞帽（阳江妇人用的竹帽），一套青布衣服来。他说："这就可以过关啦。"和鸾改装后，将所拿底东西交给祖凤。二人出了五马坊，望东门迈步。

那一晚上，各城门都关得很晚，他们竟然安安稳稳地出城去了。他们一直走，已经过了一所医院，路上一个人也没有。只有天空悬着一个半明不亮的月。和鸾走路时，心里老是七上八下地打算。现在她可想出不好来了。她和祖凤刚要上一个山坡，就止住说："我错了。我不应当跟你出来。我须得回去。"她转身要走，只是脚已无力，不听使唤，就坐一块大石上头。那地两面是山，树林里不时发出一种可怕的怪声。路上只有他们二人走着。和鸾到这时候，已经哭将起来。她对祖凤说："我宁愿回去受死，不愿往前走了。我实在害怕得很，你快送我回去罢。"祖凤说；"现在可不能回去，因为城门已经关了。你走不动，我可以驼你前行。"她说："明天一定会给人知道底。若是有人追来，要怎样办呢？"祖凤说："我们已经改装，由小路走一定无妨。快走罢。多走一步是一步。"他不由和鸾做主，就把她驼在背上，一步一步登了山坡。和鸾伏在后面，把眼睛闭着，把双耳掩着。她全身底筋肉也颤动得很利害。那种恐慌底光景，简直不能用笔墨形容出来。

蜿蜒的道上，从远看只像一个人走着，挨近却是两个。前头一种强烈之喘声和背后那微弱的气息相应和。上头的乌云把月笼住，送了几粒雨点下来。他们让雨淋着，还是一直地望前。刚渡过那龙河，天就快亮了。祖凤把和鸾放下，对她说："我去叫一顶轿子给你坐罢。天快要亮了，前边有一个大村子，咱们再不能这样走了。"和鸾哭着说："你要带我到哪里去呢？若是给人知道了，你说怎好？"祖凤说："不碍事底。咱们一同走着，看有轿子，再雇一顶给你，我自有主意。"那时东方已有一点红光，雨也止了。他去雇了一顶轿子，让和鸾坐下，自己在后面紧紧跟着。足行了一天，快到那笃墟了。他恐怕到底时候没有住处，所以在半路上就打发轿夫回去。祖凤扶着她慢慢地走，到了一间破庙底门口。祖凤教和鸾在牴牼旁边候着，自己先进里头去探一探，一会儿他就携着和鸾进去。那晚上就在那里歇息。

和鸾在梦中惊醒。从月光中瞧见那些陈破的神像：脸上底胡子，和身上底破袍被风刮得舞动起来。那光景实在狰狞可怕。她要伏在祖凤怀里，又想着这是不应当的。她懊悔极了，就推祖凤起来，叫他送自己回去。祖凤这晚上倒是好睡，任她怎样摇也摇不醒来。她要自己出来，那些神像直瞧着她，叫她动也不敢动。次日早晨，祖凤牵着她仍从小路走。祖凤所要找底朋友，就在这附近住，但他记不清那条路底方位。他们朝着早晨的太阳前行，由光线中，瞧见一个人从对面走来。祖凤瞧那人地容貌，像在哪里见过似的，只是一时记不起他地名字。他要用他们地暗号来试一试那人，就故意上前撞那人一下，大声喝道："吙！你盲了吗？"和鸾瞧这光景，力劝他不要闯祸，但她底力量哪里禁得住祖凤。那人受祖凤这一喝，却不生气。只回答说："我却不盲，因为我底眼睛比你大。"说完还是走他底。祖凤听了，就低声对和鸾说："不怕了。咱们有了宿处了。我且问他这附近有房子没有；再问他认识亚成不认识。"说着就叫那人回来，殷勤地问他说："你既然是豪杰，请问这附近有甲子借人没有？"那人指着南边一条小路说："从这条线打听去罢。"祖凤乘机问他："你认得金成么？"那人一听祖凤问金成，就把眼睛望他身上估量了一回。说："你问他做什么？他已不在这里。你莫不是由城来底么？是黄得胜叫你来底不是？"祖凤连声答了几个是。那人望四周一瞧，就说："这里不是说话底地方。你可以到我那里去，我再把他底事情告诉你。"

原来那人也姓金，名叫权。他住在那笃附近一个村子，曾经一度到衙门去找黄总爷。祖凤就在那时见他一次，他们一说起来就记得了。走底时节，亚权问祖凤说："随你走底可是尊嫂？"祖凤支离地回答他。和鸾听了十分懊恼，但她底脸帽子遮住，所以没人理会她底当时的神气。三人顺着小路走了约有三里之遥，当前横着一条小溪涧，架着两岸底桥是用一块旧棺木做底。他们走过去，进入一丛竹林。亚权说："到我底甲子了。"祖凤、和鸾跟着亚权进入一间矮小的茅屋。让坐之后，和鸾还是不肯把帽子摘下来。祖凤说："她初出门，还害羞咧。"亚权说："莫如请嫂子到房里歇息，我们就在外头谈谈罢。"祖凤叫和鸾进房里，回头就问亚权说："现在就请你把成哥底下落告诉我。"亚权叹了一口气说："哎！他现时在开平县底监里哪，他在几个月前出去'打单'，兵来了还不逃走，所以给人挝住了。"这时祖凤底脸上显出一副很惊惶的模样，说："噢，原来是他。"亚权反问什么意思。他就说："前晚上可不是中秋吗？省城来了一件要紧的文书，师爷看了，忙请老爷去商量。我正和黄总爷在龙王庙里谈天，忽然在签押房当差底朱爷跑来，低声地对黄总爷说：开平县监里一个劫犯供了他和土匪勾通，要他立刻到堂对质。黄总爷听了立刻把几件细软的东西藏在怀里，就望头门逃走。他临去时，教我也得逃走。说：这案若发作起来，连我也有份。所以我也逃出来。现在给你一说，我才明白是他。"亚权说："逃得过手，就算好运气。我想你们也饿了。我且去煮些沙来给你们耕罢。"他说着就到檐下煮饭去了。

和鸾在里面听得很清楚，一见亚权出去，就站在门边怒容向着祖凤说："你们方才所说底话，我已听明白了。你现在就应当老老实实地对我说。不然，我……"她说到这里，咽喉已经噎住。祖凤进前几步，和声对她说："我底小姐，我实在是把你欺骗了。老爷在签押房所商量底与你并没有什么相干，乃是我和黄总爷底事。我要逃走，又舍不得你，所以想些话来骗你，为底是要叫你和我一块住着。我本来要扮做更夫到你那里，刚要到更房去取家具。可巧就遇着你，因此就把你哄住了。"和鸾说："事情不应当这样办。这样叫我怎样见人？你为什么对人说我是你底妻子？原来你底……"祖凤瞧她越说越气，不容她说完就插着说："我底小姐，你不曾说你是最爱我底吗？你舍得教我离开你吗？"亚权听见里面小姐长小姐短底话，忙进来打听到底是哪一回事。祖凤知瞒不过，就把事情底原委说给他知道。他们二人用了许多话语才把和鸾底气减少了。

亚权也是和黄总爷一党底人，所以很出力替祖凤遮藏这事。他为二人找一个藏身之所，不久就搬到离亚权底茅屋不远一所小房子住去。

四　他底宗教

　　和鸾所住底屋子靠近山边。屋后一脉流水，四围都是竹林。屋内只有两铺床，一张桌子和几张竹椅。壁上底白灰掉得七零八落了，日光从瓦缝间射下来。祖凤坐在她床脚下，侧耳听着她说："亚凤啊，我这次跟你到这个地方，要想回家，也办不到的。现在与你立约，若能依我，我就跟着你；若是不能，你就把我杀掉。"祖凤说："只要你常在我身边，我就没有不依从你底事。"和鸾说："我从前盼望你往上长进，得着一官半职，替国家争气；就是老爷，在你身上也有这样的盼望。我告诉你，须要等你出头以后，才许入我房里；不然，就别妄想。"祖凤底良心现在受责罚了。和鸾底话，他一点也不敢反抗。只问她说："要到什么地步才算呢？"和鸾说："不须多大，只要能带兵就够了。"祖凤连连点头说："这容易，这容易。我只须换个名字再投军去就有盼望。"

　　亚凤在那里等机会入伍，但等来等去总等不着。只得先把从前所学底手艺编做些竹器到墟里发卖。他每日所得到底钱差可以够二人的用。有一天，他在墟里瞧见庙前贴着一张很大的告示。他进前一瞧，别的名字都不认得，只认得"黄得胜……祖凤……逃……捉拿……花红四百元……"他看了，知道是通缉底告示，吓得紧跑回去。一踏进门，和鸾手里拿着一块四寸见方的红布，上面印着一个不像八卦，不像两仪底符号在那瞧着。一见祖凤回来，就问他说："这是什么东西？"祖凤说："你既然搜了出来，我就不能不告诉你。这就是我地腰平。小姐，你要知道我和黄总爷都是洪门底豪杰；我们二人都有这个。这就是入门底凭据。我坐监底时候，黄总爷也是因为同会底缘故才把我保释出来底。"和鸾说："那么亚权也是你们底同党了。""是的。……呀！小姐，事情不好了。老爷底告示已经贴在墟里，要捉拿我和黄总爷哪。这里还是阳江该管底地方，咱们必不能再住在此；不如往东走，到那扶墟避一下。那里是新宁（台山）地界，也许稍微安稳一点。"他一面说，一面催和鸾速速地把东西检点好，在那晚上就搬到那扶墟去了。

　　他们搬到那扶墟附近一个荒村。围在四面底，不是山，就是树林。二人在那里藏身倒还安静。亚凤改名叫李猛，每日仍是做些竹器卖钱。他很奉承和鸾，知她嗜好音乐，就做了一管短箫，常在她面前吹着。和鸾承受他底崇敬，也就心满意足，不十分想家啦。

　　时光易过，他们在那里住着，已经过了两个冬节。那天晚上，祖凤从墟里回来。胳膊下夹着一架琵琶，喜喜欢欢地跳跃进来。对和鸾说："小姐，我将今天所赚底钱为你买了这个。快弹一弹，瞧它底声音如何。"和鸾说："呀！我现在哪里有心玩弄这个？许久不弹，手法也生了。你先搁着罢，改天我喜欢弹底时候，再弹给你听。"他把琵琶搁下说："也罢。我且告诉你一桩可喜的事情：亚权今天到墟里找我，说他要到省城吃粮去。他说现在有一位什么司令要招民军去打北京，有好些兄弟们劝他同行。他也邀我一块儿去。我想我底机会到了。我这次出门，都是为你底缘故；不然，我宁愿在这里做小营生，光景虽苦，倒能时常亲近你。他们明后天就要动身。"和鸾听说打北京就惊异说："也许是你听差了罢。北京是皇都，谁敢去打？况且官制里头也没有什么叫做司令底。或者你把东京听做北京罢。"祖凤说："不差，不差，我所听底一定不错。他明明说是革命党起事，要招兵打满洲底。"和鸾说："呀，原来是革命党造反！前几年，老爷才杀了好几个哪。我劝你别去罢，去了定会把自己底命革掉。"他迫着要履和鸾底约，以为这次是好机会，决不可轻易失掉。不论和鸾应许与否，他心里早有成见。他说："小姐，你说底虽然有理，但是革命党一起事，或者国家也要招兵来对付，不如让我先上省去瞧瞧，再行定规一下。你以为怎样呢？我想若是不走这一条路，就永无出头之日啦。"和鸾说："那么，你就去瞧瞧罢。事情如何，总得先回来告诉我。"当下和鸾为他预备些路上应用底东西，第二天就和亚权一同上省城去了。

亚凤一去，已有三个月底工夫。和鸾在小屋里独自一人颇觉寂寞。她很信亚凤那副好身手，将来必有出人头地底日子。现时在穷困之中，他能尽力去工作。同在一个屋子住着，对于自己也不敢无礼。反想启祯镇日里只会蹴踺、弄鸟、赌牌、喝酒以及等等虚华的事，实在叫她越发看重亚凤。一想起他底服从崇敬和求功名底愿望，就减少了好些思家底苦痛。她每日望着亚凤回来报信，望来望去，只是没有消息，闷极底时候，就弹着琵琶来破她底忧愁和寂寞。因为她爱粤讴，所以把从前所学底词曲忘了一大半。她所弹底差不多都是粤调。

无边的黑暗把一切东西埋在里面。和鸾所住房子只有一点豆粒大的灯光。她从屋里蹀出来，瞧瞧四围山林和天空底分别，只在黑色底浓淡。那是摇光从东北渐移到正东，把全座星斗正横在天顶。她信口唱几句歌词，回头把门关好，端坐在一张竹椅上头，好像有所思想底样子。不一会，她走到桌边，把一枝秃笔拿起来，写着：

诸天尽黝暗，
　　曷有众星朗？
林中劳意人，
　　独坐听山响。
山响复何为？
　　欲惊狮子梦。
磨牙嗜虎狼，
　　永被腹心痛。

她写完这两首，正要往下再写，门外急声叫着："小姐，我回来了。快来替我开门。"她认得是亚凤底声音,喜欢到了不得,把笔搁下,速速地跑去替他开门。一见亚凤,就问:"为什么那么晚才回来?哎呀,你底辫子哪里去了!"亚凤说:"现在都是时兴这个样子。我是从北街来底,所以到得晚一点。我一去,倒就被编入伍,因此不能立刻回来。我所投底是民军。起先他们说要北伐,后来也没有打仗就赢了。听说北京底皇帝也投降了,现在的皇帝就是大总统,省城底制台和将军也没了,只有一个都督是最大的,他底下属全是武官。这时候要发达是很容易的。小姐,你别再愁我不长进啦。"和鸾说:"这岂不是换了朝代吗?""可不是。""那么,你老爷底下落你知道不?"祖凤说:"我没有打听这个,我想还是做他底官罢。"和鸾哭着说:"不一定的。若是换了朝代,我就永无见我父母之日了。纵使他们不遇害,也没有留在这里底道理。"亚凤瞧她哭了,忙安慰说:"请不要过于伤心。明天我回到省城再替你打听打听。现在还不知道是什么情形呢,何必哭。"他好容易把和鸾劝过来。又谈些别后底话,就各自将息去了。

早晨的日光照着一对久别的人。被朝雾压住底树林里断断续续发出几只蜩螗底声音。和鸾一听这种声音,就要引起她无穷的感慨。她只对祖凤说:"又是一年了。"她底心事早被祖凤看出,就说:"小姐,你又想家了。我见这样,就舍不得让你自己住着,没人服侍。我实在苦了你。"和鸾说:"我并不是为没人服侍而愁,瞧你去那么久,我还是自自然然地过日子就可以知道。只要你能得着一个小差事,我就不愁了。"祖凤说:"我实在不敢辜负小姐底好意。这次回来无非是要瞧瞧你。我只告一礼拜的假,今天又得回去。论理我是不该走得那么快,无奈……"和鸾说:"这倒是不妨,你瞧什么时候应当回去就回去,又何必发愁呢?"祖凤说:"那么,我待一会,就要走啦。"他抬头瞧见那只琵琶挂在墙上,说笑着对和鸾说:"小姐,我许久不听你弹琵琶了。现在请你随便弹一支给我听,好不好?"和鸾也很喜欢地说:"好。我就弹一支粤讴当做给你送行底歌儿罢。"她抱着乐器,定神想了一会,就唱道:

暂时嘅离别,犯不着短叹长嘘,
　　君若嗟叹就唔配称做须眉。
劝君莫因穷困就添愁绪,
　　因为好多古人都系出自寒微。
你睇樊哙当年曾与屠夫为伴侣;
　　和尚为君重有个位老朱。
自古话事唔怕难为,只怕人有志,
　　重任在身,切莫辜负你个堂堂七尺躯。
今日送君说不尽千万语,
　　只愿你时常寄我好音书。

唉！我记住远地烟树，就系君去处。

　　劝君就动身罢，唔使再踌躇。

五　山大王

　　在那似烟非烟，似树非树底地平线上，仿佛有一个人影在那里走动。和弯正在竹林里望着，因为亚凤好几个月没有消息了，她瞧着那人越来越近，心里以为是给她送信来底。她迎上去，却是亚凤。她问："怎么又回来呢？"祖凤说："民军解散了。"他说底时候，脸上显出不快的样子，接着说："小姐，我实在辜负了你底盼望。但这次销差底不止我一人，连亚权一班的朋友都回来了。"和弯见他发愁，就安慰他说："不要着急，大器本来是晚成底。你且休息一下，过些日再设法罢。"她伸手要替亚凤除下背上底包袱，却被亚凤止住。二人携手到小屋里，和弯还对他说了好些安慰底话。

　　时光一天一天地过去，亚凤在家里很觉厌腻，可巧他底机会又到了。亚权到他那里把他叫出来，同在竹林底下坐着。亚权问："你还记得金成么？"祖凤说："为什么记不得。他现在怎样啦？"亚权说："革命底时候，他从监里逃出来。一向就在四邑一带打劫。现时他在百峰山附近底山寨住着，要多招几个人入伙，所以我特地来召你同行。"祖凤沉思了一会就说："我不能去。因为这事一说起来，我底小姐必定不乐意。这杀头底事谁还敢去干呢？"亚权说："咦，你这人真笨！若是会死，连我也不敢去，还敢来招你吗？现在的官兵未必能比咱们强，他们一打不过，就会设法招安；那时我们可又不是好人、军官么？你不曾说过你底小姐要等你做到军官底时候才许你成婚吗？现在有那么好机会不投，还等什么时候呢？从前要做武官是考武秀、武举；现在只要先上梁山做大王，一招安至小也有排长、连长。你瞧亚成有好几个朋友从前都是山寨里底八拜兄弟，现在都做了什么司令、什么镇守使了。听说还有想做督军底哪……"祖凤插嘴说："督军是什么？"亚权答道："哎，你还不知道吗？督军就是总督和将军合成一个底意思；是全国最大的官。我想做官底道路，再没有比这条简捷底了。当兵和做强盗本来没有什么分别：不过他们底招牌正一点，敢青天白日地抢人；我们只在暗里胡挝就是了。你就同我去罢，一定没有伤害的。"祖凤说："你说底虽然有理，但这些话决不能对小姐说起底。我还是等着别的机会罢。"亚权说："呀，你真呆！对付女人是一桩极容易的事情，你何必用真实的话对她说呢？往时你有聪明骗她出来，现在就不再哄她一次吗？我想你可以对她说现在各处底人民都起了勤王底兵，你也要投军去。她听了一定很喜欢，那就没有不放你去底道理。"祖凤给他劝得活动起来，就说："对呀！这法子稍微可以用得。我就相机行事罢。"亚权说："那么，我先回去候你底信。"他说完，走几步，又回头说："你可不要对她提起亚成底名字。"

祖凤进去和和鸾商量妥当，第二天和亚权一同搬到亚成那里。他们走了两三天才到山麓。亚凤扶着和鸾一步一步地上去，歇了好几次才到山顶，那山上有几间破寨，亚成就让他们二人同在一间小寨住着。他们常常下山，有时几十天也不回来一次。和鸾在那里越觉寂寞，因为从前还有几个邻村底妇人来谈谈，现在山上只有她和几个守寨底老贼。她每日有这几个人服侍，外面虽觉好些，但精神的苦痛是比从前厉害得多。她正在那里闷着，老贼亚照跑进来说："小姐，他们回来了。现在都在亚权寨里哪。亚凤叫我来问小姐要穿底还是要戴底，请告诉他，他可以给小姐拿来。"他底口音不大清楚，所以和鸾听不出什么意思来。和鸾说："你去叫他来罢。我不明白你所说底是什么意思。"亚照只得就去叫亚凤来。和鸾说："亚照来说了大半天，我总听不出什么意思。到底问我要什么？"亚凤从口袋里掏出几只戒指和几串珠子，笑着说："我问你是要这个，或是要衣服。"和鸾诧异到了不得，注目在亚凤脸上说："呀呀！这是从哪里得来底？你莫不是去打劫么？"亚凤从容地说："哪里是打劫。不过咱们底兵现在没有正饷，暂时向民间借用。可幸乡下底绅士们都很仗义，他们捐底钱不够，连家里底金珠宝贝都拿出来。这是发饷时剩下底。还有好些绸缎哪。你若要时，我叫人拿来给你挑选几件。"和鸾说："这些东西，现时在我身上都没有什么用处。你下次出差去底时候，记得给我带些书籍来，我可以藉此解解心闷。"亚凤笑说："哈哈，谁愿意带那些笨重的东西上山呢？现在的上等女人都不兴念书了。我在省城，瞧见许多太太夫人们都是这样。她们只要粉擦得白，头梳得光，衣服穿得漂亮就够了。不仅女人，连男人也是如此。前几年，我们底营扎在省城一间什么南强公学，里头底书籍很多，听说都是康圣人底。我们兄弟们嫌那些东西多占地位，一担只卖一块钱，不到三天，都让那班小贩买去包东西了。况且我们走路要越轻省越好；若是带书籍，不上三五本就很麻烦啦。好罢，你若是一定要时，我下次就给你带几本来。"说话时，亚权又来把他叫去。

　　亚凤跑到亚成寨里，瞧见三四个喽罗坐在那里，早猜着好事又来了。亚成起来对亚凤说道："方才钦哥和琉哥来报了两宗肥事：第一，是梁老太爷过几天要出门，我们可以把他拿回来。他儿子现时在京做大官，必定要拿好些钱财来赎回去；第二件是宁阳铁路这几个月常有金山丁（美洲及澳洲华侨）往来。我想找一个好日子，把他们全网打来。我且问你办哪一样最好？劫火车虽说富足一点，但是要用许多手脚。若是劫梁老太爷，只须五六个人就够了。"亚凤沉吟半晌说："我想劫火车好一点。若要多用人，我们可以招聚些。"亚成说："那么，你就先到各山寨去招人罢。约好了，我们再出发。"

六　他底生活

　　那日下午，火车从北街开行。搭客约有二百余人，亚成、亚凤，和好些喽罗都扮做搭客，分据在二三等车里。亚凤拿出时计来一看，低声对坐在身边底同伴说："三点半了，快预备着。"他说完把窗门托下来，往外直望。那时火车快到汾水江地界，正在蒲葵园或芭蕉园中穿行。从窗一望都是绿色的叶子，连人影也不见。走底时候，车忽然停住。亚凤、亚成和其余的都拿出手枪来，指着搭客说："是伶俐人就不要下车。个个人都得坐定，不许站起来。"他们说底时候，好些贼从蒲葵园里钻出来，各人都有凶器在手里。那班贼上了车，就对亚成说："先把头二等车封锁起来，我们再来验这班孤寒鬼。"他们分头挡住头二等底车门，把那班三等客逐个验过。教每人都伸手出来给他们瞧，若是手长得幼嫩一点底就把他留住。其余粗手、赤脚、肩上有瘢和皮肤粗黑底人，都让他们下车。他们对那班人说："饶了你们这些穷鬼罢。把东西留下，快走。不然，要你们底命。"亚凤把客人所看底书、报、小说胡乱抢了几本藏在自己怀中，然后押着那班被掳底下车。

他们把留住底客人，一个夹一个下来。其中有男的、有女的、有金山丁、官僚、学生、工人和管车底，一共有九十六人。那里离河不远，喽罗们早已预备了小汽船在河边等候。他们将这九十六人赶入船里，一个挨一个坐着。且用枪指着，不许客人声张，船走上约有二点钟底光景，才停了轮，那时天已黑了。他们上岸，穿过几丛树林，到了一所荒寨。亚成吩咐众喽罗说："你们先去弄东西吃。今晚就让这些货在这里。挑两三个女人送到我那里去，再问凤哥，权哥要不要。若是有剩就随你们底便。"喽罗们都遵着命令，各人办各人底事去了。

第二天早晨，众贼都围在亚成身边，听候调遣。亚成对亚权说："女人都让你去办罢。有钱底叫她家里来赎；其余的，或是放回或是送到澳门去都随你底便。"他又把那些男子底姓名住址问明白。派喽罗各处去打听，预备向他们家里拿相当的金钱来赎回去。喽罗们带了几个外省人来到他跟前。他一问了，知道是做官、当委员底，就大骂说："你们这些该死底人，只会铲地皮，和与我们作对头，今天到我手里，别再想活着。人来，把他们捆在树上，枪毙。"众喽罗七手八脚，不一会都把他们打死了。

三五天后，被派出去底喽罗都回来报各人家里底景况。亚成叫各人写信回家取钱。叫亚凤检阅他们底书信。亚凤在信里瞧见一句"被绿林之豪掳去……七月三十日以前……"和"六年七月十九"就叫那写信底人来说："你这信，到底包藏些什么暗号？你要请官兵来拿我们吗？"他指着"绿林"、"掳"、"六年七月"等字，问说："这些是什么字？若说不出来，就要你底狗命。现在明明是六月，为何写六年七月？"亚凤不认得那些字，思疑里面有别的意思。所以对着那人说："凡我不认得底字都不许写，你就改作'被山大王捉去'和'丁巳六月'罢。以后再这样，可就不饶了你了。晓得么？"检阅时，亚权带了两个人来。说："这两个人实在是穷，放了他们罢。"亚凤说："亚成说放就放，我不管。"他就跑到亚成那里说："放了他们罢。"亚成说："不。咱们决不能白放人。他们虽然穷，命还是有用的。咱们就要他们底命来警戒那些有钱而不肯拿出来底人。你且把他们捆在那边，再叫那班人出来瞧。"亚成瞧那些俘虏出来，就对他们说："你们都瞧那两个人就是有钱不肯化底。你们若不赶快叫家里拿钱来，我必要一天把你们当中底人枪毙两个，像他们现在一样。"众人见他们二人死了，都吓得抖擞起来。亚凤说："你们若是精乖，就得速速拿钱来，省得死在这里。"

他们在那寨里正摆布得有条有理，一个喽罗来回报说："官军已到北街了。"亚成说："那么，我们就把这些人分开罢。我和亚凤、亚权同在一处，将二十人给我们带去。剩下的叫亚球和亚胜分头带走。"亚凤把四个司机人带来说："这四个是工人。家里也没有什么钱，不如放了他们罢。"亚成说："凤哥，你底打算差了。咱们时常要在铁路上往来，若是放他们回去，将来的祸根不小。我想还是请他们去见阎王好一点。"

他们把那几个司机人杀掉以后，各头目带着自己底俘虏分头逃走。亚成、亚凤和亚权带着二十人，因为天气尚早，先叫他们伏在蒲葵园底叶下，到晚上才把他们带出来。他走了一夜才到山寨。上山后，亚凤拿几本书赶紧跑到自己底寨里，对和鸾说："我给你带书来了。我们掳了好些违抗王师底人回来，现在满山寨都是人哪。"和鸾接过书来瞧一瞧，说："这有什么用？"他悻悻地说："你瞧！正经给你带来，你又说没用处。我早说了，倒不如多掳几个人回来更好哪。"和鸾问："怎么说？""我们掳人回来可以得着他们家里底取赎钱。"和鸾又问："怎样叫他们来赎，若是不肯来，又怎办？"亚凤说："若是要赎回去底话，他们家里底人可以到澳门我们底店里，拿二三斤鸦片或是几箱好烟叶做开门礼，我们才和他讲价。若不然，就把他们治死。"和鸾说："这可不是近于强盗底行为么？"他心里暗笑，口里只答应说："这是不得已的。"他恐怕被和鸾问住，就托故到亚成寨里去了。

过不多的日子，那班俘虏已经被人赎回一大半。那晚该亚凤底班送人下山。他用手巾把那几个俘虏底眼睛缚住，才叫喽罗们扶他们下山，自己在后头跟着。他去后不到三点钟底工夫，忽然山后一阵枪声越响越近。亚成和剩下的喽罗各人携着枪械下山迎敌。枪声一呼一应，没有片刻停止。和鸾吓得不敢睡，眼瞧着天亮了，那枪声还是不息。她瞧见山下一枝人马向山顶奔来；一枝旗飘荡着，却认不得是哪一国底旗帜。她害怕得很，要跑到山洞里躲藏。一出门，已有两个兵追着她。她被追到一个断崖上头，听见一个兵说："吓，这里还有那么好的货，咱们上前把她搂过来受用。"那兵方要进前，和鸾大声喝道："你们这些作乱底人，休得无礼！"二人不理会她，还是要进步。一个兵说："呀，你会飞！"他们掳不着和鸾，正在互相埋怨。一个军官来到，喝着说："你们在这里干什么？还不跟我到处搜去。"

从这军官底服装看来，就知道他是一位少校。他底行动十分敏捷，像很能干似的。他搜到和鸾所住底寨里，无意中搜出她底衣服。又把壁上底琵琶拿下来，他见上面贴着一张红纸条，写着："表寸心"，底下还写了她自己底名字。军官就很是诧异，说："哼，原来你在这里！"他回头对众兵丁说："拿住多少贼啦？"都说："没有"。"女人呢？""也没有。"他把衣物交给兵丁，叫他们先下山去，自己还在那里找寻着。

　　唉！他底寻找是白费的。他回到营里，天色已是不早，就叫卫兵拿了一盏油灯来，把所得底东西翻来覆去地瞧着。他叹息几声，把东西搁下，起来，在屋里蹀来踱去。半晌的工夫，他就拿起笔来写一封信：

　　　贤妻如面：此次下乡围捕，于贼寨中搜出令姊衣物多件，然余偏索山中，了无所得，寸心为之怅然。忆昔年之事，余犹以虐谑为咎，今而后知其为贼所掳也。兹命卫卒将衣物数事，先呈妆次，俟余回时，再为卿详道之。

　　　　　　　　　　　　　　　　　　　　　　　　　　夫祯白

　　他把信封好，叫一个兵来将信件拿去。自己眼瞪瞪坐在那里，把手向腿上一拍。门外底岗兵顺着响处一望，仿佛听着他地长官说："啊，我现在才明白你底意思。只是你害杀姊而了。"

（原载 1921 年 5 月《小说月报》12 卷 5 号）

空山灵雨

弁言

生本不乐，能够使人觉得稍微安适的，只有躺在床上那几小时，但要在那短促的时间中希冀极乐，也是不可能的事。

自入世以来，屡遭变难，四方流离，未尝宽怀就枕。在睡不着时，将心中似忆似想的事，随感随记；在睡着时，偶得趾离过爱，引领我到回忆之乡，过那游离的日子，更不得不随醒随记。积时累日，成此小册。以其杂沓纷纭，毫无线索，故名《空山灵雨》。

十一年一月二十五日　落华生

心有事（开卷底歌声）

心有事，无计问天。
　心事郁在胸中，教我怎能安眠？
我独对着空山，眉更不展；
　我魂飘荡，犹如出岫残烟。
想起前事，我泪就如珠脱串。
　独有空山为我下雨涟涟。
我泪珠如急雨，急雨犹如水晶箭；
　箭折，珠沉，融作山溪泉。
做人总有多少哀和怨：
　积怨成泪，泪又成川！
今日泪、雨交汇入海，海涨就要沉没赤县：
　累得那只抱恨的精卫拼命去填。
呀，精卫！你这样做，虽经万劫也不能遂愿。
　不如咒海成冰，使他像铁一样坚。
那时节，我要和你相依恋，
　各人才对立着，沉默无言。

蝉

急雨之后，蝉翼湿得不能再飞了。那可怜的小虫在地面慢慢地爬，好容易爬到不老的松根上头。松针穿不牢的雨珠从千丈高处脱下来，正滴在蝉翼上。蝉嘶了一声，又从树的露根摔到地上了。

雨珠，你和他开玩笑么？你看，蚂蚁来了！野鸟也快要看见他了！

蛇

在高可触天底桃榔树下。我坐在一条石凳上，动也不动一下。穿彩衣底蛇也蟠在树根上，动也不动一下。多会让我看见他，我就害怕得很，飞也似地离开那里，蛇也和飞箭一样，射入蔓草中了。

我回来，告诉妻子说："今儿险些不能再见你的面！"

"什么原故？"

"我在树林见了一条毒蛇：一看见他，我就速速跑回来；蛇也逃走了。……到底是我怕他，还是他怕我？"

妻子说："若你不走，谁也不怕谁。在你眼中，他是毒蛇；在他眼中，你比他更毒呢。"

但我心里想着，要两方互相惧怕，才有和平。若有一方大胆一点，不是他伤了我，便是我伤了他。

笑

我从远地冒着雨回来。因为我妻子心爱底一样东西让我找着了；我得带回来给她。

一进门，小丫头为我收下雨具，老妈子也借故出去了。我对妻子说："相离好几天，你闷得慌吗？……呀，香得很！这是从哪里来底？"

"窗棂下不是有一盆素兰吗？"

我回头看，几箭兰花在一个汝窑钵上开着。我说："这盆花多会移进来底？这么大雨天，还能开得那么好，真是难得啊！……可是我总不信那些花有如此底香气。"

我们并肩坐在一张紫檀榻上。我还往下问："良人，到底是兰花底香，是你底香？"

"到底是兰花底香，是你底香？让我闻一闻。"她说时，亲了我一下。小丫头看见了，掩着嘴笑，翻身揭开帘子，要往外走。

"玉耀，玉耀，回来。"小丫头不敢不回来，但，仍然抿着嘴笑。

"你笑什么？"

"我没有笑什么。"

我为她们排解说："你明知道她笑什么，又何必问她呢，饶了她罢。"

妻子对小丫头说："不许到外头瞎说。去罢，到园里给我摘些瑞香来。"小丫头抿着嘴出去了。

三迁

花嫂子着了魔了！她只有一个孩子，舍不得教他入学。她说："阿同底父亲是因为念书念死的。"

阿同整天在街上和他底小伙伴玩：城市中应有底游戏，他们都玩过。他们最喜欢学警察、人犯、老爷、财主、乞丐。阿同常要做人犯，被人用绳子捆起来，带到老爷跟前挨打。

一天，给花嫂子看见了，说："这还了得！孩子要学坏了。我得找地方搬家。"

她带着孩子到村庄里住。孩子整天在阡陌间和他底小伙伴玩：村庄里应有底游戏，他们都玩过。他们最喜欢做牛、马、牧童、肥猪、公鸡。阿同常要做牛，被人牵着骑着，鞭着他学耕田。

一天，又给花嫂子看见了，就说："这还了得！孩子要变畜生了。我得找地方搬家。"

她带孩子到深山底洞里住。孩子整天在悬崖断谷间和他底小伙伴玩。他的小伙伴就是小生番、小猕猴、大鹿、长尾三娘、大蛱蝶。他最爱学鹿底跳跃，猕猴底攀缘，蛱蝶底飞舞。

有一天，阿同从悬崖上飞下去了。他底同伴小生番来给花嫂子报信，花嫂子说："他飞下去么？那么，他就有本领了。"

呀，花嫂子疯了！

香

妻子说："良人，你不是爱闻香么？我曾托人到鹿港去买上好的沉香线；现在已经寄到了。"她说着，便抽出妆台底抽屉，取了一条沉香线，燃着，再插在小宣炉中。

我说："在香烟绕缭之中，得有清淡。给我说一个生番故事罢。不然，就给我谈佛。"

妻子说："生番故事，太野了。佛更不必说，我也不会说。"

"你就随便说些你所知道底罢，横竖我们都不大懂得；你且说，什么是佛法罢。"

"佛法么？——色，——声，——香，——味，——触，——造作，——

思维，都是佛法；唯有爱闻香底爱不是佛法。"

"你又矛盾了！这是什么因明？"

"不明白么？因为你一爱，便成为你底嗜好；那香在你闻觉中，便不是本然的香了。"

愿

南普陀寺里的大石，雨后稍微觉得干净，不过绿苔多长一些。天涯底淡霞好像给我们一个天晴底信。树林里底虹气，被阳光分成七色。树上，雄虫求雌底声，凄凉得使人不忍听下去。妻子坐在石上，见我来，就问："你从哪里来？我等你许久了。"

"我领着孩子们到海边捡贝壳咧。阿琼捡着一个破贝，虽不完全，里面却像藏着珠子底样子。等他来到，我教他拿出来给你看一看。"

"在这树荫底下坐着，真舒服呀！我们天天到这里来，多么好呢！"

妻说："你哪里能够……？"

"为什么不能？"

"你应当作荫，不应当受荫。"

"你愿我作这样底荫么？"

"这样底荫算什么！我愿你作无边宝华盖，能普荫一切世间诸有情。愿你为如意净明珠，能普照一切世间诸有情。愿你为降魔金刚杵，能破坏一切世间诸障碍。愿你为多宝盂兰盆，能盛百味，滋养一切世间诸饥渴者。愿你有六手，十二手，百手，千万手，无量数那由他如意手，能成全一切世间等等美善事。"

我说："极善，极妙！但我愿做调味底精盐，渗入等等食品中，把自己底形骸融散，且回复当时在海里底面目，使一切有情得尝咸味，而不见盐体。"

妻子说："只有调味，就能使一切有情都满足吗？"

我说："盐的功用，若只在调味，那就不配称为盐了。"

山响

群峰彼此谈得呼呼地响。它们底话语，给我猜着了。

这一峰说："我们底衣服旧了，该换一换啦。"

那一峰说："且慢罢，你看，我这衣服好容易从灰白色变成青绿色，又从青绿色变成珊瑚色和黄金色，——质虽是旧的，可是形色还不旧。我们多穿一会罢。"

正在商量底时候，它们身上穿底，都出声哀求说："饶了我们，让我们歇歇罢。我们底形态都变尽了，再不能为你们争体面了。"

"去罢，去罢，不穿你们也算不得什么。横竖不久我们又有新的穿。"群峰都出着气这样说。说完之后，那红的、黄的彩衣就陆续褪下来。

我们都是天衣，那不可思议的灵，不晓得甚时要把我们穿着得非常破烂，才把我们收入天橱。愿他多用一点气力，及时用我们，使我们得以早早休息。

愚妇人

从深山伸出一条蜿蜒的路，窄而且崎岖。一个樵夫在那里走着，一面唱：

> 仓鹒，仓鹒，来年莫再鸣！
> 　仓鹒一鸣草又生。
> 草木青青不过一百数十日，
> 到头来，又是樵夫担上薪。
>
> 仓鹒，仓鹒，来年莫再鸣！
> 　仓鹒一鸣虫又生。
> 百虫生来不过一百数十日，
> 　到头来，又要纷纷扑红灯。
>
> 仓鹒，仓鹒，来年莫再鸣！
> …………

他唱时，软和的晚烟已随他底脚步把那小路封起来了，他还要往下唱，猛然看见一个健壮的老妇人坐在溪涧边，对着流水哭泣。

"你是谁？有什么难过的事？说出来，也许我能帮助你。"

"我么？唉我……！不必问了。"

樵夫心里以为她一定是个要寻短见的人，急急把担卸下，进前几步，想法子安慰她。他说："妇人，你有什么难处，请说给我听，或者我能帮助你。天色不早了，独自一人在山中是很危险的。"

妇人说："我从来就不知道什么叫做难过。自从我父母死后，我就住在这树林里。我底亲戚和同伴都叫我做石女。"她说到这里，眼泪就融下来了。往下她底话语就支离得怪难明白。过一会，她才慢慢说："我……我到这两天才知道石女底意思。"

"知道自己名字的意思，更应当喜欢，为何倒反悲伤起来？"

"我每年看见树林里的果木开花，结实；把种子种在地里，又生出新果木来。我看见我底亲戚、同伴们不上二年就有一个孩子抱在她们怀里。我想我也要像这样——不上二年就可以抱一个孩子在怀里。我心里这样说，这样盼望，到如今，六十年了！我不明白，才打听一下。呀，这一打听，叫我多么难过！我没有抱孩子底希望了……然而，我就不能像果木，比不上果木么？"

"哈，哈，哈！"樵夫大笑了，他说，"这正是你的幸运哪！抱孩子的人，比你难过得多，你为何不往下再向她们打听一下呢？我告诉你，不曾怀过胎底妇人是有福的。"

一个路傍素不相识底人所说的话，哪里能够把六十年底希望——迷梦——立时揭破呢？到现在，她的哭声，在樵夫耳边，还可以约略地听见。

蜜蜂和农人

雨刚晴，蝶儿没有蓑衣，不敢造次出来，可是瓜棚底四围，已满唱了蜜蜂底工夫诗：

> 彷彷，徨徨！徨徨，彷彷！
> 　生就是这样，徨徨，彷彷！
> 趁机会把蜜酿。
> 　大家帮帮忙；
> 　　别误了好时光。
> 彷彷，徨徨！徨徨，彷彷！

蜂虽然这样唱，那底下坐着三四个农夫却各人担着烟管在那里闲谈。

人底寿命比蜜蜂长，不必像它们那么忙么？未必如此。不过农夫们不懂它们底歌就是了。但农夫们工作时，也会唱底。他们唱底是：

> 村中鸡一鸣，
> 阳光便上升，
> 　太阳上升好插秧。
> 　禾秧要水养，
> 　　各人还为踏车忙。
> 东家莫截西家水；
> 　西家不借东家粮。
> 　　各人只为各人忙——
> 　　"各人自扫门前雪，
> 　　不管他人瓦上霜。"

"小俄罗斯"底兵

短篱里头，一棵荔枝，结实累累。那朱红的果实，被深绿的叶子托住，更是美观；主人舍不得摘他们，也许是为这个缘故。

三两个漫游武人走来，相对说："这棵红了，熟了，就在这里摘一点罢。"他们嫌从正门进去麻烦，就把篱笆拆开，大摇大摆地进前。一个上树，两个在底下接；一面摘，一面尝，真高兴呀！

屋里跑出一个老妇人来，哀声求他们说："大爷们，我这棵荔枝还没有熟哩；请别作践他，等熟了，再送些给大爷们尝尝。"

树上底人说："胡说，你不见果子已经红了么？怎么我们吃就是作践你的东西？"

"唉，我一年底生计，都看着这棵树。罢了，罢……"

"你还敢出声么？打死你算得什么；待一会，看把你这棵不中吃底树砍来做柴火烧，看你怎样。有能干，可以叫你们底人到广东吃去。我们那里也有好荔枝。"

唉，这也是战胜者、强者底权利么？

爱底痛苦

在绿荫月影底下，朗日和风之中，或急雨飘雪底时候，牛先生必要说他底真言，"啊，拉夫斯偏！"他在三百六十日中，少有不说这话底时候。

暮雨要来，带着愁容底云片，急急飞避；不识不知的蜻蜓还在庭园间遨游着。爱诵真言底牛先生闷坐在屋里，从西窗望见隔院底女友田和正抱着小弟弟玩。

姊姊把孩子的手臂咬得吃紧；掌他底两颊；摇他底身体；又掌他底小腿。孩子急得哭了。姊姊才忙忙地拥抱住他，堆着笑说："乖乖，乖乖，好孩子，好弟弟，不要哭。我疼爱你，我疼爱你！不要哭。"不一会孩子底哭声果然停了。可是弟弟刚现出笑容，姊姊又该咬他、掌他、摇他、掌他咧。

檐前底雨好像珠帘，把牛先生眼中底对象隔住。但方才那种印象，却萦回在他眼中。他把窗户关上，自己一人在屋里踱来踱去。最后，他点点头，笑了一声："哈，哈！这也是拉夫斯偏！"

他走近书桌子，坐下，提起笔来，像要写什么似的。想了半天，才写上一句七言诗。他念了几遍，就摇头，自己说："不好，不好。我不会作诗，还是随便记些起来好。"

牛先生将那句诗涂掉以后，就把他底日记拿出来写。那天他要记底事情格外多。日记里应用底空格，他在午饭后，早已填满了。他裁了一张纸，写着：

> "黄昏，大雨。田在西院弄她底弟弟，动起我一个感想，就是：人都喜欢见他们所爱者底愁苦；要想方法教所爱者难受。所爱者越难受，爱者越喜欢，越加爱。
>
> "一切被爱底男子，在他们底女人当中，直如小弟弟在田底膝上一样。他们也是被爱者玩弄底。
>
> "女人底爱最难给，最容易收回去。当她把爱收回去底时候，未必不是一种游戏底冲动；可是苦了别人哪。
>
> "唉，爱玩弄人底女人，你何苦来这一下！愚男子，你底苦恼，又活该呢！"

牛先生写完，复看一遍，又把后面那几句涂去，说："写得太过了，太过了！"他把那张纸附贴在日记上，正要起身，老妈子把哭着底孩子抱出来，一面说："姊姊不好，爱欺负人。不要哭，咱们找牛先生去。"

"姊姊打我！"这是孩子所能对牛先生说底话。

牛先生装作可怜底声音，忧郁底容貌，回答说："是吗？姊姊打你吗？来，我看看打到哪步田地？"

孩子受他底抚慰，也就忘了痛苦，安静过来了。现在吵闹底，只剩下外间急雨底声音。

信仰底哀伤

在更阑人静底时候，伦文就要到池边对他心里所立底乐神请求说："我怎能得着天才呢？我底天才缺乏了，我要表现的，也不能尽地表现了！天才可以像油那样，日日添注入我这盏小灯么？若是能，求你为我，注入些少。"

"我已经为你注入了。"

伦先生听见这句话，便放心回到自己底屋里。他舍不得睡，提起乐器来，一口气就制成一曲。自己奏了又奏，觉得满意，才含着笑，到卧室去。

第二天早晨，他还没有盥漱，便又把昨晚上底作品奏过几遍；随即封好，教人邮到歌剧场去。

他底作品一发表出来，许多批评随着在报上登载八九天。那些批评都很恭维他：说他是这一派，那一派。可是他又苦起来了！

在深夜底时候，他又到池边去，垂头丧气地对着池水，从口中发出颤声说："我所用底音节，不能达我底意么？呀，我底天才丢失了！再给我注入一点罢。"

"我已经为你注入了。"

他屡次求，心中只听得这句回答。每一作品发表出来，所得底批评，每每使他忧郁不乐。最后，他把乐器摔碎了，说："我信我底天才丢了，我不再作曲子了。唉，我所依赖底，枉费你眷顾我了。"

自此以后，社会上再不能享受他底作品；他也不晓得往哪里去了。

暗途

"我底朋友，且等一等，待我为你点着灯，才走。"

吾威听见他底朋友这样说，便笑道："哈哈，均哥，你以我为女人么？女人在夜间走路才要用火；男子，又何必呢？不用张罗，我空手回去罢，——省得以后还要给你送灯回来。"

吾威底村庄和均哥所住底地方隔着几重山，路途崎岖得很厉害。若是夜间要走那条路，无论是谁，都得带灯。所以均哥一定不让他暗中摸索回去。

均哥说："你还是带灯好。这样底天气，又没有一点月影，在山中，难保没有危险。"

吾威说："若想起危险，我就回去不成了。……"

"那么，你今晚上就住在我这里，如何？"

"不，我总得回去，因为我底父亲和妻子都在那边等着我呢。"

"你这个人，太过执拗了。没有灯，怎么去呢？"均哥一面说，一面把点着的灯切切地递给他。他仍是坚辞不受。

他说："若是你定要叫我带着灯走，那教我更不敢走。"

"怎么呢？"

"满山都没有光，若是我提着灯走，也不过是照得三两步远；且要累得满山底昆虫都不安。若凑巧遇见长蛇也冲着火光走来，可又怎办呢？再说，这一点的光可以把那照不着底地方越显得危险，越能使我害怕。在半途中，灯一熄灭，那就更不好办了。不如我空着手走，初时虽觉得有些妨碍，不多一会，什么都可以在幽暗中辨别一点。"

他说完，就出门。均哥还把灯提在手里，眼看着他向密林中那条小路穿进去，才摇摇头说："天下竟有这样怪人！"

吾威在暗途中走着，耳边虽常听见飞虫、野兽底声音，然而他一点害怕也没有。在蔓草中，时常飞些萤火出来，光虽不大，可也够了。他自己说："这是均哥想不到，也是他所不能为我点底灯。"

那晚上他没有跌倒，也没有遇见毒虫野兽，安然地到他家里。

你为什么不来

在天桃开透、浓荫欲成的时候，谁不想伴着他心爱的人出去游逛游逛呢？在密云不飞、急雨如注的时候，谁不愿在深闺中等她心爱的人前来细谈呢？

她闷坐在一张睡椅上，紊乱的心思像窗外的雨点——东抛，西织，来回无定。在有意无意之间，又顺手拿起一把九连环慵懒懒地解着。

丫头进来说："小姐，茶点都预备好了。"

她手里还是慵懒懒地解着，口里却发出似答非答的声："——他为什么还不来？"

除窗外的雨声，和她手中轻微的银环声以外，屋里可算静极了！在这幽静的屋里，忽然从窗外伴着雨声送来几句优美的歌曲：

> 你放声哭，
>> 因为我把林中善鸣的鸟笼住么？
> 你飞不动，
>> 因为我把空中的雁射杀么？
> 你不敢进我的门，
>> 因为我家养狗提防客人么？
> 因为我家养猫捕鼠，
>> 你就不来么？
> 因为我的灯火没有笼罩，
>> 烧死许多美丽的昆虫
>>> 你就不来么？
> 你不肯来，
>> 因为我有……？

"有什么呢？"她听到末了这句，那紊乱的心就发出这样的问。她心中接着想：因为我约你，所以你不肯来；还是因为大雨，使你不能来呢？

海

我底朋友说："人底自由和希望，一到海面就完全失掉了！因为我们太不上算，在这无涯浪中无从显出我们有限的能力和意志。"

我说："我们浮在这上面，眼前虽不能十分如意，但后来要遇着底，或者超乎我们底能力和意志之外。所以在一个风狂浪骇的海面上，不能准说我们要到什么地方就可以达到什么地方；我们只能把性命先保持住，随着波涛颠来播去便了。"

我们坐在一只不如意的救生船里，眼看着载我们到半海就毁坏的大船渐渐沉下去。

我底朋友说："你看，那要载我们到目的地底船快要歇息去了！现在在这茫茫的空海中，我们可没有主意啦。"

幸而同船底人，心忧得很，没有注意听他底话。我把他底手摇了一下说："朋友，这是你纵谈底时候么？你不帮着划桨么？"

"划桨么？这是容易的事。但要划到哪里去呢？"

我说："在一切的海里，遇着这样的光景，谁也没有带着主意下来，谁也脱不了在上面泛来泛去。我们尽管划罢。"

梨花

她们还在园里玩，也不理会细雨丝丝穿入她们底罗衣。池边梨花底颜色被雨洗得更白净了，但朵朵都懒懒地垂着。

姊姊说："你看，花儿都倦得要睡了！"

"待我来摇醒他们。"

姊姊不及发言，妹妹底手早已抓住树枝摇了几下。花瓣和水珠纷纷地落下来，铺得银片满地，煞是好玩。

妹妹说："好玩啊，花瓣一离开树枝，就活动起来了！"

"活动什么？你看，花儿的泪都滴在我身上哪。"姊姊说这话时，带着几分怒气，推了妹妹一下。她接着说："我不和你玩了；你自己在这里罢。"

妹妹见姊姊走了，直站在树下出神。停了半晌，老妈子走来，牵着她，一面走着，说："你看，你底衣服都湿透了；在阴雨天，每日要换几次衣服，教人到哪里找太阳给你晒去呢？"

落下来底花瓣，有些被她们的鞋印入泥中；有些粘在妹妹身上，被她带走；有些浮在池面，被鱼儿衔入水里。那多情的燕子不歇把鞋印上的残瓣和软泥一同衔在口中，到梁间去，构成它们底香巢。

难解决的问题

我叫同伴到钓鱼矶去赏荷，他们都不愿意去，剩我自己走着。我走到清佳堂附近，就坐在山前一块石头上歇息。在瞻顾之间，小山后面一阵唧咕的声音夹着蝉声送到我耳边。

谁愿意在优游的天日中故意要找出人家底秘密呢？然而宇宙间的秘密都从无意中得来。所以在那时候，我不离开那里，也不把两耳掩住，任凭那些声浪在耳边荡来荡去。

辟头一声，我便听得："这实是一个难解决的问题。……"

既说是难解决，自然要把怎样难的理由说出来。这理由无论是局内、局外人都爱听的。以前的话能否钻入我耳里，且不用说，单是这一句，使我不能不注意。

山后的人接下去说："在这三位中，你说要哪一位才合式？……梅说要等我十年；白说要等到我和别人结婚那一天；区说非嫁我不可——她要终身等我。"

"那么，你就要区罢。"

"但是梅的景况，我很了解。她的苦衷，我应当原谅。她能为了我牺牲十年的光阴，从她的境遇看来，无论如何，是很可敬的。设使梅居区的地位，她也能说，要终身等我。"

"那么，梅、区都不要，要白如何？"

"白么？也不过是她的环境使她这样达观。设使她处着梅的景况，她也只能等我十年。"

会话到这里就停了。我底注意只能移到池上，静观那被轻风摇摆的芰荷。呀，叶底那对小鸳鸯正在那里歇午哪！不晓得它们从前也曾解决过方才的问题没有？不上一分钟，后面底声音又来了。

"那么，三个都要如何？"

"笑话，就是没有理性的兽类也不这样办。"

又停了许久。

"不经过那些无用的礼节，各人快活地同过这一辈子不成吗？"

"唔……唔……唔……。这是后来的话，且不必提，我们先解决目前的困难罢。我实不肯故意辜负了三位中的一位。我想用拈阄的方法瞎挑一个就得了。"

"这不更是笑话吗？人间哪有这么新奇的事！她们三人中谁愿意遵你的命令，这样办呢？"

他们大笑起来。

"我们私下先拈一拈，如何？你权当做白，我自己权当做梅，剩下是区的分。"

他们由严重的密语化为滑稽的谈笑了。我怕他们要闹下坡来，不敢逗留在那里，只得先走，钓鱼矶也没去成。

爱就是刑罚

"这什么时候了，还埋头在案上写什么？快同我到海边去走走罢。"

丈夫尽管写着，没站起来，也没抬头对他妻子行个"注目笑"底礼。妻子跑到身边，要抢掉他手里底笔，他才说："对不起，你自己去罢。船，明天一早就要开，今晚上我得把这几封信赶出来；十点钟还要送到船里底邮箱去。"

"我要人伴着我到海边去。"

"请七姨子陪你去。"

"七妹子说我嫁了，应当和你同行；她和别底同学先去了。我要你同我去。"

"我实在对不起你，今晚不能随你出去。"他们争执了许久，结果还是妻子独自出去。

丈夫低着头忙他底事体，足有四点钟工夫。那时已经十一点了，他没有进去看看那新婚底妻子回来了没有，披起大衣大踏步地出门去。

他回来，还到书房里检点一切，才进入卧房。妻子已先睡了。他们底约法：睡迟底人得亲过先睡者底嘴才许上床。所以这位少年走到床前，依法亲了妻子一下。妻子急用手在唇边来回擦了几下。那意思是表明她不受这个接吻。

丈夫不敢上床，呆呆地站在一边。一会，他走到窗前，两手支着下颔，点点底泪滴在窗棂上。他说："我从来没受过这样刑罚！……你底爱，到底在哪里？"

"你说爱我，方才为什么又刑罚我，使我孤零？"妻子说完，随即起来，安慰他说："好人，不要当真，我和你闹玩哪。爱就是刑罚，我们能免掉么？"

债

他一向就住在妻子家里，因为他除妻子以外，没有别的亲戚。妻家底人爱他底聪明，也怜他底伶仃，所以万事都尊重他。

他底妻子早已去世，膝下又没有子女。他底生活就是念书、写字，有时还弹弹七弦。他绝不是一个书呆子，因为他常要在书内求理解，不像书呆子只求多念。

妻子底家里有很大的花园供他游玩；有许多奴仆听他使令。但他从没有特意到园里游玩；也没有呼唤过一个仆人。

在一个阴郁的天气里，人无论在什么地方都不舒服底。岳母叫他到屋里闲谈，不晓得为什么缘故就劝起他来。岳母说："我觉得自从俪儿去世以后，你就比前格外客气。我劝你无须如此，因为外人不知道都要怪我。看你穿成这样，还不如家里底仆人，若有生人来到，叫我怎样过得去？倘或有人欺负你，说你这长那短，尽可以告诉我，我责罚他给你看。"

"我哪里懂得客气？不过我只觉得我欠底债太多，不好意思多要什么。"

"什么债？有人问你算账么？唉，你太过见外了！我看你和自己底子侄一样，你短了什么，尽管问管家底要去；若有人敢说闲话，我定不饶他。"

"我所欠底是一切底债。我看见许多贫乏人、愁苦人，就如该了他们无量数的债一般。我有好的衣食，总想先偿还他们。世间若有一个人吃不饱足，穿不暖和，住不舒服，我也不敢公然独享这具足的生活。"

"你说得太玄了！"她说过这话，停了半晌才接着点头说，"很好，这才是读书人'先天下之忧而忧'底精神。……然而你要什么时候才还得清呢？你有清还底计画没有？"

"唔……唔……"他心里从来没有想到这个，所以不能回答。

"好孩子，这样的债，自来就没有人能还得清，你何必自寻苦恼？我想，你还是做一个小小的债主罢。说到具足生活，也是没有涯岸底：我们今日所谓具足，焉知不是明日底缺陷？你多念一点书就知道生命即是缺陷的苗圃，是烦恼底秧田；若要补修缺陷，拔除烦恼，除弃绝生命外，没有别条道路。然而，我们哪能办得到？个个人都那么怕死！你不要做这种非非想，还是顺着境遇做人去罢。"

"时间……计画……做人……"这几个字从岳母口里发出，他底耳鼓就如受了极猛烈的椎击。他想来想去，已想昏了。他为解决这事，好几天没有出来。

那天早晨，女佣端粥到他房里，没见他，心中非常疑惑。因为早晨，他没有什么地方可去：海边呢？他是不轻易到底。花园呢？他更不愿意在早晨去。因为丫头们都在那个时候到园里争摘好花去献给她们几位姑娘。他最怕见底是人家毁坏现成的东西。

女佣四围一望，蓦地看见一封信被留针刺在门上。她忙取下来，给别人一看，原来是给老夫人底。

她把信拆开，递给老夫人。上面写着：

亲爱底岳母：

你问我底话，教我实在想不出好回答。而且，因你这一问，使我越发觉得我所负底债更重。我想做人若不能还债，就得避债，决不能教债主把他揪住，使他受苦。若论还债，依我底力量、才能，是不济事底。我得出去找几个帮忙底人。如果不能找着，再想法子。现在我去了，多谢你栽培我这么些年。我底前途，望你记念；我底往事，愿你忘却。我也要时时祝你平安。

婿容融留字

老夫人念完这信，就非常愁闷。以后，每想起她底女婿，便好几天不高兴。但不高兴尽管不高兴，女婿至终没有回来。

暾将出兮东方

在山中住，总要起得早，因为似醒非醒地眠着，是山中各样的朋友所憎恶底。破晓起来，不但可以静观彩云底变幻；和细听鸟语底婉转；有时还从山巅、树表、溪影、村容之中给我们许多可说不可说底愉快。

我们住在山压檐牙阁里，有一次，在曙光初透底时候，大家还在床上眠着，耳边恍惚听见一队童男女底歌声，唱道：

> 榻上人，应觉悟！
> 　晓鸡频催三两度。
> 君不见——
> 　　"暾将出兮东方"，
> 　微光已透前村树？
> 　榻上人，应觉悟！

往后又跟着一节和歌：

> 暾将出兮东方！
> 暾将出兮东方！
> 　会见新曦被四表，
> 　　使我乐兮无央。

那歌声还接着往下唱，可惜离远了，不能听得明白。

啸虚对我说："这不是十年前你在学校里教孩子唱底么？怎么会跑到这里唱起来？"

我说："我也很诧异，因为这首歌，连我自己也早已忘了。"

"你底暮气满面，当然会把这歌忘掉。我看你现在要用赞美光明底声音去赞美黑暗哪。"

我说："不然，不然。你何尝了解我？本来，黑暗是不足诅咒，光明是毋须赞美底。光明不能增益你什么，黑暗不能妨害你什么，你以何因缘而生出差别心来？若说要赞美的话：在早晨就该赞美早晨；在日中就该赞美日中；在黄昏就该赞美黄昏；在长夜就该赞美长夜；在过去、现在、将来一切时间，就该赞美过去、现在、将来一切时间。说到诅咒，亦复如是。"

那时，朝曦已射在我们脸上，我们立即起来，计画那日底游程。

鬼赞

你们曾否在凄凉的月夜听过鬼赞？有一次，我独自在空山里走，除远处寒潭底鱼跃出水声略可听见以外，其余种种，都被月下底冷露幽闭住。我底衣服极其润湿，我两腿也走乏了。正要转回家中，不晓得怎样就经过一区死人底聚落。我因疲极，才坐在一个祭坛上少息。在那里，看见一群幽魂高矮不齐，从各坟墓里出来。他们仿佛没有看见我，都向着我所坐底地方走来。

他们从这墓走过那墓，一排排地走着，前头唱一句，后面应一句，和举行什么巡礼一样。我也不觉得害怕，但静静地坐在一旁，听他们底唱和。

第一排唱："最有福底是谁？"

往下各排挨着次序应。

"是那曾用过视官，而今不能辨明暗底。"

"是那曾用过听官，而今不能辨声音底。"

"是那曾用过嗅官，而今不能辨香味底。"

"是那曾用过味官，而今不能辨苦甘底。"

"是那曾用过触官，而今不能辨粗细、冷暖底。"

各排应完，全体都唱："那弃绝一切感官的有福了！我们底髑髅有福了！"

第一排底幽魂又唱："我们底髑髅是该赞美底。我们要赞美我们底髑髅。"

领首底唱完，还是挨着次序一排排地应下去。

"我们赞美你，因为你哭底时候，再不流眼泪。"

"我们赞美你，因为你发怒底时候，再不发出紧急底气息。"

"我们赞美你，因为你悲哀底时候再不皱眉。"

"我们赞美你，因为你微笑底时候，再没有嘴唇遮住你底牙齿。"

"我们赞美你，因为你听见赞美底时候再没有血液在你底脉里颤动。"

"我们赞美你，因为你不肯受时间底播弄。"

全体又唱："那弃绝一切感官底有福了！我们底髑髅有福了！"

他们把手举起来一同唱：

"人哪，你在当生、来生底时候，有泪就得尽量流；有声就得尽量唱；有苦就得尽量尝；有情就得尽量施；有欲就得尽量取；有事就得尽量成就。等到你疲劳、等到你歇息底时候，你就有福了！"

他们诵完这段，就各自分散。一时，山中睡不熟的云直望下压，远地底丘陵都给埋没了。我险些儿也迷了路途，幸而有断断续续的鱼跃出水声从寒潭那边传来，使我稍微认得归路。

万物之母

在这经过离乱底村里，荒屋破篱之间，每日只有几缕零零落落底炊烟冒上来；那人口底稀少可想而知。你一进到无论哪个村里，最喜欢遇见底，是不是村童在阡陌间或园圃中跳来跳去；或走在你前头，或随着你步后模仿你底行动？村里若没有孩子们，就不成村落了。在这经过离乱底村里，不但没有孩子，而且有向你要求孩子！

这里住着一个不满三十岁底寡妇，一见人来，便要求，说："善心善行底人，求你对那位总爷说，把我底儿子给回。那穿虎纹衣服、戴虎儿帽底便是我底儿子。"

她底儿子被乱兵杀死已经多年了。她从不会忘记：总爷把无情的剑拔出来底时候，那穿虎纹衣服底可怜儿还用双手招着，要她搂抱。她要跑去接底时候，她底精神已和黄昏底霞光一同麻痹而熟睡了。唉，最惨底事岂不是人把寡妇怀里底独生子夺过去，且在她面前害死吗？要她在醒后把这事完全藏在她记忆底多宝箱里，可以说，比剖芥子来藏须弥还难。

她底屋里排列了许多零碎底东西，当时她儿子玩过底小团也在其中。在黄昏时候，她每把各样东西抱在怀里说："我底儿，母亲岂有不救你，不保护你底？你现在在我怀里咧。不要做声，看一会人来又把你夺去。"可是一过了黄昏，她就立刻醒悟过来，知道那所抱底不是她底儿子。

那天，她又出来找她底"命"。月底光明蒙着她，使她在不知不觉间进入村后底山里。那座山，就是白天也少有人敢进去，何况在盛夏底夜间，杂草把樵人底小径封得那么严！她一点也不害怕，攀着小树，缘着茑萝，慢慢地上去。

她坐在一块大石上歇息，无意中给她听见了一两声底儿啼。她不及判别，便说："我底儿，你藏在这里么？我来了，不要哭啦。"

她从大石下来，随着声音底来处，爬入石下一个洞里。但是里面一点东西也没有。她很疲乏，不能再爬出来，就在洞里睡了一夜。

第二天早晨，她醒时，心神还是非常恍惚。她坐在石上，耳边还留着昨晚上底儿啼声。这当然更要动她底心，所以那方从霭云被里钻出来底朝阳无力把她脸上和鼻端底珠露晒干了。她在瞻顾中，才看出对面山岩上坐着一个穿虎纹衣服底孩子。可是她看错了！那边坐着底，是一只虎子；它底声音从那边送来很像儿啼。她立即离开所坐底地方，不管当中所隔的谷有多么深，尽管攀缘着，向那边去。不幸早露未干，所依附的都很湿滑，一失手，就把她溜到谷底。

她昏了许久才醒回来。小伤总免不了，却还能够走动。她爬着，看见身边暴露了一付小髑髅。

"我底儿，你方才不是还在山上哭着么？怎么你母亲来得迟一点，你就变成这样？"她把髑髅抱住，说，"呀，我底苦命儿，我怎能把你医治呢？"悲苦尽管悲苦，然而，自她丢了孩子以后，不能不算这是她第一次底安慰。

从早晨直到黄昏，她就坐在那里，不但不觉得饿，连水也没喝过。零星几点，已悬在天空，那天就在她底安慰中过去了。

她忽想起幼年时代，人家告诉她的神话，就立起来说："我底儿，我抱你上山顶，先为你摘两颗星星下来，嵌入你底眼眶，教你看得见；然后给你找香象底皮肉来补你底身体。可是你不要再哭，恐怕给人听见，又把你夺过去。"

"敬姑，敬姑。"找她底人们在满山中这样叫了好几声，也没有一点影响。

"也许她被那只老虎吃了。"

"不，不对。前晚那只老虎是跑下来捕云哥圈里底牛犊被打死底。如果那东西把敬姑吃了，绝不再下山来赴死。我们再进深一点找罢。"

唉，他们底工夫白费了！

纵然找着她，若是她还没有把星星抓在手里，她心里怎能平安，怎肯随着他们回来？

春底林野

春光在万山环抱里，更是泄漏得迟。那里底桃花还是开着；漫游底薄云从这峰飞过那峰，有时稍停一会，为底是挡住太阳，教地面底花草在它底荫下避避光焰底威吓。

岩下底荫处和山溪底旁边满长了薇蕨和其他凤尾草。红、黄、蓝、紫底小草花点缀在绿茵上头。

天中底云雀，林中底金莺，都鼓起它们底舌簧。轻风把它们底声音挤成一片，分送给山中各样有耳无耳底生物。桃花听得入神，禁不住落了几点粉泪，一片一片凝在地上。小草花听得大醉，也和着声音底节拍一会倒，一会起，没有镇定底时候。

林下一班孩子正在那里捡桃花底落瓣哪。他们捡着，清儿忽嚷起来，道："嘎，邕邕来了！"众孩子住了手，都向桃林底尽头盼望。果然邕邕也在那里摘草花。

清儿道："我们今天可要试试阿桐底本领了。若是他能办得到，我们都把花瓣穿成一串璎珞围在他身上，封他为大哥如何？"

众人都答应了。

阿桐走到邕邕面前，道："我们正等着你来呢。"

阿桐的左手盘在邕邕底脖上，一面走一面说："今天他们要替你办嫁妆，教你做我底妻子。你能做我底妻子么？"

邕邕狠视了阿桐一下，回头用手推开他，不许他底手再搭在自己脖上。孩子们都笑得支持不住了。

众孩子嚷道："我们见过邕邕用手推人了！阿桐赢了！"

邕邕从来不会拒绝人，阿桐怎能知道一说那话，就能使她动手呢？是春光底荡漾，把他这种心思泛出来呢？或者，天地之心就是这样呢？

你且看：漫游底薄云还是从这峰飞过那峰。

你且听：云雀和金莺底歌声还布满了空中和林中。

在这万山环抱底桃林中，除那班爱闹底孩子以外，万物把春光领略得心眼都迷蒙了。

花香雾气中底梦

在覆茅涂泥底山居里，那阻不住底花香和雾气从疏帘蹿进来，直扑到一对梦人身上。妻子把丈夫摇醒，说："快起罢，我们底被褥快湿透了。怪不得我总觉得冷，原来太阳被囚在浓雾底监狱里不能出来。"

那梦中底男子，心里自有他底温暖，身外底冷与不冷他毫不介意。他没有睁开眼睛便说："嗳呀，好香！许是你桌上底素馨露洒了罢？"

"哪里？你还在梦中哪。你且睁眼看帘外底光景。"

他果然揉了眼睛，拥着被坐起来，对妻子说："怪不得我净梦见一群女子在微雨中游戏。若是你不叫醒我，我还要往下梦哪。"

妻子也拥着她底绒被坐起来说："我也有梦。"

"快说给我听。"

"我梦见把你丢了。我自己一人在这山中遍处找寻你，怎么也找不着。我越过山后，只见一个美丽的女郎挽着一篮珠子向各树的花叶上头乱撒。我上前去向她问你底下落，她笑着问我：'他是谁，找他干什么？'我当然回答，他是我底丈夫——"

"原来你在梦中也记得他！"他笑着说这话，那双眼睛还显出很滑稽的样子。

妻子不喜欢了。她转过脸背着丈夫说："你说什么话！你老是要挑剔人家底话语，我不往下说了。"她推开绒被，随即呼唤丫头预备脸水。

丈夫速把她揪住，央求说："好人，我再不敢了。你往下说罢。以后若再饶舌，情愿挨罚。"

"谁希罕罚你？"妻子把这次底和平画押了。她往下说：

"那女人对我说，你在山前柚花林里藏着。我那时又像把你忘了。……"

"哦，你又……不，我应许过不再说什么的；不然，我就要挨罚了。你到底找着我没有？"

"我没有向前走，只站在一边看她撒珠子。说来也很奇怪：那些珠子粘在各花叶上都变成五彩的零露，连我底身体也沾满了。我忍不住，就问那女郎。女郎说：东西还是一样，没有变化，因为你的心思前后不同，所以觉得变了。你认为珠子，是在我撒手之前，因为你想我这篮子决不能盛得露水。你认为露珠时，是在我撒手之后，因为你想那些花叶不能留住珠子。我告诉你：你所认底不在东西，乃在使用东西底人和时间；你所爱底，不在体质，乃在体质所表底情。你怎样爱月呢？是爱那悬在空中已经老死底暗球么？你怎样爱雪呢？是爱它那种砭人肌骨底凛冽么？"

"她一说到雪，我打了一个寒噤，便醒起来了。"

丈夫说："到底没有找着我。"

妻子一把抓住他底头发，笑说："这不是找着了吗？……我说，这梦怎样？"

"凡你所梦都是好底。那女郎底话也是不错。我们最愉快底时候岂不是在接吻后，彼此底凝视吗？"他向妻子痴笑，妻子把绒被拿起来，盖在他头上，说："恶鬼！这会可不让你有第二次底凝视了。"

茶蘼

我常得着男子送给我底东西，总没有当他们做宝贝看。我底朋友师松却不如此，因为她从不曾受过男子底赠与。

自鸣钟敲过四下以后，山上礼拜寺底聚会就完了。男男女女像出圈底羊，急要下到山坡觅食一般。那边有一个男学生跟着我们走，他底正名字我忘记了，我只记得人家都叫他做"宗之"。他手里拿着一枝茶蘼，且行且嗅。茶蘼本不是香花，他嗅着，不过是一种无聊举动便了。

"松姑娘，这枝茶蘼送给你。"他在我们后面嚷着。松姑娘回头看见他满脸堆着笑容递着那花，就速速伸手去接。她接着说："很多谢，很多谢。"宗之只笑着点点头，随即从西边底山径转回家去。

"他给我这个，是什么意思？"

"你想他有什么意思，他就有什么意思。"我这样回答她。走不多远，我们也分途各自家去了。

她自下午到晚上不歇把弄那枝茶蘼。那花像有极大的魔力，不让她撒手一样。她要放下时，每觉得花儿对她说："为什么离夺我？我不是从宗之手里递给你，交你照管底吗？"

呀，宗之的眼、鼻、口、齿、手、足、动作，没有一件不在花心跳跃着，没有一件不在她眼前底花枝显现出来！她心里说："你这美男子，为甚缘故送给我这花儿？"她又想起那天经坛上的讲章，就自己回答说："因为他顾念他使女底卑微，从今而后，万代要称我为有福。"

这是她爱茶蘼花，还是宗之爱她呢？我也说不清，只记得有一天我和宗之正坐在榕树根谈话底时候，他家底人跑来对他说："松姑娘吃了一朵什么花，说是你给她的，现在病了。她家的人要找你去问话咧。"

他吓了一跳，也摸不着头脑，只说："我哪时节给她东西吃？这真是……！"

我说："你细想一想。"他怎么也想不起来。我才提醒他说："你前个月在斜道上不是给了她一朵茶蘼吗？"

“对呀，可不是给了她一朵荼蘼！可是我哪里教她吃了呢？”

“为什么你单给她，不给别人？”我这样问他。

他很直接地说：“我并没有什么意思，不过随手摘下，随手送给别人就是了。我平素送了许多东西给人，也没有什么事；怎么一朵小小底荼蘼就可使她着了魔？”

他还坐在那里沉吟，我便促他说：“你还能在这里坐着么？不管她是误会，你是有意，你既然给了她，现在就得去看她一看才是。”

“我哪有什么意思？”

我说：“你且去看看罢。蚌蛤何尝立志要生珠子呢？也不过是外间的沙粒偶然渗入他底壳里，他就不得不用尽工夫分泌些黏液把那小沙裹起来罢了。你虽无心，可是你底花一到她手里，管保她不因花而爱起你来吗？你敢保她不把那花当做你所赐给爱底标识，就纳入她底怀中，用心里无限底情思把他围绕得非常严密吗？也许她本无心，但因你那美意底沙无意中掉在她爱底贝壳里，使她不得不如此。不用踌躇了，且去看看罢。”

宗之这才站起来，皱一皱他那副冷静的脸庞，跟着来人从林菁底深处走出去了。

七宝池上底乡思

弥陀说：“极乐世界底池上，
　　　何来凄切底泣声？
　　迦陵频迦，你下去看看
　　　是谁这样猖狂。”
于是迦陵频迦鼓着翅膀，
　　　飞到池边一棵宝树上，
　　　还歇在那里，引颈下望：
“咦，佛子，你岂忘了这里是天堂？
　　你岂不爱这里底宝林成行；
　　　　树上底花花相对，
　　　　　　叶叶相当？
　　你岂不闻这里有等等妙音充耳；
　　岂不见这里有等等庄严宝相？
　　住这样具足底乐土，
　　　为何尽自悲伤？”
坐在宝莲上底少妇还自啜泣，合掌回答说：
“大士，这里是你底家乡，
　　在你，当然不觉得有何等苦况。

我底故土是在人间，
怎能教我不哭着想？

"我要来底时候，
我全身都冷却了；
但我底夫君，还用他温暖底手将我搂抱；
用他融溶底泪滴在我额头。

"我要来底时候，
我全身都挺直了；
但我底夫君，还把我底四肢来回曲挠。

"我要来底时候，
我全身底颜色，已变得直如死灰；
但我底夫君还用指头压我底两颊，
看看从前底粉红色能否复回。

"现在我整天坐在这里，
不时听见他底悲啼。
唉，我额上底泪痕
我臂上底暖气，
我脸上底颜色，
我全身底关节，
都因着我夫君底声音，
烧起来，溶起来了！
我指望来这里享受快乐，
现在反憔悴了！

"呀，我要回去，
我要回去
我要回去止住他底悲啼。
我巴不得现在就回去止住他底悲啼。"

迦陵频迦说：
"你且静一静，
我为你吹起天笙，
把你心中愁闷底垒块平一平；

且化你耳边底悲啼为欢声。
你且静一静，
　　我为你吹这天笙。"

"你底声不能变为爱底喷泉，
　　不能灭我身上一切爱痕底烈焰；
　　也不能变为忘底深渊，
　　　　使他将一切情愫投入里头，
　　　　　　不再将人惦念。
我还得回去和他相见，
　　去解他底眷恋。"
"呵，你这样有情，
　　谁还能对你劝说
　　　　向你拦禁？
回去罢，须记得这就是轮回因。"

弥陀说："善哉，迦陵！
　　你乃能为她说这大因缘！
纵然碎世界为微尘，
　　这微尘中也住着无量有情。
所以世界不尽，有情不尽；
　　有情不尽，轮回不尽；
　　轮回不尽，济度不尽：
　　济度不尽，乐土乃能显现不尽。"

　　话说完，莲瓣渐把少妇裹起来，再合成一朵菡萏低垂着。微风一吹，他荏弱得支持不住，便堕入池里。

　　迦陵频迦好像记不得这事，在那花花相对、叶叶相当的林中，向着别底有情歌唱去了。

银翎底使命

　　黄先生约我到狮子山麓阴湿底地方去找捕蝇草。那时刚过梅雨之期，远地青山还被烟霞蒸着，唯有几朵山花在我们眼前淡定地看那在溪涧里逆行底鱼儿喋着他们底残瓣。

　　我们沿着溪涧走。正在找寻底时候，就看见一朵大白花从上游顺流而下。我说："这时候，哪有偌大底白荷花流着呢？"

我的朋友说："你这近视鬼！你准看出那是白荷花么？我看那是……"

说时迟，来时快，那白底东西已经流到我们跟前。黄先生急把采集网拦住水面；那时，我才看出是一只鸽子。他从网里把那死底飞禽取出来，诧异说："是谁那么不仔细，把人家底传书鸽打死了！"他说时，从鸽翼下取出一封长底小信来，那信已被水浸透了；我们慢慢把它展开，披在一块石上。

"我们先看看这是从哪里来，要寄到哪里去底，然后给他寄去，如何？"我一面说，一面看着。但那上头不特地址没有，甚至上下底款识也没有。

黄先生说："我们先看看里头写底是什么，不必讲私德了。"

我笑着说："是，没有名字底信就是公的；所以我们也可以披阅一遍。"

于是我们一同念着：

你教昆儿带银翎、翠翼来，吩咐我，若是他们空着回去，就是我还平安底意思。我恐怕他知道，把这两只小宝贝寄在霞妹那里；谁知道前天她开笼搁饲料底时候，不提防把翠翼放走了！

嗳，爱者，你看翠翼没有带信回去，定然很安心，以为我还平安无事。我也很盼望你常想着我底精神和去年一样。不过现在不能不对你说底，就是过几天人就要把我接去了！我不得不叫你速速来和他计较。你一来，什么事都好办了。因为他怕底是你和他讲理。

嗳，爱者，你见信以后，必得前来，不然，就见我不着；以后只能在累累荒冢中读我底名字了，这不是我不等你，时间不让我等你哟！

我盼望银翎平平安安地带着他底使命回去。

188

我们念完，黄先生道："这是怎么一回事？"

"谁能猜呢？反正是不幸底事罢了。现在要紧的，就是怎样处置这封信。我想把他贴在树上，也许有知道这事底人经过这里，可以把他带去。"我摇着头，且轻轻地把信揭起。

黄先生说："不如拿到村里去打听一下，或者容易找出一点线索。"

我们商量之下，就另抄一张起来，仍把原信系在鸽翼底下。黄先生用采掘锹子在溪边挖了一个小坑，把鸽子葬在里头。回头为他立了一座小碑，且从水中淘出几块美丽底小石压在墓上。那墓就在山花盛开底地方，我一翻身，就把些花瓣摇下来，也落在这使者底墓上。

美底牢狱

嬺求正在镜台边理她底晨妆，见她底丈夫从远地回来，就把头拢住，问道："我所需要底你都给带回来了没有？"

"对不起！你虽是一个建筑师，或泥水匠，能为你自己建筑一座'美底牢狱'；我却不是一个转运者，不能为你搬运等等材料。"

"你念书不是念得越糊涂，便是越高深了！怎么你底话，我一点也听不懂？"

丈夫含笑说："不懂么？我知道你开口爱美，闭口爱美，多方地要求我给你带等等装饰回来；我想那些东西都围绕在你的体外，合起来，岂不是成为一座监禁你底牢狱吗？"

她静默了许久，也不做声。她底丈夫往下说："妻呀，我想你还不明白我底意思。我想所有美丽底东西，只能让他们散布在各处，我们只能在他们底出处爱它们；若是把他们聚拢起来，搁在一处，或在身上，那就不美了……"

她睁着那双柔媚底眼，摇着头说："你说得不对。你说得不对。若不剖蚌，怎能得着珠玑呢？若不开山，怎能得着金刚、玉石、玛瑙等等宝物呢？而且那些东西，本来不美，必得人把他们琢磨出来，加以装饰，才能显得美丽咧。若说我要装饰，就是建筑一所美底牢狱，且把自己监在里头，且问谁不被监在这种牢狱里头呢？如果世间真有美底牢狱，像你所说，那么，我们不过是造成那牢狱底一沙一石罢了。"

"我底意思就是听其自然，连这一沙一石也毋须留存。孔雀何为自己修饰羽毛呢？芰荷何尝把他底花染红了呢？"

"所以说他们没有美感！我告诉你，你自己也早已把你底牢狱建筑好了。"

"胡说！我何曾？"

"你心中不是有许多好底想象，不是要照你底好理想去行事么？你所有底，是不是从古人曾经建筑过底牢狱里拣出其中底残片？或是在自己底世界取出来底材料呢？自然要加上一点人为才能有意思。若是我底形状和荒古时候底人一样，你还爱我吗？我准敢说，你若不好好地住在你底牢狱里头，且不时时把牢狱底墙垣垒得高高底，我也不能爱你。"

刚愎底男子，你何尝佩服女子底话？你不过会说："就是你会说话！等我思想一会儿，再与你决战。"

补破衣底老妇人

她坐在檐前，微微底雨丝飘摇下来，多半聚在她脸庞底皱纹上头。她一点也不理会，尽管收拾她底筐子。

在她底筐子里有很美丽底零剪绸缎，也有很粗陋底麻头、布尾。她从没有理会雨丝在她头、面、身体之上乱扑；只提防着筐里那些好看底材料沾湿了。

那边来了两个小弟兄。也许他们是学校回来。小弟弟管她叫做"衣服底外科医生"；现在见她坐在檐前，就叫了一声。

她抬起头来，望着这两个孩子笑了一笑。那脸上底皱纹虽皱得更厉害，然而生底痛苦可以从那里挤出许多，更能表明她是一个享乐天年底老婆子。

小弟弟说："医生，你只用筐里底材料在别人底衣服上，怎么自己底衣服却不管了？你看你肩脖补底那一块又该掉下来了。"

老婆子摩一摩自己底肩脖，果然随手取下一块小方布来。她笑着对小弟弟说："你底眼睛实在精明！我这块原没有用线缝住；因为早晨忙着要出来，只用浆子暂时糊着，盼望晚上回去弥补；不提防雨丝替我揭起来了！……这揭得也不错。我，既如你所说，是一个衣服底外科医生，那么，我是不怕自己底衣服害病底。"

她仍是整理筐里底零剪绸缎，没理会雨丝零落在她身上。

哥哥说："我看爸爸底手册里夹着许多底零剪文件；他也是像你一样：不时地翻来翻去。他……"

弟弟插嘴说："他也是另一样底外科医生。"

老婆子把眼光射在他们身上，说："哥儿们，你们说得对了。你们底爸爸爱惜小册里底零碎文件，也和我爱惜筐里底零剪绸缎一般。他凑合多少地方底好意思，等用得着时，就把他们编连起来，成为一种新底理解。所不同底，就是他用底头脑，我用底只是指头便了。你们叫他做……"

说到这里，父亲从里面出来，问起事由，便点头说："老婆子，你底话很中肯要。我们所为，原就和你一样，东搜西罗，无非是些绸头、布尾，只配用来补补破衲袄罢了。"

父亲说完，就下了石阶，要在微雨中到葡萄园里，看看他底葡萄长芽了没有。这里孩子们还和老婆子争论着要号他们底爸爸做什么样医生。

光底死

光离开他底母亲去到无量无边，一切生命底世界上。因为他走底时候脸上常带着很忧郁的容貌，所以一切能思维、能造作底灵体也和他表同情；一见他，都低着头容他走过去；甚至带着泪眼避开他。

光因此更烦闷了。他走得越远，力量越不足；最后，他躺下了。他躺下底地方，正在这块大地。在他旁边有几位聪明底天文家互相议论说："太阳底光，快要无所附丽了，因为他冷死底时期一天近似一天了。"

光垂着头，低声诉说："唉，诸大智者，你们为何净在我母亲和我身上担忧？你们岂不明白我是为饶益你们而来么？你们从没有在我面前做过我曾为你们做底事。你们没有接纳我，也没有……"

他母亲在很远底地方，见他躺在那里叹息，就叫他回去说："我底命儿，我所爱底，你回去罢。我一天一天任你自由地离开我，原是为众生的益处；他们既不承受，你何妨回来？"

光回答说："母亲，我不能回去了。因为我走遍了一切世界，遇见一切能思维、能造作底灵体，到现在还没有一句话能够对你回报。不但如此，这里还有人正咒诅我们哪！我哪有面目回去呢？我就安息在这里罢。"

他的母亲听见这话，一种幽沉底颜色早已现在脸上。他从地上慢慢走到海边，带着自己底身体、威力，一分一厘地浸入水里。母亲也跟着晕过去了。

再会

靠窗棂坐着那位老人家是一位航海者，刚从海外归来底。他和萧老太太是少年时代底朋友，彼此虽别离了那么些年，然而他们会面时，直像忘了当中经过底日子。现在他们正谈起少年时代底旧话。

"蔚明哥，你不是二十岁的时候出海底么？"她屈着自己底指头，数了一数，才用那双被阅历染浊了底眼睛看着她的朋友说，"呀，四十五年就像我现在数着指头一样地过去了！"

老人家把手捋一捋胡子，很得意地说："可不是！……记得我到你家辞行那一天，你正在园里饲你那只小鹿；我站在你身边一棵正开着花底枇杷树下，花香和你头上底油香杂窜入我底鼻中。当时，我底别绪也不晓得要从哪里说起；但你只低头抚着小鹿。我想你那时也不能多说什么，你竟然先问一句：'要等到什么时候我们再能相见呢？'我就慢答道：'毋须多少时候。'那时，你……"

老太太截着说："那时候底光景我也记得很清楚。当你说这句底时候，我不是说'要等再相见时，除非是黑墨有洗得白底时节'。哈哈！你去时，那缕漆黑底头发现在岂不是已被海水洗白了么？"

老人家摩摩自己底头顶，说："对啦！这也算应验哪！可惜我见不着芳哥，他过去多少年了？"

"唉，久了！你看我已经抱过四个孙儿了。"她说时，看着窗外几个孩子在瓜棚下玩，就指着那最高底孩子说，"你看鼎儿已经十二岁了，他公公就在他弥月后去世底。"

他们谈话时，丫头端了一盘牡蛎煎饼来。老太太举手嚷着蔚明哥说："我定知道你底嗜好还没有改变，所以特地为你做这东西。你记得我们少时，你母亲有一天做这样底饼给我们吃。你拿一块，吃完了才嫌饼里底牡蛎少，助料也不如我底多，闹着要把我底饼抢去。当时，你母亲说了一句话，教我常常忆起，就是'好孩子，算了罢。助料都是搁在一起渗匀底。做底时候，谁有工夫把分量细细去分配呢？这自然是免不了有些多，有些少底；只要饼底气味好就够了。你所吃底原不定就是为你做底，可是你已经吃过，就不能再要了'。蔚明哥，你说末了这话多么感动我呢！拿这个来比我们的境遇罢：境遇虽然一个一个排列在面前，容我们有机会选择，有人选得好，有人选得歹，可是选定以后，就不能再选了。"

老人家拿起饼来吃，慢慢地说："对啦！你看我这一生净在海面生活，生活极其简单，不像你这么繁复，然而我还是像当时吃那饼一样——也就饱了。"

"我想我老是多得便宜。我底'境遇底饼'虽然多一些助料，也许好吃一些，但是我底饱足是和你一样底。"

谈旧事是多么开心底事！看这光景，他们像要把少年时代底事迹一一回溯一遍似的。但外面底孩子们不晓得因什么事闹起来，老太太先出去做判官；这里留着一位矍铄的航海者静静地坐着吃他底饼。

桥边

我们住底地方就在桃溪溪畔。夹岸遍是桃林：桃实、桃叶映入水中，更显出溪边底静谧。真想不到仓皇出走底人还能享受这明媚的景色！我们日日在林下游玩；有时蹚过溪桥，到朋友的蔗园里找新生底甘蔗吃。

这一天，我们又要到蔗园去，刚蹚过桥，便见阿芳——蔗园的小主人——很忧郁地坐在桥下。

"阿芳哥，起来领我们到你园里去。"他举起头来，望了我们一眼，也没有说什么。

我哥哥说："阿芳，你不是说你一到水边就把一切底烦闷都洗掉了吗？你不是说，你是水边底蜻蜓么？你看歇在水荭花上那只蜻蜓比你怎样？"

"不错。然而今天就是我第一次底忧闷。"

我们都下到岸边，围绕住他，要打听这回事。他说："方才红儿掉在水里了！"红儿是他底腹婚妻，天天都和他在一块儿玩底。我们听了他这话，都惊讶得很。哥哥说："那么，你还能在这里闷坐着吗？还不赶紧去叫人来？"

"我一回去，我妈心里底忧郁怕也要一颗一颗地结出来，像桃实一样了。我宁可独自在此忧伤，不忍使我妈妈知道。"

我底哥哥不等说完，一股气就跑到红儿家里。这里阿芳还在皱着眉头，我也眼巴巴地望着他，一声也不响。

"谁掉在水里啦？"

我一听，是红儿底声音，速回头一望，果然哥哥携着红儿来了！她笑眯眯地走到芳哥跟前，芳哥像很惊讶地望着她。很久，他才出声说："你底话不灵了么？方才我贪着要到水边看看我底影儿，把他搁在树上，不留神轻风一摇，把他摇落水里。他随着流水往下流去；我回头要抱他，他已不在了。"

红儿才知道掉在水里底是她所赠与底小团。她曾对阿芳说那小团也叫红儿，若是把他丢了，便是丢了她。所以芳哥这么谨慎看护着。

芳哥实在以红儿所说底话是千真万真底，看今天底光景，可就教他怀疑了。他说："哦，你底话也是不准底！我这时才知道丢了你底东西不算丢了你，真把你丢了才算。"

我哥哥对红儿说："无意底话倒能教人深信：芳哥对你底信念，头一次就在无意中给你打破了。"

红儿也不着急，只优游地说："信念算什么？要真相知才有用哪。……也好，我借着这个就知道他了。我们还是到蔗园去罢。"

我们一同到蔗园去，芳哥方才底忧郁也和糖汁一同吞下去了。

头发

这村里的大道今天忽然点缀了许多好看底树叶，一直达到村外底麻栗林边。村里底人，男男女女都穿得很整齐，像举行什么大节期一样。但六月间没有重要底节期，婚礼也用不着这么张罗，到底是为甚事？

那边底男子们都唱着他们底歌，女子也都和着。我只静静地站在一边看。

一队兵押着一个壮年底比丘从大道那头进前。村里底人见他来了，歌唱得更大声。妇人们都把头发披下来，争着跪在道旁，把头发铺在道中，从远一望，直像整匹底黑练摊在那里。那位比丘从容地从众女人底头发上走过，后面底男子们都嚷着："可赞美底孔雀旗呀！"

他们这一嚷就把我提醒了。这不是倡自治底孟法师入狱底日子吗？我心里这样猜，赶到他离村里底大道远了，才转过篱笆底西边。刚一拐弯，便遇着一个少女摩着自己底头发，很懊恼地站在那里。我问她说："小姑娘，你站在此地，为你们底大师伤心么？"

"固然。但是我还咒诅我底头发为什么偏生短了，不能摊在地上，教大师脚下底尘土留下些少在上头。你说今日村里底众女子，哪一个不比我荣幸呢？"

"这有什么荣幸？若你有心恭敬你底国土和你底大师就够了。"

"咦！静藏在心里底恭敬是不够底。"

"那么，等他出狱底时候，你底头发就够长了。"

女孩子听了，非常喜欢，至于跳起来说："得先生这一祝福，我底头发在那时定能比别人长些。多谢了！"

她跳着从篱笆对面底流连子园去了。我从西边一直走，到那麻栗林边。

那里底土很湿，大师底脚印和兵士底鞋印在上头印得很分明。

疲倦的母亲

那边一个孩子靠近车窗坐着，远山，近水，一幅一幅，次第嵌入窗户，射到他的眼中。他手画着，口中还咿咿哑哑地，唱些没字曲。

在他身边坐着一个中年妇人，支着头瞌睡。孩子转过脸来，摇了她几下，说："妈妈，你看看，外面那座山很像我家门前的呢。"

母亲举起头来，把眼略睁一睁；没有出声，又支着颐睡去。

过一会，孩子又摇她，说："妈妈，'不要睡罢，看睡出病来了'。你且睁一睁眼看看外面八哥和牛打架呢。"

母亲把眼略略睁开，轻轻打了孩子一下；没有做声，又支着头睡去。

孩子鼓着腮，很不高兴。但过一会，他又唱起来了。

"妈妈，听我唱歌罢。"孩子对着她说了，又摇她几下。

母亲带着不喜欢的样子说："你闹什么？我都见过，都听过，都知道了；你不知道我很疲乏，不容我歇一下么？"

孩子说："我们是一起出来的，怎么我还顶精神，你就疲乏起来？难道大人不如孩子么？"

车还在深林平畴之间穿行着。车中的人，除那孩子和一二个旅客以外，少有不像他母亲那么酣睡的。

处女的恐怖

深沉院落，静到极地；虽然我的脚步走在细草之上，还能惊动那伏在绿丛里的蜻蜓。我每次来到庭前，不是听见投壶的音响，便是闻得四弦的颤动；今天，连窗上铁马的轻撞声也没有了！

我心里想着这时候小坡必定在里头和人下围棋，于是轻轻走着，也不声张，就进入屋里。出乎主人的意想，跑去站在他后头，等他蓦然发觉，岂不是很有趣？但我轻揭帘子进去时，并不见小坡，只见他的妹子伏在书案上假寐。我更不好声张，还从原处蹑出来。

走不远，方才被惊的蜻蜓就用那碧玉琢成的一千只眼瞧着我。一见我来，他又鼓起云母的翅膀飞得飒飒作响。可是破岑寂的，还是屋里大踏大步的声音。我心知道小坡的妹子醒了，看见院里有客，紧紧要回避，所以不敢回头观望，让她安然走入内衙。

"四爷，四爷，我们太爷请你进来坐。"我听得是玉笙的声音，回头便说："我已经进去了，太爷不在屋里。"

"太爷随即出来，请到屋里一候。"她揭开帘子让我进去。果然他的妹子不在了！丫头刚走到衙内院子的光景，便有一股柔和而带笑的声音送到我耳边说："外面伺候的人一个也没有；好在是西衙的四爷，若是生客，教人怎样进退？"

"来的无论生熟，都是朋友，又怕什么？"我认得这是玉笙回答她小姐的话语。

"女子怎能不怕男人，敢独自一人和他们应酬么？"

"我又何尝不是女子？你不怕，也就没有什么。"

我才知道她并不曾睡去，不过回避不及，装成那样的。我走近案边，看见一把画未成的纨扇搁在上头。正要坐下，小坡便进来了。

"老四，失迎了。舍妹跑进去，才知道你来。"

"岂敢，岂敢。请原谅我的莽撞。"我拿起纨扇问道，"这是令妹写的？"

"是。她方才就在这里写画。笔法有什么缺点，还求指教。"

"指教倒不敢；总之，这把扇是我捡得的，是没有主的，我要带他回去。"我摇着扇子这样说。

"这不是我的东西，不干我事。我叫她出来与你当面交涉。"小坡笑着向帘子那边叫，"九妹，老四要把你的扇子拿去了！"

他妹子从里面出来，我忙趋前几步——赔笑，行礼。我说："请饶恕我方才的唐突。"她没做声，尽管笑着。我接着说："令兄应许把这扇送给我了。"

小坡抢着说："不！我只说你们可以直接交涉。"

她还是笑着，没有做声。

我说："请九姑娘就案一挥，把这画完成了，我好立刻带走。"

但她仍不做声。她哥哥不耐烦，促她说："到底是允许人家是不允许，尽管说，害什么怕？"妹子扫了他一眼，说："人家就是这么害怕嘞。"她对我说，"这是不成东西的，若是要，我改天再奉上。"

我速速说："够了，我不要更好的了。你既然应许，就将这一把赐给我罢。"于是她仍旧坐在案边，用丹青来染那纨扇。我们都在一边看她运笔。小坡笑着对妹子说："现在可不怕人了。"

"当然。"她含笑对着哥哥。自这声音发出以后，屋里、庭外，都非常沉寂；窗前也没有铁马的轻撞声。所能听见的只有画笔在笔洗里拨水的微响，和颜色在扇上的运行声。

我想

我想什么？

我心里本有一条达到极乐园地底路，从前曾被那女人走过底；现在那人不在了，这条路不但是荒芜，并且被野草、闲花、棘枝、绕藤占据得找不出来了！

　　我许久就想着这条路，不单是开给她走底，她不在，我岂不能独自来往？

　　但是野草、闲花这样美丽、香甜，我怎舍得把他们去掉呢？棘枝、绕藤又那样横逆、蔓延，我手里又没有器械，怎敢惹他们呢？我想独自在那路上徘徊，总没有实行底日子。

　　日子一久，我连那条路底方向也忘了。我只能日日跑到路口那个小池底岸边静坐，在那里怅望，和沉思那草掩、藤封底道途。

　　狂风一吹，野花乱坠，池中锦鱼道是好饵来了，争着上来唼喋。我所想底，也浮在水面被鱼唼入口里；复幻成泡沫吐出来，仍旧浮回空中。

　　鱼还是活活泼泼地游；路又不肯自己开了；我更不能把所想底撇在一边呀！

　　我定睛望着上下游泳底锦鱼；我底回想也随着上下游荡。

　　呀，女人！你现在成为我"记忆底池"中底锦鱼了。你有时浮上来，使我得以看见你；有时沉下去，使我费神猜想你是在某片落叶底下，或某块沙石之间。

　　但是那条路底方向我早忘了，我只能每日坐在池边，盼望你能从水底浮上来。

乡曲底狂言

　　在城市住久了，每要害起村庄底相思病来。我喜欢到村庄去，不单是贪玩那不染尘垢底山水；并且爱和村里底人攀谈。我常想着到村里听庄稼人说两句愚拙底话语，胜过在郡邑里领受那些智者底高谈大论。

　　这日，我们又跑到村里拜访耕田底隆哥。他是这小村底长者，自己耕着几亩地，还艺一所菜园。他底生活倒是可以羡慕底。他知道我们不愿意在他矮陋底茅茆里，就让我们到篱外的瓜棚底下坐坐。

　　横空底长虹从前山底凹处吐出来，七色底影印在清潭底水面。我们正凝神看着，蓦然听得隆哥好像对着别人说："冲那边走罢，这里有人。"

　　"我也是人，为何这里就走不得？"我们转过脸来，那人已站在我们跟前。那人一见我们，应行底礼，他也懂得。我们问过他底姓名，请他坐。隆哥看见这样，也就不做声了。

　　我们看他不像平常人，但他有什么毛病，我们也无从说起。他对我们说："自从我回来，村里底人不晓得当我做个什么。我想我并没有坏意思，我也不打人，也不叫人吃亏，也不占人便宜，怎么他们就这般地欺负我——连路也不许我走？"

和我同来底朋友问隆哥说："他底职业是什么？"隆哥还没做声，他便说："我有事做，我是有职业底人。"说着，便从口袋里掏出一本小折子来，对我底朋友说，"我是做买卖底。我做了许久了，这本折子里所记底账不晓得是人该我底，还是我该人底，我也记不清楚，请你给我看看。"他把折子递给我底朋友，我们一同看，原来是同治年间底废折！我们忍不住大笑起来，隆哥也笑了。

隆哥怕他招笑话，想法子把他哄走。我们问起他底来历，隆哥说他从少在天津做买卖，许久没有消息，前几天刚回来底。我们才知道他是村里新回来底一个狂人。

隆哥说："怎么一个好好底人到城市里就变成一个疯子回来？我听见人家说城里有什么疯人院，是造就这种疯子底。你们住在城里，可知道有没有这回事？"

我回答说："笑话！疯人院是人疯了才到里边去；并不是把好好底人送到那里教疯了放出来底。"

"既然如此，为何他不到疯人院里住，反跑回来，到处骚扰？"

"那我可不知道了。"我回答时，我底朋友同时对他说："我们也是疯人，为何不到疯人院里住？"

隆哥很诧异地问："什么？"

我底朋友对我说："我这话，你说对不对？认真说起来，我们何尝不狂？要是方才那人才不狂呢。我们心里想什么，口又不敢说，手也不敢动，只会装出一副脸孔；倒不如他想说什么便说什么，想做什么就做什么，那分诚实，是我们做不到底。我们若想起我们那些受拘束而显出来底动作，比起他那真诚底自由行动，岂不是我们倒成了狂人？这样看来，我们才疯，他并不疯。"

隆哥不耐烦地说："今天我们都发狂了，说那个干什么？我们谈别底罢。"

瓜棚底下闲谈，不觉把印在水面长虹惊跑了。隆哥底儿子赶着一对白鹅向潭边来。我底精神又贯注在那纯净底家禽身上。鹅见着水也就发狂了。他们互叫了两声，便拍着翅膀趋入水里，把静明底镜面踏破。

空山灵雨

许地山

197

生

我底生活好像一棵龙舌兰，一叶一叶慢慢地长起来。某一片叶在一个时期曾被那美丽底昆虫做过巢穴；某一片叶曾被小鸟们歇在上头歌唱过。现在那些叶子都落掉了！只有瘢楞底痕迹留在干上，人也忘了某叶某叶曾经显过底样子；那些叶子曾经历过底事迹唯有龙舌兰自己可以记忆得来，可是他不能说给别人知道。

我底生活好像我手里这管笛子。他在竹林里长着的时候，许多好鸟歌唱给他听；许多猛兽长啸给他听；甚至天中底风雨雷电都不时教给他发音底方法。

他长大了，一切教师所教底都纳入他底记忆里。然而他身中仍是空空洞洞，没有什么。

做乐器者把他截下来，开几个气孔，搁在唇边一吹，他从前学底都吐露出来了。

公理战胜

那晚上要举行战胜纪念第一次底典礼，不曾尝过战苦底人们争着要尝一尝战后底甘味。式场前头底人，未到七点钟，早就挤满了。

那边一个声音说："你也来了！你可是为庆贺公理战胜来底？"这边随着回答道："我只来瞧热闹，管他公理战胜不战胜。"

在我耳边恍惚有一个说话带乡下土腔底说："一个洋皇上生日倒比什么都热闹！"

我底朋友笑了。

我郑重地对他说："你听这愚拙底话，倒很入理。"

"我也信——若说战神是洋皇帝底话。"

人声，乐声，枪声，和等等杂响混在一处，几乎把我们底耳鼓震裂了。我底朋友说："你看，那边预备放烟花了，我们过去看看罢。"

我们远远站着，看那红黄蓝白诸色火花次第地冒上来。"这真好，这真好！"许多人都是这样颂扬。但这是不是颂扬公理战胜？

旁边有一个人说："你这灿烂底烟花，何尝不是地狱底火焰？若是真有个地狱，我想其中底火焰也是这般好看。"

我底朋友低声对我说："对呀，这烟花岂不是从纪念战死底人而来底？战死底苦我们没有尝到，由战死而显出来底地狱火焰我们倒看见了。"

我说："所以我们今晚底来，不是要趁热闹，乃是要凭吊那班愚昧可怜底牺牲者。"

谈论尽管谈论，烟花还是一样地放。我们底声音常是沦没在腾沸底人海里。

面具

人面原不如那纸制底面具哟！你看那红的，黑的，白的，青的，喜笑的，悲哀的，目眦怒得欲裂的面容，无论你怎样褒奖，怎样弃嫌，他们一点也不改变。红的还是红，白的还是白，目眦欲裂的还是目眦欲裂。

人面呢？颜色比那纸制的小玩意儿好而且活动，带着生气。可是你褒奖他的时候，他虽是很高兴，脸上却装出很不愿意的样子；你指摘他的时候，他虽是懊恼，脸上偏要显出勇于纳言的颜色。

人面到底是靠不住呀！我们要学面具，但不要戴他，因为面具后头应当让他空着才好。

落花生

我们屋后有半亩隙地。母亲说："让他荒芜着怪可惜，既然你们那么爱吃花生，就辟来做花生园罢。"我们几姊弟和几个小丫头都很喜欢——买种底买种，动土底动土，灌园底灌园；过不了几个月，居然收获了！

妈妈说："今晚我们可以做一个收获节，也请你们爹爹来尝尝我们底新花生，如何？"我们都答应了。母亲把花生做成好几样底食品，还吩咐这节期要在园里底茅亭举行。

那晚上底天色不大好，可是爹爹也到来，实在很难得！爹爹说："你们爱吃花生么？"

我们都争着答应："爱！"

"谁能把花生底好处说出来？"

姊姊说："花生底气味很美。"

哥哥说："花生可以制油。"

我说："无论何等人都可以用贱价买他来吃；都喜欢吃他。这就是他底好处。"

爹爹说："花生底用处固然很多，但有一样是很可贵底。这小小底豆不像那好看底苹果、桃子、石榴，把他们底果实悬在枝上，鲜红嫩绿底颜色，令人一望而发生羡慕底心。他只把果子埋在地底，等到成熟，才容人把他挖出来。你们偶然看见一棵花生瑟缩地长在地上，不能立刻辨出他有没有果实，非得等到你接触他才能知道。"

我们都说："是的。"母亲也点点头。爹爹接下去说："所以你们要像花生，因为他是有用的，不是伟大、好看的东西。"

我说："那么，人要做有用的人，不要做伟大、体面的人了。"

爹爹说："这是我对于你们底希望。"

我们谈到夜阑才散，所有花生食品虽然没有了，然而父亲底话现在还印在我心版上。

别话

素辉病得很重，离她停息底时候不过是十二个时辰了。她丈夫坐在一边，一手支颐，一手把着病人底手臂，宁静而恳挚底眼光都注在他妻子底面上。

黄昏底微光一分一分地消失，幸而房里都是白底东西，眼睛不至于失了他们底辨别力。屋里底静默，早已布满了死底气色；看护妇又不进来，她底脚步声只在门外轻轻地踱过去，好像告诉屋里底人说："生命底步履不往这里来，离这里渐次远了。"

强烈底电光忽然从玻璃泡里底金丝发出来。光底浪把那病人底眼睑冲开。丈夫见她这样，就回复他的希望，恳挚地说："你——你醒过来了！"

素辉好像没听见这话，眼望着他，只说别底。她说："嗳，珠儿底父亲，在这时候，你为什么不带她来见见我？"

"明天带她来。"

屋里又沉默了许久。

"珠儿底父亲哪，因为我身体软弱、多病底缘故，教你牺牲许多光阴来看顾我，还阻碍你许多比服事我更要紧底事。我实在对你不起。我底身体实不容我……。"

"不要紧底，服事你也是我应当做底事。"

她笑。但白底被窝中所显出来底笑容并不是欢乐底标识。她说："我很对不住你，因为我不曾为我们生下一个男儿。"

"哪里底话！女孩子更好。我爱女底。"

凄凉中底喜悦把素辉身中预备要走底魂拥回来。她底精神似乎比前强些，一听丈夫那么说，就接着道："女底本不足爱：你看许多人——连你——为女人惹下多少烦恼！……不过是——人要懂得怎样爱女人，才能懂得怎样爱智慧。不会爱或拒绝爱女人底，纵然他没有烦恼，他是万灵中最愚蠢底人。珠儿底父亲，珠儿底父亲哪，你佩服这话么？"

这时，就是我们——旁边底人——也不能为珠儿底父亲想出一句答辞。

"我离开你以后，切不要因为我，就一辈子过那鳏夫底生活。你必要为我底缘故，依我方才底话爱别底女人。"她说到这里把那只几乎动不得底右手举起来，向枕边摸索。

"你要什么？我替你找。"

"戒指。"

丈夫把她底手扶下来，轻轻在她枕边摸出一只玉戒指来递给她。

"珠儿底父亲，这戒指虽不是我们订婚用底，却是你给我底；你可以存起来，以后再给珠儿底母亲，表明我和她底连属。除此以外，不要把我底东西给她，恐怕你要当她是我；不要把我们的旧话说给她听，恐怕她要因你底话就生出差别心，说你爱死底妇人甚于爱生底妻子。"她把戒指轻轻地套在丈夫左手底无名指上。丈夫随着扶她底手与他底唇边略一接触。妻子对于这番厚意，只用微微睁开底眼睛看着他。除掉这样底回报，她实在不能表现什么。

丈夫说："我应当为你做底事，都对你说过了。我再说一句，无论如何，我永久爱你。"

"咦，再过几时，你就要把我底尸体扔在荒野中了！虽然我不常住在我底身体内，可是人一离开，再等到什么时候，在什么地方才能互通我们恋爱底消息呢？若说我们将要住在天堂底话，我想我也永无再遇见你底日子，因为我们底天堂不一样。你所要住底，必不是我现在要去底。何况我还不配住在天堂？我虽不信你底神，我可信你所信底真理。纵然真理有能力，也不为我们这小小底缘故就永远把我们结在一块。珍重罢，不要爱我于离别之后。"

丈夫既不能说什么话，屋里只可让死底静寂占有了。楼底下恍惚敲了七下自鸣钟。他为尊重医院底规则，就立起来，握着素辉底手说："我底命，再见罢，七点钟了。"

"你不要走，我还和你谈话。"

"明天我早一点来，你累了，歇歇罢。"

"你总不听我底话。"她把眼睛闭了，显出很不愿意底样子。丈夫无奈，又停住片时，但她实在累了，只管躺着，也没有什么话说。

丈夫轻轻蹑出去。一到楼口，那脚步又退后走，不肯下去。他又蹑回来，悄悄到素辉床边，见她显着昏睡底形态，枯涩底泪点滴不下来，只挂在眼睑之间。

爱流汐涨

月儿底步履已踏过嵇家底东墙了。孩子在院里已等了许久，一看见上半弧底光刚射过墙头，便忙忙跑到屋里叫道："爹爹，月儿上来了，出来给我燃香罢。"

屋里坐着一个中年的男子，他底心负了无量底愁闷。外面底月亮虽然还像去年那么圆满，那么光明，可是他对于月亮底情绪就大不如去年了。当孩子进来叫他底时候，他就起来，勉强回答说："宝璜，今晚上不必拜月，我们到院里对着月光吃些果品，回头再出去看看别人底热闹。"

孩子一听见要出去看热闹，更喜得了不得。他说："为什么今晚上不拈香呢？记得从前是妈妈点给我底。"

父亲没有回答他。但孩子底话很多，问得父亲越发伤心了。他对着孩子不甚说话。只有向月不歇地叹息。

"爹爹今晚上不舒服么？为何气喘得那么厉害？"

父亲说："是，我今晚上病了。你不是要出去看热闹么？可以教素云姐带你去，我不能去了。"

素云是一个年长底丫头。主人底心思、性地，她本十分明白，所以家里无论大小事几乎是她一人主持。她带宝璜出门，到河边看看船上和岸上各样底灯色；便中就告诉孩子说："你爹爹今晚不舒服了，我们得早一点回去才是。"

孩子说："爹爹白天还好好地，为何晚上就害起病来？"

"唉，你记不得后天是妈妈底百日吗？"

"什么是妈妈底百日？"

"妈妈死掉，到后天是一百天底工夫。"

孩子实在不能理会那"一百日"的深密意思，素云只得说："夜深了，咱们回家去罢。"

素云和孩子回来底时候，父亲已经躺在床上，见他们回来，就说："你们回来了。"她跑到床前回答说："二舍，我们回来了。晚上大哥儿可以和我同睡，我招呼他，好不好？"

父亲说："不必。你还是睡你底罢。你把他安置好，就可以去歇息，这里没有什么事。"

这个七岁底孩子就睡在离父亲不远底一张小床上。外头底鼓乐声，和树梢底月影，把孩子飑得不能睡觉。在睡眠底时候，父亲本有命令，不许说话；所以孩子只得默听着，不敢发出什么声音。

乐声远了，在近处底杂响中，最激刺孩子底，就是从父亲那里发出来底啜泣声。在孩子底思想里，大人是不会哭底。所以他很诧异地问："爹爹，你怕黑么？大猫要来咬你么？你哭什么？"他说着就要起来，因为他也怕大猫。

父亲阻止他，说："爹爹今晚上不舒服，没有别底事。不许起来。"

"咦，爹爹明明哭了！我每哭底时候，爹爹说我底声音像河里水声㳫㳫地响；现在爹爹底声音也和那个一样。呀，爹爹，别哭了。爹爹一哭，教宝璜怎能睡觉呢？"

孩子越说越多，弄得父亲底心绪更乱。他不能用什么话来对付孩子，只说："璜儿，我不是说过，在睡觉时不许说话么？你再说时，爹爹就不疼你了。好好地睡罢。"

孩子只复说一句："爹爹要哭，教人怎样睡得着呢？"以后他就静默了。

这晚上底催眠歌，就是父亲底抽噎声。不久，孩子也因着这声就发出微细底鼾息；屋里只有些杂响伴着父亲发出哀音。